文創風 014

大清有囍

二之二

〈冤冤相報何時了〉

翾雯 著

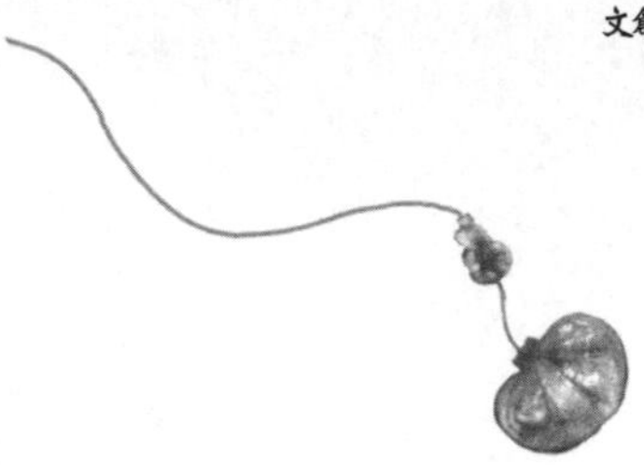

目錄

文創風 014

第二十五章　武比

康熙四十三年六月，皇帝又一次巡視塞外了，可這回，四阿哥沒能隨行，原因有二，其一是今年春天，各處都有災情，泰安、肥城、東平、昌邑、即墨、掖縣、高密、膠州鬧饑荒，人餓得都開始吃人了。武定、濱州、商河、陽信、利津、沾化、兗州、登州也在鬧，百姓死傷無數，以至於很多人都靠吃屋頂上的草度日。

然後是青浦、沛縣、沂州、樂安、臨朐大旱，五月，靜寧州、衢州也相繼鬧旱災，六月，絳縣旱。

還有水災，大水過後就是疫情。南樂疫，河間大疫，獻縣大疫，人死無數。六月，菏澤又鬧了疫情。而翁源、蒲縣的大雨冰雹，又砸毀了很多禾苗；沂州、興安頻降大雨，淹毀不少的民宅。

接二連三的災情使得皇上此次出巡塞外只帶了十阿哥、十二阿哥、十三阿哥和十四阿哥及幾個小阿哥隨行，把一眾年長的阿哥都留在京裡。

德妃和宜妃還有幾個得寵的嬪妃也都照例隨行，這也讓四對愛情鳥沒有勞燕分飛，最開心的就是十四阿哥了，因為皇上把他和嬌蘭的婚事定下來了。比起十三阿哥，德妃顯然更偏愛自己的親生兒子，怕一下子都說了康熙不答應，就先把十四的婚事提出來，果然，皇上一口就答應了。

為了這事，十三阿哥鬱悶了好一陣子。明明自己是哥哥，卻被十四搶了先，要是額娘還活著就好了……

白玉見他總是悶悶不樂的，知道他心裡不自在，就開導他。「胤祥，你知道嗎？人家說婚姻是愛情的墳墓。讓他們都跨進墳墓裡長眠去吧，我們可以繼續逍遙自在地享受婚前的幸福時光。」

一番話說得十三阿哥馬上就精神來了。「對，妳說的沒錯。」可是，他隨即又皺著眉嘟囔道：「如果不大婚，我就不能光明正大地擁有妳了。」

白玉樂呵呵地鑽進他的懷裡笑道：「現在不就擁有我了嗎？呵呵，胤祥，你怎麼和個小孩子似的？我的心都是你的了，還怕我的人跑了不成？」

「那不一定。萬一妳被皇阿瑪指給別人怎麼辦？」一想到這可能，胤祥就不自覺地用力把她往自己的胸膛上壓，恨不得將她揉進去才好。

「呵，那你也不用擔心。要是真有那麼一天，我就天天和你在一起，送他一頂綠帽子戴，哈哈哈。」

說得十三阿哥立刻傻眼，結結巴巴地說道：「玉、玉玉……妳開玩笑的吧？」

白玉推開他，嗔道：「你那是什麼表情？嫌我不守婦道啊？哼。」

「不是，我沒那個意思。」見她不悅，十三阿哥忙著解釋。「妳放心，我是絕對不會把妳讓給別人的。我也不會讓妳嫁給別人後再來找我，我會在妳成親的時候就把妳搶回來的。」

他認真的表情和有些孩子氣的話卻讓白玉感動得哽咽。「胤祥——我好愛好愛你喔，胤祥……」尾音消失在兩人彼此交纏的唇舌之間。

十四阿哥的大婚在七月舉行，因為要給他辦婚禮，康熙的行程都縮短了。

大婚當天，一切比照九阿哥婚禮的排場，顯然十四阿哥還是很受康熙寵愛，只是這回冰珊姊妹卻不能像以前那樣送親了，因為只有白玉一人還是女官的身分，其他兩人都嫁做人婦了，總不能讓四阿哥的側福晉和九阿哥的嫡福晉一左一右地騎在馬上送行吧？只好讓三人共乘馬車。

白玉賊兮兮地問道：「咱們給他倆準備些什麼好東西啊？」

冰珊白了她一眼。「妳可還沒結婚哪。」

青萍也好笑地說：「妳就不怕她報復妳？」

白玉笑道：「就是不整她，妳們也不會放過我。債多了不愁，虱子多了不咬，索性就玩個痛快。哈哈。」

冰珊和青萍無奈地看了她一眼。這妮子玩瘋了，都不顧死活了。

轎子裡，一身蟒袍的嬌蘭喜孜孜地回想著她和十四的點點滴滴。胤禵是個脾氣不好的壞小孩，可是，自己偏偏就是喜歡他，不是因為自己現在的這個身分注定是他的福晉，也不是因為他的長相和身分地位，而是他對自己的包容和發自內心的愛戀……

轎子一顫，打斷了嬌蘭的思緒。到了，終於到了胤禵的府第了。

被人扶出了轎，嬌蘭便感覺到胤禵的氣息，熱烈而溫柔，溫馨而幸福，她的胤禵啊，從此之後，自己也有真正的家了。

拜了天地，入了洞房，胤禵就出去了，只留下冰珊她們和兩個丫頭。冰珊擺擺手把丫頭支了出去，白玉就樂呵呵地問道：「小辣椒，妳想讓我們怎麼玩呢？呵呵。」

「妳個死人骨頭！小心妳和老十三結婚的時候，我玩死你們！」她咬牙切齒地罵了白玉一句。

「呵呵，隨便。結婚嘛，有人鬧才好玩，要不多沒勁？」白玉坐在凳子上，隨手拿了個蘋果就啃了。「我說，十四不是最怕吃蘋果嗎？怎麼這裡還擺著啊？」

「那是專門為妳這個饞貓預備的。」青萍巴了她一掌調侃道，自己也忍不住拿了一個吃了起來，看得冰珊又好氣又好笑——她不也成饞貓了嗎？

「呿，就會說我，妳不也饞了嗎？死狐狸。」白玉朝她做了鬼臉，又看向嬌蘭說道：「老是親吻就沒意思了，乾脆讓我們留下看你們洞房……嗚嗚！」剩下的話被冰珊和青萍兩人一起捂回去了。

「死人骨頭！妳當是A片啊？小心讓十四把妳這身骨頭拆散了！」青萍狠狠地戳著白玉的腦門罵道。

冰珊也瞪著她。「妳要是敢看，我就服了妳了。哼。」

那邊，嬌蘭氣急敗壞地說：「死人骨頭，一會兒我就告訴妳的十三去，讓他好好地管管妳，再不成就讓他早點和妳洞房，省得妳變態！」居然異想天開地想觀摩！

白玉把雙手拍到一邊說道：「我是瞎說的，求我看我都不看。你們還能比A片更精彩嗎？呿。」結果，就被冰珊和青萍一個捂嘴，一個掌刑地給巴了一頓。

嬌蘭解氣地笑道：「活該。」

白玉掙脫開了，跳到門口說道：「就會欺負我——我不管，反正要是不玩玩他們，我就不甘休，接招吧妳小辣椒！」說完她就拉開門跑了。

冰珊和青萍無奈地一笑。看來，嬌蘭是躲不過去了，那她們也別裝矜持了，玩就玩吧。

十四阿哥意氣風發地在前廳大喝特喝，酒到杯乾，心裡開心得什麼似的。小辣椒終於是自己的了……哈哈。他兩道劍眉挑得高高的，嘴都快咧到耳朵後頭去了。

喝夠了，就該鬧洞房了，一干阿哥照舊跟在後頭來到了洞房——

白玉在門裡笑問道：「你是誰？」

眾人一聽就樂了，四阿哥那回就是這樣，看來，十四阿哥也得破費啊，胤禵微笑道：「我是妳十四爺。」

「十四爺？不知道耶。要不，你說說你的名字吧，看看屋裡有人認識你不。」白玉一臉天真地說道，氣得十四阿哥額上的青筋直跳。死丫頭，等妳和十三大婚的時候，爺要是不折騰你們才怪！

他抬起腳剛要踹，門卻開了，年冰珊大馬金刀地坐在椅子上冷冷地看著他，問道：「十四弟這是要硬闖了？」

幾個阿哥全都傻眼了，只見青萍在她右邊笑咪咪地端著茶杯，白玉則狗腿地給她捏胳膊。

這是什麼狀況？

十四阿哥也有些詫異，看這架勢分明就是找碴嘛，他眉頭一皺。「妳們到底要怎樣？」

「很簡單。」青萍微笑道。「還記得我們曾經說過的，要想娶我們，你們就要過珊珊這一關。」

「啊?!」門外的人都驚呼起來。還有這麼回事嗎？

十四阿哥怒問道：「為什麼九哥就不用？」眾人看向九阿哥，九阿哥得意地一笑。

冰珊淡淡地說：「那是因為青萍治得住他。」

「喔——」全體譁然，再次看向九阿哥，此時他滿臉黑線。妳個死狐狸，還有這幾個混帳妖精……

「那四哥呢？」把他也拉下水。

四阿哥面色一變。可別說妳也治得住我……

看了胤禛一眼，冰珊輕輕一笑。「我相信他。」就看四阿哥馬上春風滿面，看著眾人豔羨的目光——嘿嘿，還是我的冰兒好，也幸好我娶的是她。

十四阿哥卻全不理會。「為什麼現在才想起來？要是我不打呢？」

「那就別進來。」冰珊冷冷地回他一句。

看見十四的臉色一變，青萍就笑了笑問道：「莫非，十四阿哥怕了？那……」

「誰說爺怕了?!咱們這就去！」

說完就轉身要走，卻又被青萍叫住。「十四弟，咱們就在這兒打，贏了，你就進洞房，輸了嘛——」

「好，在這兒就在這兒。」十四阿哥已經是火燒眼了，恨不得立刻就把這三人扔到樓下去。

太子等人早在他們說話的時候就上來了，四阿哥見冰珊大馬金刀地坐在門口跟十四叫陣，一時也不明白她們要幹麼，才要開口，就見冰珊掃了他一眼——放心，我有分寸。

四阿哥怔了下，摸了摸鼻子拉住十三阿哥站到人群後頭一個視野好的地方，看熱鬧去了。

白玉笑嘻嘻地問道：「請問，十四爺是要文比還是武比？」

「何為文比？又何為武比？」十四問出了所有人都想知道的問題。

白玉還是笑咪咪地說道：「武比不用說了，你就和珊珊打上百來個回合，以分勝負。文比嘛……」她停了一下。「就是和我們比喝酒。要是我們輸了，馬上就讓開，要是你輸了……」還用說嗎？都灌趴了，還洞個屁房啊？

十四阿哥沈吟了下，朗聲說道：「我要武比。」早就想和冰珊過過招了，奈何她就是不肯出全力。這回好了，可以過癮了。

「好。」冰珊笑了一下，對十四說道：「你有火銃嗎？」

「火銃？」所有人都呆了。她會用火銃?!四阿哥的眉頭一皺。冰兒還會什麼？

十四阿哥遲疑了下，叫人把火銃拿來。「妳會嗎？」

回他一個千嬌百媚的笑靨，冰珊接過槍掂了掂，指著遠處十米外的一棵大樹對十三阿哥說道：「十三爺，麻煩你在高處掛上一枚銅錢。」

「好。」十三幾個縱身就竄到了對面的樹上，掏出了銅錢用細線拴好了掛上，又輕巧地落在地上，笑呵呵地回來了。

冰珊淺笑道：「今天是你和嫣蘭大喜的日子，刀劍無眼，不如我們就比這個吧。」說完，抬手就是一槍。

「砰」的一聲，接著就是「叮」的一響，銅錢應聲而落。

靜默之後就是滿堂喝采，十四阿哥欽佩地看著她說道：「好槍法，我認輸。」現在可是晚上，她居然能看見十米以外樹上的銅錢，可真不簡單。不過，好像自己的洞房要泡湯了……

誰知，青萍卻笑道：「好漢子。你過關了。」

「啊？」眾人都詫異了。不是說輸了就不能進洞房的嗎？怎麼變了？

白玉調皮地一笑。「十四爺能認輸就說明他是個真正的男子漢，嬌蘭要的就是頂天立地的男子漢，所以，你過關了。不過，日後你要是敢欺負嬌蘭，下場一定會很慘，呵呵。」

十四阿哥傲然地一笑道：「十三哥都不會給妳們機會，我就更不會給了。」

十三阿哥咬牙切齒地在心裡暗罵，死小子，你好樣的你！

十四阿哥在眾人的簇擁之下進了洞房，走到門口還不忘回頭說道：「明兒有空一定好好領教一下四嫂的功夫，哈哈。」

冰珊淡然地笑，轉頭問白玉：「滿意了嗎？」

白玉點點頭說：「還行，這小子平時跩得二五八萬的，殺殺他的銳氣也好。」

出了十四阿哥的府門，太子就先走了，接著，阿哥們也紛紛告辭而去。冰珊和青萍兩人還在說話，就見白玉氣喘吁吁地從裡面跑出來。

「咦，妳怎麼也出來了？」十三阿哥看著他的玉玉手裡還拿著包袱，不禁奇怪地問道。

「那個……我不敢待在那兒。珊珊、青萍，妳們倆誰能收留我一晚？」白玉可憐兮兮地問道。

冰珊疑惑地皺了皺眉頭，看向同樣一頭霧水的青萍，青萍開口問道：「妳又幹什麼了？」早知道她不會那麼老實的，就是不知道她又惹了什麼禍。

「那個、那個……」白玉心虛地瞟了眾人一眼，吶吶地說：「我不小心把狐狸給我的癢粉灑在他們的床上了。」

「啊?!」所有人大吃一驚。那個狐狸精牌的特製癢粉……

「妳灑了多少？」青萍覺得自己的聲音空洞得可怕。

「不太多……」白玉的聲音小得連身邊的十三都沒聽清楚。

「到底是多少?!」青萍現在是酷斯拉附體了。

「啊——半瓶，我就灑了半瓶。」白玉嚇了一跳，飛快地說了出來。

半瓶……我的天，記得上次青萍只往太子的袖子裡彈了一點，就聽說太子晚上洗澡足足換了三大缸水。

不知道明天十四阿哥的府裡會不會缺水?這個害人精!

四阿哥和八阿哥、九阿哥十阿哥還有十三阿哥互相看了一眼，就聽老十說：「我府裡還有事，我先走了。四哥、八哥、九哥、十三弟，明兒見啊。」說完就像有老虎追著似地一溜煙就沒影了。

八阿哥也咳了一聲，看了看十四阿哥的府門說道：「四哥，我也先告辭了。九弟、十三弟，你們自便吧。」說完也迅速消失了。

九阿哥看了看自己的福晉，還沒說話，就見青萍拉著他的手一邊往馬車走一邊說道：「各位失陪了，再見啊。」然後就和她家禟禟鑽進馬車，對車伕吩咐道：「我數到十要是還能看見你十四爺家的院牆，我就把你這半年的薪水都扣了——」還沒說完，就見他們的馬車風一般地飛快跑起來了，那時速沒有一百也有八十了。

剩下的四人你看看我、我看看你，白玉可憐兮兮地說：「你們誰能幫幫我啊？我可不想死在這裡。」

十三阿哥嚥了嚥唾沫，豪氣干雲地說道：「要不，妳今天和我回去吧。」雖然後果難料，可也不能看著心愛的女人被自己的弟弟和弟妹給宰了吧？

「不行。」冰珊斬釘截鐵地說道。「你們還未成婚，玉玉住你那兒對她清譽有損，還是和我們回去吧。」

四阿哥打從冰珊一開口，就開始冷冷瞪著白玉，心想，妳個死人骨頭，惹了禍躲到我家，想害爺今天晚上又沒地兒睡啊？

白玉點點頭說：「我也覺得去妳家比較好。萬一他們半夜殺過來，妳也能幫我抵擋一陣。就這麼決定了，珊珊，今天晚上我和妳睡。」

四阿哥沈著臉琢磨，是不是該在半路就把這個妖精隨便丟在哪條臭水溝裡，讓她自生自滅好了，惹了這麼大的禍，還霸占他的老婆，簡直就是是可忍孰不可忍！

可還沒等他開口，就見他的冰兒已經把那個小妖精拖進車裡了，他回頭冷冷瞪了十三一眼——以後，好好管管你的妖精。

十三阿哥冷汗涔涔地拱了拱手。多謝四哥。

「哼。」四阿哥甩了一下袖子，上馬走了。

十三阿哥愣了一會兒，直到下人問他才猛然驚醒，都跑了，爺難道還要留下來嗎？他打了個冷顫，也趕快上馬跑了。

再說洞房裡，兩個有情人正情意綿綿地坐在炕上深情凝望。

十四阿哥看著一身紅色紗裙的嬌妻，樂得快暈了。大紅的窗花、大紅的毯、大紅的床帳，還有面前這個紅得讓人心醉的美人……

「蘭兒。」摟過他的福晉，胤禵溫柔地印上了一吻。「蘭兒，我的寶貝……」將自己的福晉壓倒在床上，他的手也漸漸撫上了她的身子。

「唔」的一聲，嬌蘭睜開眼睛，含笑看著她的夫君。「禵，愛我好嗎？」

胤禵只覺得自己的整個人都沸騰了，他扯下帳子，邪魅地笑道：「好，讓我來愛妳……」

外屋的燭花「啪」的一聲爆開了，帳子裡，一對相擁相纏的人兒再也分不開了。

「禵，我身上好癢。」嬌蘭在胤禵密集的親吻和火熱的愛撫中努力地發言。

「嗯？哪裡？壞丫頭，和我搗亂是吧？」胤禵才不管她在說什麼呢，他現在是新郎官上任三把火——慾火、慾火、慾火。

把美人和自己調了個位置，胤禵笑著道：「壞丫頭，罰妳好好侍候、侍候妳十四爺。」

嬌蘭卻乘機推開他，不悅地說道：「我真的覺得好癢，我要去洗澡。你家的被子不會有什麼不乾淨的東西吧？」說著也不管他就赤著身子下床，飛快地鑽到了屏風後頭。

「死丫頭！妳給爺滾回來！」某個欲求不滿的傢伙在床上大叫，可惜，他的福晉現在對澡盆的興趣比對他的要大得多。

十四阿哥嘟嘟囔囔地躺在床上乾瞪眼。死丫頭、壞丫頭！撩上火來她卻跑了，氣死爺了，待會兒回來有妳受的！

嗯……怎麼我也覺得有些癢呢？坐起身，十四左右看了看，什麼也沒有啊，自己的衣服都脫完了，怎麼還覺得癢癢呢？可是今天一早才洗的澡啊，這是怎麼回事？

壞了，越來越癢了——十四阿哥再也坐不住，跳下床和他的福晉搶澡盆去了。

好不容易洗完了，兩人回到床邊，胤禵笑道：「真是掃興。蘭兒，不早了，我們是不是把剛才沒做完的繼續做完啊？」

嬌蘭嬌嗔地白了他一眼，任他把自己抱上了床。「禵……」

「唔……蘭兒……」十四的眼睛裡重新點燃了慾望之火。

「禵……」

「嗯？」胤禵幾乎要控制不了自己了，可就在他剛剛要做什麼的時候，就聽見他的福晉說：「禵，我還是覺得癢。」

胤禵快發狂了，氣呼呼地說道：「就是癢也不許妳再動了。」可惡，這是洞房耶！

「不行。」嬌蘭一把推開他跳下床，又跑到屏風後頭去了。

十四阿哥氣得直砸床，使勁倒在床上。死丫頭，再不出來，爺就宰了妳！

咦？我怎麼也——又覺得癢了呢？他坐起來，撓了幾下——越來越癢了。他迅速跳下床，再一次和福晉搶澡盆去了。

就這樣折騰了好幾次，兩人都筋疲力盡了。

嬌蘭有氣無力地說道：「到底是怎麼回事？」

十四搖搖頭，喘著氣琢磨著，為什麼會癢呢？還癢得這麼突然……想想，似乎是只要往床上一躺就會癢……難道……

「蘭兒，誰還坐過我們的床？」

「沒有了，只有我坐來這兒。」嬌蘭皺著眉回答道。

「那有誰挨著過了？尤其是那幾個妖精。」他咬牙切齒地吐出了最後兩字。

「嗯……」嬌蘭仔細想了想。「好像就玉玉過來給我整了回衣裳。」

「就是她！」十四阿哥站起身，穿好衣裳，大聲喊道：「來人，給我把兆佳・白玉叫來！」

「怎麼了？」嬌蘭還是一頭霧水。

「妳知道為什麼我們一直覺得癢嗎？就是那把骨頭在床上撒了癢粉！」十四快氣炸了，偏偏死人骨頭，我要是不剝了妳的皮——喔，不，要不拆了妳的骨頭，我就不是妳十四爺！

這時下人來回說，白玉姑娘和四爺一起走了。

十四阿哥只覺得自己氣得快要冒煙了。嬌蘭也明白過來了。「死人骨頭！妳給我等著！」

待換完了床帳，二人又洗了個澡，天也亮了，可憐的十四阿哥連洞房都沒洞成，就和福晉累得在澡盆裡睡著了。

據說，十四爺第二天就和嫡福晉咬牙切齒地殺上了四爺府。

據說，四爺的側福晉和十四爺打了一架。

據說，有個叫白玉的女官被十四福晉揍了一頓，以至於第二天都不敢回宮。

據說，十三爺也和十四爺打了一架，具體情況不明。

據說，第三天，四阿哥的側福晉年氏住的闌珊院又重新修了一遍。

據說……

第二十六章　快樂

康熙四十五年四月中旬，十三阿哥和白玉舉行了盛大的婚禮。

話說這一天，十三爺喜孜孜地騎著他的馬來到了兆佳・馬爾漢的府第，迎娶自己的嫡福晉兆佳・白玉。

等了好久，才被告知，他的福晉要讓他親自抱著才肯上轎。馬爾漢一聽，頓時滿頭大汗。

「那個，十三爺，您別生氣，我這就讓她額娘去說她。嘿嘿，這丫頭自小被我寵壞了，您……」

十三阿哥似笑非笑地看了他一眼，說道：「不用了，爺還就喜歡玉玉這樣的性格。」說完就一撩袍子，往內室抱他的新娘去了，把馬爾漢驚得半天沒緩過來，直到十三阿哥將他的女兒從屋裡抱出來時才回過神來。

看著女兒被十三阿哥寶貝似地摟在懷裡，馬爾漢兩口子激動得不行。看來，自己的女兒以後會很受寵的。呵呵。十三爺雖說和那些大阿哥們比不了，卻很得皇上的寵愛。再者這幾年，他和四阿哥一起辦了不少的漂亮差事，如今，在朝裡，還有誰敢看不起這個拚命十三郎啊？看他對自己女兒的態度——唉，真是老懷欣慰啊。

拜完了堂，新房裡照舊只剩下四個女人了。

嬌蘭坐在凳子上，笑問道：「我說新娘子，妳想咱們如何回報妳呢，啊？」想不到自己剛剛生完兒子就趕上了白骨精的婚禮了。

白玉輕笑道：「手下留情啊，十四福晉，妳就當給妳兒子積福了。」

嬌蘭哼了一聲說道：「要不是為了給妳回禮，胤禵才不讓我出門呢，我怎麼著也不能就此甘休吧？」

青萍也笑道：「就是，我們三個都被耍了，怎麼能把妳落下呢？我們可是向來一起行動的，妳不會要脫離組織吧，啊？」

「嘿嘿，不會、不會，隨妳們便好了。只是，可不可以透露一點啊？」白玉討好地問道。

「美得妳！」嬌蘭冷哼了一聲。

冰珊頗為嘲弄地搖了搖頭。自作孽不可活。

可是，十三阿哥回到洞房的時候卻沒有受到什麼騷擾，冰珊和嬌蘭、青萍她們還仗義地為他們把那些鬧洞房的阿哥們給轟走了。奇怪啊，真奇怪……

白玉喜孜孜地看著她的男人。「胤祥，我們今天在哪兒過我們的洞房花燭夜呢？」這問題問得好奇怪。

可十三阿哥卻笑咪咪地說道：「嘿嘿，想來她們是不會輕易放過我們的。我府裡各派的人馬都有，我大張旗鼓地弄了兩間洞房，就是為了迷惑她們。哈哈……不過為了保險起見，我們還是去我的書房吧，包准她們想破了腦袋也猜不出。」

「好棒喔，胤祥最厲害了。」白玉高興地撲到他的身上，使勁地親了十三好幾下，十三阿哥樂得抱起她就笑道：「走，咱們過一個踏踏實實的洞房花燭夜。」說著就踹開大門往書房去了——

九爺府，胤禟摟著他的親親福晉笑問道：「妳們就這麼放過老十三和那丫頭了？」

「誰說的？早知道十三那小子的鬼心眼了，還弄了兩間洞房。哼哼，等著瞧好了。」

四爺府，胤禛問冰珊。「今天的情形好像不對啊……」

冰珊讚賞地看了他一眼——果然不愧是做皇帝的料，見識就高人一等。

「你猜得不錯，我們的確給你的十三弟準備了幾份禮物。」

「是什麼？」四阿哥的心有些哆嗦。

「是……」

十四爺府，胤禵不高興地抱怨道：「就這麼放過他們了嗎？」

嬌蘭莫測高深地一笑。「那是你說的，我可沒說。」

「難道……好蘭兒，快告訴我吧。」十四阿哥的臉立刻就亮了。

「好吧，就告訴你吧，十三那小子鬼得很，怕我們算計他，所以預備了兩處新房……」

「他想著這樣可以迷惑我們，使得我們在這兩處下功夫。可是……」冰珊偎在四阿哥的懷裡說道。

「……可是，我們卻知道，這是詐術。他必定不會在這兩處住宿。所以就給他來了個……」

九阿哥耐心地聽著。

「……給他來了個普降甘霖。」嬌蘭得意地朝十四揚了揚下巴。

「什麼是普降甘霖？」十四阿哥饒有興致地問道。
「簡單地說……」
「簡單地說，就是在兩間新房和他的書房都做了手腳。他總不能和嫡福晉去小老婆那兒睡去吧？」冰珊微笑著解釋道。
四阿哥皺著眉問：「做了什麼手腳？難道也是下藥？下的是什麼藥？」
冰珊輕笑道：「我在書房裡下的是神仙醉。」
「我在他第二新房下了逍遙散。」青萍得意地一樂。
九阿哥聽得發懵。還好，自己是第二個成親的。
「我負責在他的第一新房下了癢粉。」嬌蘭靠在十四的懷裡笑說。
十四阿哥邪邪地一笑道：「以其人之道還治其人之身？哈哈……好！」
最後，冰珊對四阿哥笑道：「只要看你十三弟明天的情形就知道他們今天晚上睡哪兒了，呵呵。」
四阿哥只覺頭皮發麻。這幾個一定是妖精，肯定是妖精，絕對是妖精——
胤祥的書房裡，兩情繾綣的一對璧人在床榻上纏綿熱吻著。
「胤祥，我好想你喔！」白玉愛嬌地窩在胤祥的脖子間說道。
十三阿哥也溫柔地回她。「玉玉，我今天真開心，從今以後，妳就是我的人了。」
「嗯，你也是我的了。呵呵。」被他親得好癢喔。

解開白玉身上的衣扣，胤祥以近乎膜拜的態度虔誠地親吻她的每一寸肌膚，待二人都進入了狀況……

「胤祥，我好睏。」白玉瞇著眼睛打了個哈欠。

「好玉兒，我知道妳累，可也不能就這麼睡了啊。」十三阿哥溫柔地吻著她如玉的嬌軀。可惜——

「呼……呼……」白玉真的睡著了。

十三阿哥挫敗地撓了撓頭皮——這對於一個男人來說簡直就是最大的打擊，新娘居然在自己眼皮子底下睡著了？太可惡了！

然後，十三阿哥覺得自己也撐不住了。但失去意識的剎那，他笑了。原來不是自己的問題，是那幾個丫頭在書房裡搞了鬼！早知道就不睡這裡了，明天……

第二天早上，十三和他的福晉回到了他們的新房，可以預料會是怎樣的結果——和十四一樣洗了半天的澡。

第二天晚上，可憐的十三終於在他預備的第二新房裡和他的嫡福晉圓了房——雖然過程記不清了。

不過值得一提的是，十三福晉和十四福晉對付丈夫花心的法子。

據說，每當胤禵在哪個小老婆屋裡過夜後，他的嫡福晉就會在第二天請那位侍寢的幸運兒幫她練鞭子。怎麼練呢？很簡單，就是讓那個女人頭上頂個蘋果，站在兩米外，然後，那個女人就……嚇暈了。

幾次之後，十四爺很少能找得到願意留他過夜的小老婆了。

十三福晉溫柔得多，她知道她家十三是個溫柔多情的男人，所以就在他臨幸別人的時候，爬上屋頂唱歌。

她唱的是〈愛上一個不回家的人〉。

「愛過就不要說抱歉……」

「爺，這是誰啊？」瓜爾佳氏趴在胤祥的身上問道。

胤祥搖搖頭，聽這聲音好熟悉。

「畢竟我們走過這一回，從來我就不曾後悔……」

是玉玉?!十三有些待不住了，可是，瓜爾佳氏卻纏著他，可憐兮兮地說：「爺，您也太偏心了。」早知道是誰了，哼。

十三有些不忍，可是……

「愛上一個不回家的人，等待一扇不開啟的門，善變的眼神，緊閉的雙唇，何必再去苦苦強求，苦苦追問。」唱到最後，白玉已經是哽咽難言了。

胤祥再也待不住了，把瓜爾佳氏推到了一旁，穿好衣服說道：「我明兒再來。」還沒等她回話就走了，留下瓜爾佳氏呆愣愣地看著門板。這個嫡福晉好狡猾！

他躥上屋頂，就見白玉一手執壺，一手執杯，臉上掛著淺淺的淚痕。「愛上一個不回家的人……」

「玉玉。」十三過去把她摟在懷裡，痛惜地說道：「好玉兒，是我不好，我們回房去吧。」

白玉看了他一眼，又唱道：「你身上有她的香水味，是我鼻子犯的罪，不該嗅到她的美，擦掉以後陪你睡。你身上有她的香水味，是你賜給的自卑，你要的愛太完美，我永遠也學不會……」（註一）

十三阿哥無奈地說道：「我們先下去，我洗了澡再去找妳好不好？」怕了她了，看她眼睛紅得和兔子似的，也不知哭了多久了。

白玉窩在他懷裡一邊得意地笑著，一邊假哭道：「你好壞，你欺負我。嗚嗚……」

「玉玉……唉。」內疚啊。

因為古代不像現代這樣有豐富的夜生活，所以，基本上兆佳大姊唱歌的時候，京城裡已經是寂靜一片了，故而這幽怨的聲音傳得很遠。

「十三啊十三，你福晉的聲音也太大了吧？你八哥我可住在朝陽門呢。」八阿哥低聲嘟囔著。

「唉，十三今晚又沒在嫡福晉屋裡。」五阿哥撇撇嘴說道。

「十三弟看來又忘了洗了澡再上房頂了。」七阿哥無奈地說道。

「十三怎麼老是不長記性啊？」十阿哥把頭埋在被子裡抱怨道。

「死人骨頭又上演夜半歌聲了！」嬌蘭爬起來站在床上罵道。

「魔音傳腦又開始了——」青萍在耳朵裡塞了紙團。

「你能不能勸勸十三，讓他少去小老婆那兒，我的頭都大了。」冰珊皺著眉對四阿哥抱怨

註一：〈香水有毒〉，演唱人：胡楊林

道。

於是，十三阿哥就接受到了幾個兄弟很婉轉的忠告——如果再聽見他老婆半夜雞叫，就燒了他的阿哥府。

據史料記載，怡親王胤祥對其嫡福晉兆佳氏極其寵愛……

時過境遷，距離青萍幾人大婚已經半年多了。這一天，四個美麗的小女人坐在太白樓的聽濤裡，如今已為人婦的四人早就不復當年那嬉笑怒罵的模樣，眉眼間多了幾分溫柔，也多了幾分敏銳。

是啊，在皇家為媳，就算再任性也會有所收斂，只是，江山易改，本性難移，幾個女人又商量著買一座宅子作為她們的秘密據點。

這幾年，她們各自的夫君鬧得越發厲害了。雖然無損於她們之間的友誼，卻讓她們很是頭疼，彼此之間眼線密布，恨不得今晚上你說了什麼，明兒早上我就知道了。

唉，都是老康那把破椅子惹的，害她們想當個賢妻良母都當不成。

青萍思索了一會兒，說道：「我看，還是在崇文門那邊找座宅子吧，那裡既不繁華也不冷清，離皇城也近一些。我昨兒就看好了一座三進三出的大宅，還有個小花園，問了房主，一千八百兩銀子，妳們要是看著成，咱們今天就訂下來。」

四人商量了一下，起身結帳出了太白樓，騎上馬，就朝著崇文門去了。

為什麼四人不帶丫頭呢？那是因為怕說得多了會洩密，無奈啊。

到了崇文門，四人來到了青萍說的那座大宅子門口，果然是很氣派，雖比不上她們的夫家那樣顯赫，看著倒也還行。進了大門，裡頭的格局也很實用，最外頭是個小院子，門房、耳房一應俱全。二進院適合下人居住，連茅廁都是齊備的。裡頭是正房，正中三間大屋一律向陽，左右還各有三間偏房。再後頭是個花園，雖然無人打理已經荒蕪了，但總體感覺還不錯。

她們找到房主，經過了一番討價還價後，被說得暈了的房主答應以一千五百兩的價格賣給她們，前提是必須要交現銀，還要一次付清。

四人答應了，又找了保人，交了訂金，立了字據，才各自回家了。

第二天，四人如約前來，把銀子如數交上，立好字據，打發了房主和保人就立刻找了工匠前來裝修。一個月後，工程完工，四人又買了幾個丫鬟僕婦，連自己的貼身丫頭都不用了，訂製了一些家具和必備用品，一切就緒，這個秘密據點就誕生了。

至於府裡的一切開支就由四人均攤，除此之外，冰珊還叫年羹堯在外頭蒐羅了四隻純種的狼狗，雖不如德國黑背那麼威風，倒也算是不錯了。四隻狗弄回來時還小，年羹堯也曾問起過這狗是不是給四阿哥的，畢竟四阿哥喜歡狗是人盡皆知的。冰珊卻告訴他是自己和青萍她們要來養著玩的。

四隻小狗的到來可把青萍她們樂壞了，一人要了一隻，還各自取了名字。若問那名字嘛，還真是一言難盡。

冰珊的那隻叫夜叉，緣由很簡單——犬夜叉。嬌蘭的那隻叫哮天，大概是被電視劇荼毒的。白玉的那隻是唯一的母犬，因為嬌蘭的狗叫哮天，所以她就決定她的狗叫相思。

至於青萍的狗嘛——叫銀子，簡直就是個守財奴。

三個月後，四隻小狗都長得有半人高了，因為伙食好啊，一隻隻長得膘肥體壯的，除了四人，誰也管不住。冰珊她們就讓四隻狗待在裡院的門口，牠們是最好的看門人，還不會洩漏秘密。

四人反常的舉動終於引起了幾個阿哥的懷疑。先是九阿哥被管家告知，福晉最近支了兩千兩銀子，不知做什麼用了。可憐九阿哥因為新婚之夜的那張不平等條約，連自己想支錢都得和青萍打過招呼才行，這女人倒好，自己一聲不吭地拿了那麼多，連說都不說。要不是知道她對自己是真心喜歡的，九阿哥還以為他的親親福晉要給他來個捲款潛逃呢。

他叮囑管家要派人牢牢地盯住福晉的一舉一動，她去哪兒了、和誰在一起、幹什麼了等等都必須一一彙報。

兩天後，管家回報，他的親親小狐狸和那幾個死黨偷偷地置了一所宅子。該不會是要養漢子用吧？回想自己最近因為和太子、四阿哥他們鬥法，的確忽略了她好久了，可她也不能給爺戴綠帽子啊！死狐狸，要是讓爺抓住了，爺就當場扒了妳的狐狸皮做大衣！

可接下來幾天，管家又說：「那宅子進進出出的只有幾個福晉，再就是下人了，也曾花銀子買通了一個小廝打聽，那小廝說，除了送飯和打掃，就只有那四位夫人能進到裡院了。原因無他，就是裡院門口有四隻大狼狗把門，只有四位夫人才管得住牠們，至於其他人，只要敢踏進院門一步，這四隻狗可是見誰咬誰。」

聽完了彙報，九阿哥坐不住了。死狐狸玩什麼玄虛呢？不行，我得看看去！

再說四阿哥，也從年羹堯處知道了他的冰兒要了四條狼狗，原以為她是悶了養著玩的，可是都這麼久了，自己卻一隻也沒看見。問她，她就說怕狼狗太凶，怕在府裡傷了人，養在別處了，再問就是沈默到底了。無奈之下，四阿哥只好動用了自己的「暗衛」調查自己老婆的底細，想想還真是鬱悶啊！

終於，手下來報，說是側福晉和九福晉、十三福晉、十四福晉合夥買了個宅子。那四隻狼狗就養在宅子最裡面的院裡。至於她們在裡頭幹什麼，就一問三不知了，那四隻狗太機警了，稍有異動就狂吠不止，四個女人就立刻手拿利器從屋裡衝出來，害得他們也不敢過分打探，有一個侍衛還曾想著餵點迷藥啥的把那四隻狗迷暈了，可惜後來才發現，那四隻狗居然只吃四個福晉餵的東西，其他人餵的就算是龍肉，那四個畜牲也是連聞都不聞。

四阿哥眉頭深鎖，想了半天也沒明白這幾個女人在搞什麼鬼，又找來十三和十四，兩個阿哥一問，兩人也問得愣了。

十三阿哥疑惑地說道：「我說最近玉玉怎麼老是鬼鬼祟祟的呢？廚子還支支吾吾地和我說福晉有些奇怪，每天都要十幾斤生牛肉，卻不知道怎麼吃的。我還當他瞎說，踹了他一腳呢，敢情是餵了狗了。」

十四阿哥聞言不禁笑了起來。「哈哈，我說十三哥，您可真行啊！哪個廚子有那麼大的膽敢瞎編排主子嗎？哈哈。」

四阿哥也覺好笑——這個十三，平日裡精明得很，只要一遇到他家「白骨精」就成了迷糊蛋了。他看向十四阿哥問道：「你們家的小辣椒就沒有反常嗎？」

十四想了一會兒。「也不是沒有，只是我沒理會。您一說我才想起來，我屋裡的好幾幅字畫都不見了，還有兩個成窯的瓶子也不翼而飛了。這幾個妖精湊在一起就準沒好事，大概九哥那裡也少不得丟了什麼呢！」

四阿哥點點頭，心想，我的冰兒倒是沒從府裡拿什麼，不過年羹堯可是出了不少的血。

「十四弟，你去找找九弟，咱們這就去抓那幾個妖精去。」由著她們還不知得鬧出什麼來呢？

九阿哥聽完十四阿哥的話後長吁了一口氣。還好、還好，還以為爺對她沒吸引力了呢，好歹自己在府裡一直還是很老實的，連偶爾去哪個小妾的屋裡過夜，第二天都會乖乖地奉上一百兩紋銀。

睡自己的小老婆還要交錢，這也太沒天理了吧？自己卻偏偏就是犯賤地喜歡被那小狐狸虐待，該不是爺有病了吧？要不就是上輩子欠她的，這輩子還債來了，苦啊——

接著，六個阿哥——怎麼是六個呢？因為九阿哥和十四阿哥出門時，正好碰上了八阿哥和十阿哥，兩人一聽說此事就跟著一同前往了。

到了四阿哥府門外，就見四阿哥和十三阿哥已經騎著馬等了一會兒了。寒暄了一陣，六人帶著隨從往崇文門去了。

第二十七章　逍遙

六人來到了那所宅子的門口，抬頭就見門上的匾額──夢園。幾人不覺相視一笑。這幾個丫頭倒會琢磨。夢園──夢中的樂園，呵呵。

一個門房走出來恭敬地問道：「幾位爺有何事？」

九阿哥大剌剌地說道：「叫你家主人出來。」這幾個妖精，居然還就這麼過起日子來了？

門房面有難色地回道：「幾位爺，請恕小的不能從命。敝主人吩咐過，外客一律不見。」又不是想把自己連骨頭帶肉餵了狗。

「放屁！讓你叫，你就叫去，再廢話，爺賞你一頓鞭子吃。」十阿哥專橫地罵道。

誰想那門房倒是完全不懼，只聽他冷笑道：「幾位爺一看就知道都是身分不凡之人，怎能如此不講道理？敝主人雖不是什麼達官顯貴，卻也不是能任人欺負的。」說罷，就冷冷地看著幾人。

幾個阿哥不禁有些面面相覷。這幾個丫頭調教下人的手段不一般啊，竟然能把一個門房調教得如此傲骨，不卑不亢的，言辭卻句句帶刺。不過他們是誰啊？除了進紫禁城，還沒什麼人敢攔他們呢！

十四阿哥不耐地把門房推到了一邊。「看住他。」你奶奶的，瞧自己的老婆還要費這麼大的勁?!

六人不再理會那個被下人死死捂住嘴巴的門房，直往大門走去。剛進了大門，幾個家丁模樣的人就圍了上來。六人也不答話，就讓手下把那幾個家丁捂嘴按手地壓在了地上。

進了二道門，又看見幾個丫頭僕婦，被他們嚇得大聲喊了起來。四阿哥眉頭一皺，揮了揮手，從容上前喝住了幾個婦人。

可到了三道門的門口，六個人就呆住了。

四隻體壯的大狼狗威風凜凜地堵在門邊，眼神裡除了凶惡、不屑還有興奮，彷彿在說：終於來了試牙的了。不過，樣子雖然凶惡，卻都一聲不吭，看來還真是訓練有素。

六人你看看我，我看看你，一時之間也不知道該如何是好。收拾這幾條狗是簡單得很，可是收拾之後，只怕他們就要倒楣了。

還是十三阿哥最先喊了出來。「白玉，妳出來。」

屋裡，四個人正在打麻將呢，周圍還放了一圈擱滿了冰塊的銅盆。聽到十三阿哥的喊聲，四人停止了手裡的動作，狐疑地看向門口——十三怎麼來了？

「死狐狸，妳給爺滾出來！」九阿哥的咆哮聲也響起來了。

青萍愣了一下，繼而微笑道：「大概四四和小十四也來了，呵呵。」

嬌蘭把手裡的牌甩到桌上，冷笑道：「被哮天牠們攔在院門口了。」

冰珊哼了一聲道：「還挺快的。」原想他們還會過一段時間才能發現呢，到底是老康的兒子，手腳就是俐索。

四人起身走到門口，相思用嘴把門拱開，四人就邁出了大門。

四阿哥一看幾個女人都出來了，就說道：「還不讓這幾個畜牲滾開？」

「嗚嗚……」四隻狗立刻就蓄勢待發了，嚇了六人一跳，幾個阿哥連忙後退了一步。

「噗哧」一聲，青萍笑呵呵地說道：「銀子，回來。」

冰珊的嘴角微微一翹，也喊了一聲：「夜叉。」

嬌蘭兩眼一翻，懶洋洋地說道：「哮天，過來。」

白玉也安撫似地拍了拍相思的頭，只見剛才還惡狠狠的四隻狼狗，一眨眼就跑到了各自的主人身邊撒起嬌來了。

冰珊拍了拍夜叉的頭，對四阿哥說道：「進來吧。沒有我們的話，牠們不會咬人的。」夜叉居然還配合地晃了晃腦袋，看得幾人哭笑不得。

六人進了院門，跟著冰珊她們進了屋。一進屋，幾個阿哥就呆住了——這幾個女人還真會享受！

屋子正中一張楠木的八仙桌上還散著一副象牙的雀兒牌，顯然，這幾個正在玩。旁邊還有一張桌子，上頭放著圍棋、象棋和幾個木盒子，兩邊有幾張沙發，四張小的，兩張大的。牆上掛著四人的兵器——冰珊的長刀、青萍的西洋劍、嬌蘭的鞭子，還有白玉的飛鏢和一個圓圓的靶子。這邊牆上掛著幾個獸頭，除此之外再無其他裝飾了。屋子裡放著十幾個裝著冰塊的銅盆，所以，涼爽得很，和外頭熱得難受的天氣一比，這裡簡直就是人間天堂。

有些東西是冰珊她們按照現代的標準和樣式畫了圖樣讓人製作的，比如沙發、比如西洋劍……

西邊的屋裡有一張長長的楠木條案，上頭擺放著各色的筆墨紙硯，條案後頭的牆上掛的字畫正是十四阿哥丟的那幾幅名人字畫，連那兩個成窯的瓶子也擺在旁邊的多寶格裡呢，裡面還擺放著一些其他的東西——九阿哥恍惚地看見了自己家裡的一個薰香用的白玉薰爐。兩旁有幾把楠木椅子和兩張楠木茶桌。

東邊屋裡，四張湘妃榻錯落有致地擺放著，每張榻前都有一張小桌，榻下還鋪著長毛的波斯地毯，此時，那四隻狼狗正趴在上頭小憩呢。屋子一角還有一張大些的床榻，炕桌上散著一副紙牌。屋裡的器具無一不是精美實用，價格也似乎不菲。

看著他們不停地打量這自己的小窩，四個女人都覺得有些好笑，也不理他們，坐下繼續玩牌。

四阿哥皮笑肉不笑地說道：「妳們倒是挺會享受的啊？」

冰珊掃了他一眼，淡淡地說道：「人活著不就是為了享受嗎？否則，那麼多人每天庸庸碌碌的為的是什麼？五萬。」一句話把幾人都問住了。是啊，他們不也一樣嗎？千方百計地想要坐上那把椅子，不就是為了能更享受嗎？

四阿哥卻不以為然地說道：「妳們不是說，沒有人可以心安理得地享受別人創造的財富嗎？」這還是那年和他去河南時說的呢。

青萍呵呵一笑道：「四哥真會說笑，我們是在享受自己的財富。您不知道夫妻一體這個道理嗎？小辣椒，妳等等，這張發財我要碰呢。」一把嬌蘭的手拍到一邊，拿過白玉剛打出來的那張發財，和自己手裡的一對兒摞倒放在一起，又拿出一張東風，說道：「我們的信條就是，成了親，你的就是我的，我的還是我的。東風。」

她說得四阿哥、九阿哥、十三阿哥和十四阿哥的鼻子差點沒氣歪了。合算全是妳們的，沒我們的分兒?!簡直是豈有此理！

八阿哥和十阿哥已經是吶吶不能成言了。這幾個可真算得上是天底下最大禍害了。

九阿哥咬牙切齒地說道：「照妳這麼說，妳的也是我的，妳幹麼還苛扣爺平日的花用？」說得其他幾個阿哥都在心裡偷笑不已。早知道九阿哥府裡的情形了，連九阿哥去小妾屋裡過夜，都要交給自己福晉一百兩銀子——當然是從九阿哥的月例裡扣的。

原本嬌蘭和白玉也要照法施行的，卻被十三和十四嚴詞拒絕了。開玩笑，要是傳出去就別見人了。

四阿哥暗自慶幸自己的冰兒只是側福晉，她要是嫡福晉……天！

嬌蘭嘲諷地一笑道：「九哥理解錯了，應該是你們的就是我們的，可我們的還是我們的。這裡的我們就是指我們四個被欺壓的女人，可不包括你們這些高高在上的阿哥爺，哈哈。我落聽了，準備拿錢吧。」

幾人聽完她的話，險些沒集體暈過去。她們還受欺壓?!也不知是誰高高在上！連八阿哥臉上那淡淡的笑容也快掛不住了，這幾個是女人嗎？怎麼瞧，都像是一群妖精，看看，一邊和他們鬥嘴，一邊還不忘繼續打麻將哩。

「小辣椒，妳先別高興，我也落聽了，哈哈，清一色一條龍，啦啦啦……」白玉笑咪咪地哼著小調。

青萍冷笑道：「還清一色呢。我也落了，小心放炮吧妳！」

白玉嬉笑道：「我才不怕呢，我打熟張。西風。」

冰珊卻淺笑道：「和了。自摸，大四喜。」

「啊？有沒有搞錯啊妳?!今天妳都和了兩把大四喜了，還有一把地和，一把小三元。妳要讓我們破產啊?!」白玉噘著嘴嘟囔著。

青萍和嬌蘭也是一臉不甘，嬌蘭皺著眉說道：「今天真背。」掃了一眼旁邊的幾個阿哥。「楣神上門。」

幾個阿哥氣得吹鬍子瞪眼的，心想，敢說爺是楣神？反了妳了?!

青萍撇了撇嘴。「得了，願賭服輸。給妳。」甩手就是一張四百兩的銀票，看得九阿哥心驚膽戰。我的額娘啊，四百兩耶！那可是爺半個月的花銷啊，這女人就這麼「啪」的一聲甩給別人了？敗家的女人！

十三阿哥和十四阿哥也害怕地瞅著自家的福晉——狐狸輸了四百兩，那她們……

白玉放炮了，自然和莊家一樣是四百兩，還好，嬌蘭只出了二百兩，是也不少。其他幾人斜眼瞧著四阿哥，想道：怪不得四阿哥不撈外快呢，敢情這外快都是從他們這兒出的啊……

四阿哥哪裡不知道幾個弟弟的心思，可心裡也很冤哪，自己可是一個銅子兒也沒瞧見啊！

冰珊瞧了瞧桌上的銀票，笑道：「呵呵，兩千三百兩了，一會兒去太白樓叫上兩桌好菜，我請客。」

「是啊，妳請客，掏錢的可是我們。」青萍白了她一眼說道。

一直沒說話的十阿哥卻動起了心眼。這幾個丫頭玩得可夠大的啊。嘿嘿，爺也湊湊熱鬧吧，看看冰珊面前那厚厚一疊銀票……

「爺也想玩玩，怎麼樣啊？」十阿哥搓著下巴問道。

四人妳看看我、我看看妳，心想，來頭肥羊了，哈哈，被珊珊贏了那麼多了，她們正不知道如何翻本呢，這不就有送上門來挨宰的了？

冰珊起身淺笑道：「十爺坐這兒玩吧，我去讓他們給你們備些茶點。」

青萍故意不依地說道：「不行，妳那裡今天旺得很，幹麼讓他坐？」

嬌蘭和白玉也假裝地抗議，冰珊微微一笑道：「來者是客，妳們就讓讓十阿哥吧。」

十阿哥早就迫不及待地坐到了那裡，摩拳擦掌地大笑起來。青萍三人的嘴角一翹，互相遞了個眼色，就開始給某十磨刀了。

冰珊走到門口揚聲道：「福嫂，去沏上十杯香片，順便再把刨冰端來。」

十三阿哥奇怪地問道：「刨冰是什麼？」

看了他一眼，冰珊哂道：「拿來你就知道了。」說完就走向一個單人的沙發，坐在上面看著五人還在罰站，皺眉問道：「老是站著，你們就不累嗎？」

五人有些尷尬地愣了下，就都坐下了。不一會兒，一個僕婦就領著兩個小丫頭端著托盤進來，把茶水依次放在各人面前，又讓那兩個丫頭把刨冰也都放好，剛要出去，就聽冰珊說道：「妳且等等，告訴高管家和外頭的小廝，以後這幾位爺來了，就不用攔了。還有，讓他們的隨從都到外院的耳房歇著去，給他們切上幾個冰鎮的西瓜，妳們也跟著吃些，還有……」她看了看幾個阿哥。「告訴他們，我不管他們是誰的奴才，在我的地盤就得守我的規矩，凡是胡言亂語、傳閒話的、打架鬧事、拌嘴的都給我滾出去。要是妳們治不了，就進來回我。」

青萍幾個聞言微微一笑，就知道珊會給他們立規矩的。

福嫂答應了，又問道：「主子，晌午的飯，您看……」

「去太白樓叫上兩桌，一桌好的抬進來，另一桌給這幾個爺的隨從，妳們還是照舊由廚房做了吃吧。記住，除了我這裡，別人一概不許飲酒，尤其是那些『客人』。還有，告訴高管家，下午我再放月錢。後院小李子的娘病了，就說我交代多給他二十兩，放他回家去侍候他娘，等老人痊癒了再回來。再有，秋櫻的哥哥不是想進來嗎？等明兒有空兒了就叫他過來，我們看過了再定。另外告訴高管家，叫他下午再去買些冰塊來。暫時就這些，其他的我想起來再告訴妳，妳下去吧。」有條不紊地吩咐完了福嫂，冰珊端起刨冰說道：「你們也嚐嚐這個。」說完才發現，十三阿哥和十四阿哥面前的盤子早就空了，不禁微笑道：「夜叉，去告訴福嫂再端些刨冰來。」幾個阿哥原就被她剛才一番訓話唬得一愣一愣的，這會兒見她居然叫狗去傳話，不禁笑了起來。

十四阿哥笑問道：「妳的狗會說話？」

冰珊搖搖頭，舀了口刨冰放進嘴裡。

「那妳還叫牠去？」十三阿哥也笑了。

青萍忙裡偷閒地笑道：「十三弟，你若不信就看著好了。胡了！哈哈，掏錢吧！」

「怎麼又胡了？」十阿哥苦著臉自語道。

八阿哥淡淡一笑道：「妳們這裡倒真像個夢中的樂園啊。」

冰珊柔和地說道：「就是為了放鬆，我們才買了這座宅子。」

八阿哥點點頭，欣賞地看著冰珊如今日漸溫柔的面孔，心裡還是遺憾不能和她比翼齊飛。

四阿哥端起茶杯笑問道：「妳們這裡一應用品全都齊備，卻不知像那些筆墨紙硯之類的，妳們用得著嗎？」幾個阿哥都偷笑起來，從來都沒見她們提筆寫過字畫過畫的，連書都很少見她們看，可看看西屋的陳設——不僅筆墨紙硯樣樣齊備，還有一個大大的書架，滿滿的都是書，該不會是搗蛋鬼大全吧？呵呵。

冰珊冷冷一笑，站起身走進裡屋，拿起筆，龍飛鳳舞地在紙上寫了幾個大字——銀鈎鐵畫。

幾個阿哥都跟了過來，看著桌上蒼勁有力的四個大字都嘖嘖稱奇起來。十三阿哥拍手讚道：「好字體。看似顏體，卻更加有力度了。呵呵，冰珊，妳幾時練的啊？我們怎麼都不知道？」

他的問題也是其他人想知道的，冰珊淡淡地說道：「我幾時說我不會寫字了？」除了在宮裡唬唬過康熙以外，其實自己是學過書法的，那時也確實是不會寫繁體字，可都這麼多年了，要是再不會也太扯了吧？

幾人都不約而同地看向那三個正在給十阿哥「放血」的女人——她們也會嗎？

八阿哥微笑道：「妳會畫畫嗎？」

冰珊放下筆，朝九阿哥努了努嘴說道：「他家狐狸會。」

九阿哥若有所思地看著青萍，心裡想著，小狐狸還有多少秘密是自己不知道的？

青萍卻抬頭笑道：「等我翻了本再畫吧。哈哈，又落聽了。」

接著，就聽見十阿哥嘟嘟囔囔地說道：「真是倒楣。」

幾人聞言，不禁莞爾一笑。這個老十真是笨得可以，也不看看那幾個在幹麼？

三人雖未說話，可仔細觀察就會發現她們的小動作可真不少。

白玉摸了摸鼻子，對面的嬌蘭馬上就打出一張二筒。青萍用食指在耳朵上蹭了蹭，白玉就打出一張三條——除了拇指和食指外的三個手指都翹著，可不是三條嗎？嬌蘭伸出手掌在臉上抹了一把，青萍立刻就打出一張五萬。以此類推，可憐十阿哥這把是莊家，卻三圈都沒抓上牌了，不輸等什麼呢？

十三阿哥走到書架前看了看，回頭笑道：「妳們看的書可夠雜的啊。」看這書架上，除了四書五經之類的八股文沒有，其他的一些，像《史記》、《左傳》、《詩經》、《爾雅》、《楚辭》、《春秋》、《戰國》、《全唐詩》、《全宋詞》還有《山海經》、《西遊記》和一些雜史類，甚至還有《孫子兵法》、《三十六計》、《鬼谷子》、《乾坤大略》等等一類兵書。

「難不成妳們還要帶兵打仗嗎？」他有些奇怪幾個女人的品味。十四阿哥也好奇地走過來看了看，嗤笑道：「女人看這個有什麼用？妳們該看看《烈女傳》之類的才是。」

「哼，目光短淺。」冰珊冷冷地說道。「誰說只有帶兵打仗才能看兵書了？兵書上的謀略一樣可以用在別的地方，你們也學詩詞歌賦，難道為了當詩人不成？」

這時，兩個丫頭端著托盤走了進來，托盤裡還真是刨冰。夜叉討好地跑到冰珊腿邊蹭了蹭，冰珊溫和地一笑，蹲下揉了揉夜叉的腦袋，就見夜叉做了一個讓四阿哥很憤怒的動作——伸出舌頭舔了冰珊的臉一下，氣得四阿哥恨不得把夜叉扔出去。那是他的地盤，可惡的畜牲！

冰珊輕聲笑了起來。這是她在死黨和胤禛以外最信賴的夥伴了。她發自內心的愉快笑聲和燦若朝霞的美麗容顏，把八阿哥的心神狠狠地撼動了。

若她是自己的，該有多好？

拍了拍夜叉的頭，示意牠回去待著，就站起身來到外間，坐進沙發開始品嚐起爽口的果汁刨冰了。

十三阿哥走回來坐到對面，笑問道：「妳是怎麼把狗訓得這麼聽話的？」

白玉卻在百忙之中回答了他。「你不用問珊珊，回頭我就能告訴你。哈哈，我和了。」

十阿哥氣憤地端起盤子，把一盤刨冰都塞進了嘴裡，頓時冰得他腮幫子全都麻了。想要吐出來，卻被青萍的一句話給堵回去了。

「銀子，他要是敢吐，你就讓他給我全吃回去。」青萍一邊洗牌一邊向她的狗命令。

就見銀子跑到十阿哥身邊，咧著嘴看著他，似乎在說，吐啊，快點啊，你倒是吐啊！

十阿哥看了看跟前齜著滿嘴白牙的狗，心想，我要是吐了再叫你逼著吃回去，爺就只能自殺以謝天地了！他強忍著不適，快速把冰塊嚼碎了吞下去，末了還張開嘴巴讓銀子看看。「嘿嘿，爺都吃完了。」

銀子不高興地嗚嚕了一聲，沒精打采地回去趴著了。

「噗噗噗……」除了十阿哥，其他九人都把嘴裡的東西噴出來了。

「哈哈哈哈……」哄堂大笑的聲音幾乎把房頂都掀破了。

第二十八章　美德

話說，終於在十阿哥輸了兩千多兩銀子後，午飯來了。

十阿哥沒精打采地坐到了椅子上，耳邊還聽著那三個狡詐的小妖精嘰嘰喳喳地說個不停。

「耶——回本了，給你。」白玉興奮地蹦到十三阿哥的身邊，晃著手裡的一疊銀票又笑又跳的。

「是啊，我也回本了。」青萍笑咪咪地把銀票塞進懷裡，九阿哥看得直跺腳。沒見白玉都把錢款上交了嗎？死狐狸。

嬌蘭樂呵呵地走到十四阿哥面前說道：「看看，哈哈，我厲害吧？」十四剛要伸手，就見嬌蘭又把銀票拿回去了，氣得十四直瞪眼。

四阿哥好笑地看著幾個女人快樂的樣子，再看看老十垂頭喪氣的嘴臉——哈哈，還真是可笑。

八阿哥含著淡淡笑容看著一屋子快樂的人，卻在心底感覺到這一切都不屬於他。

吃飯的時候，十阿哥忍不住抱怨道：「今天手氣太不好，明兒我再來翻本。」桌上的眾人都笑了起來。這個老十還真夠實誠的！

吃了飯，四阿哥還有差事，就和十三一起走了。臨走時，四阿哥低聲對冰珊說道：「晚上早點回去。」

冰珊淡淡一笑道：「我知道。」伸手給他理了理衣裳。「你也是。」
四阿哥抿嘴，心一喜，回頭招呼和白玉難分難解的十三阿哥。「走吧。」
十三阿哥依依不捨地吻了吻白玉的臉，笑道：「等我回來吃飯。」
「嗯。」白玉羞紅了臉——這可是在大街上哪。
看著兩人上了馬絕塵而去，冰珊和白玉回到了屋裡。
一進門，就見十阿哥正和青萍她們學玩撲克牌，兩人不禁搖了搖頭——這個老十除了吃，就是玩。
八阿哥卻在中間屋的桌子旁自己擺圍棋，靜靜的，在光線的照耀之下越發顯得恬淡安詳。見兩人回來，九阿哥和十四就拽著自家福晉溜到耳房去了。用腳趾頭想都知道他們去幹麼。
冰珊獨自坐在窗下看書，那邊，白玉和老十兩人湊在一起玩紙牌。
胤禩的眼睛盯著棋盤，心卻在西屋窗下那個靜靜看書的人身上，時不時地瞟一下那個令他魂牽夢縈的人兒慵懶地靠在椅子上，右手執書，左手的食指卻有一下沒一下地捲著頰邊一縷髮，彎彎的黛眉時而展開、時而輕鎖，嫣紅的唇瓣也時而緊抿、時而上翹，如玉一般的肌膚在微光下幾近透明，曾經冰冷的氣質早就被眉梢眼角那絲絲縷縷的柔媚所代替。
他不由想起那次給她治傷的情景——那時的她在逍遙散的藥力下，顯得那樣嬌媚惑人，火熱纏綿的熱吻幾乎把他整個人都融化了。大婚那天，看著她被四哥牽著紅綢走回新房，他的心嫉妒得都要發狂了。新房中，看著她主動地吻上了四哥的臉，自己那早就破碎的心再一次被狠狠地砸了下，看不見傷，卻又椎心刺骨地疼痛。

珊兒，妳可知道，這幾年來我是多麼難過？妳是四哥的人了，妳的美麗、妳的溫柔、妳的魅惑、妳的嬌羞，都只為他一人綻放了，每當夜深人靜的時候，我就會拿出那方手帕——那上面有妳的血跡、有妳的氣息，是我僅有的屬於妳的東西了。為什麼不是我？為什麼不是我？如果，將來我可以把妳奪回來，妳會肯嗎？還是會恨我？恐怕，妳是會恨我的。我知道妳的心裡只有他，只有那個冷冰冰的四哥，從來就沒有我的位置。可是，我還是忍不住想要試一下，如果，僅僅是如果，妳也能對我綻放那般的溫柔和美麗，哪怕只有一次，我死而無憾——可是，妳會嗎？

感覺到八阿哥的窺視，冰珊有些煩躁。

早就知道他的心這幾年沒有變過，自己有意避開和他的相遇。其實，他是個很優秀的人，奈何自己只有一顆心，給了胤禛就再也給不了他，便有些怕看見他含情脈脈的眼睛，那裡面承載著太多自己無法接受的情意。

唉，這個人何時才會把自己從這個漩渦中拔出來呢？

胤禩放下了手中的棋子，走到西屋的條案前開始磨墨。自己的注視，她怎會察覺不到？雖然她掩飾得很好，可只要看看她好一會兒都不再翻書了，就明白她的心思根本不在書上。

提起筆想了想，他在紙上畫了一幅寒梅傲雪，和手帕上畫的一樣，只是，紅色的顏料終究不及她的鮮血那樣燦爛奪目，那樣讓他心醉神迷。

冰珊注意到他的舉動，只是不明白他要幹什麼，待看到他在紙上畫著，又有些好奇他到底畫了什麼。不過，她是個沈得住氣的人。如果他想讓她知道，自然會給她看。反之，自己就是要看也不會看到的……想來他會讓她看的，否則，他大可以回家畫去。

八阿哥明白冰珊的心思，也是因為這樣，才更放不開她。一個如此聰慧的女子卻是他哥哥的女人……哈，真是造化弄人呢。

「冰珊。」溫潤的嗓音把冰珊的情緒攪得稀爛。這個人就是不肯放過她，也不肯放過他自己。

「何事？」

那不帶任何情緒的語調使得胤禩暗自苦笑了下。這個丫頭對自己永遠都是這樣，除了心神迷失的那一會兒以外。

「來看看，我畫得可好？」哪怕只是片刻的靠近，也是好大的安慰了。

看著他一如既往的溫和的微笑，冰珊對他隱藏情緒的本事簡直佩服得五體投地。不愧是雍正最強勁的對手。

她起身走到桌子的對面——寒梅傲雪？似乎在哪裡見過？對了，大婚後，給他敬茶的時候，他手裡的那方手帕上也是這圖，而那手帕好像是自己的……他想幹什麼？

「八爺好棒的畫工。」她若無其事地說了一句。先發制人適用於敵暗我明的狀況。

微微一笑，胤禩覺得她應該是個很好的對手。至少，比那些人要有趣得多，呵，珊兒，我越來越有興趣和妳玩了呢。

「妳的字好，不如請妳來給這幅畫題個字如何？」似乎自己有些壞心啊。

「八爺過譽了，冰珊是初學乍練，若是題了，倒污了八爺的畫卷了。」才不上當哩。

「可我覺得，這幅畫也只有妳題的字才配得上。」他享受似地看著她的俏臉些微變了下，可馬上又恢復了以往的冰冷。

「我的字配得上這幅畫？我倒覺得，這幅畫配不上我的字呢。」該死的東西！

她惱了，呵呵。八阿哥淺淺一笑，拿起筆在畫上寫了幾個字——

冰肌玉骨，傲雪迎霜。

若能相顧，此生所償。

寫完了，他抬起頭認真地看著她。

冰珊眉頭一皺，走到案前，看了他一眼，拿起一枝筆。

心如磐石，再難相顧，

癡心妄想，今生無望。

胤禩的心一下沈入了深淵。他自嘲地一笑，拿起畫撕得粉碎。

「好。」他似是從牙縫間擠出來一般。「四哥好幸運。」

終是有些不忍，冰珊真誠地說道：「每個人的心之舟都有屬於他自己的港灣，你的港灣不在我這裡，也許它就在你的身邊。」

八阿哥淡然地一笑。「可那都不是我想要的。」

冰珊冷冷一笑。「那我就無能為力了。我這裡太狹窄，只容得下一艘船，船的名字就叫胤禛。」

雖然早就知道，可聽她親口說出來還是讓他心痛。「妳好殘忍啊……」

冰珊飄忽地笑看了他一眼。「有時候，殘忍也是一種美德。」說完她就走出了他的視線。

「玉玉，我先回去了。」她拿起掛在牆上的長刀，拍了拍湊過來撒嬌的夜叉，推開門走了。

白玉被她突如其來的舉動弄得錯愕不已，還不及問出口，人就已經出了門。這是怎麼回事？她看向條案後呆立的八阿哥和他手邊的碎紙片——有什麼是她們不知道的嗎？

八阿哥已經沒有知覺了。殘忍也是一種美德？哈哈哈……好一個殘忍也是一種美德。珊兒，如果妳真是這麼想的，將來，可不要恨我啊……

十四阿哥的府上，嬌蘭最近和十四有些彆扭，原因是關於他們家弘明的教育問題。

她是想按照現代的教育方式來教養寶貝兒子，可十四卻堅持要遵照皇族的規矩，結果就是兩人為了這個話都說不俐落的小鬼打了一架。但顯然十四爺的火力比起他的親親福晉來還是稍嫌遜色，於是，從第二天開始，嬌蘭就把兒子帶在身邊了。

「寶寶，你看這朵花好看嗎？」

弘明點點頭。

「那你看這個呢？」嬌蘭拿起一枝凋謝了的花，又問他。

小弘明搖搖頭。「不。」

「呵，寶寶，額娘告訴你喔，這世界上的每一樣東西都有著屬於它的美麗。盛開的花鮮豔奪目，凋謝的花卻另有一種殘缺的美麗。你要學會觀察每一樣東西暗藏的美感，發現它，欣賞它。」嬌蘭也不管弘明能理解多少，反正她想到了就說。

沒想到的是，弘明聰明得很。

這天，小弘明手裡捏著一隻死老鼠，笑咪咪地跑到嬌蘭面前說道：「額娘，看，漂亮。」

天！嬌蘭暗自呻吟了聲。死耗子哪裡漂亮了？

「額娘，耗耗，漂亮。」弘明獻寶似地把死耗子舉到嬌蘭的眼前。「毛毛，漂亮。鬍子，漂亮。尾巴，漂亮。」

「得，我的乖兒子。你先把這隻『漂亮』的『死』耗子給嬤嬤好嗎？咱倆再來討論牠漂不漂亮的問題。」快噁心死了。「於嬤嬤，把這玩意兒扔出去。」

之後幾天，弘明經常拿一些稀奇古怪的東西來問嬌蘭漂不漂亮，比如爛菜葉、魚骨頭、大螞蟻、死蒼蠅。當然也有好的，比如嬌蘭的睡衣、胭脂、鞋子，還有於嬤嬤的抹胸。

嬌蘭決定放棄教弘明尋找美麗、發現美麗了。

因為有一次，弘明把某個姨娘的肚兜拿出來了，送去給他額娘獻寶，偏巧趕上他額娘和他九伯母以及他阿瑪、他九伯父、十伯父在一起聊天。

當他甩開於嬤嬤跑進大廳以後，踉踉蹌蹌地奔向他的額娘。「額娘妳看，這個，漂亮。」所有人目瞪口呆地看著小弘明手裡那個繡著鴛鴦戲水、紅豔豔的肚兜，忍著笑看向十四兩口子。

十四阿哥一臉黑線地看著嬌蘭。死丫頭，妳都教他什麼了，啊？他看了看肚兜——好像不是蘭兒的啊？

嬌蘭尷尬地對弘明說道：「寶寶，你打哪兒找來的……」

「啊——爺。」舒舒覺羅氏呆愣愣地看著一屋子人，心想，完了，這臉都丟到姥姥家去了。

「弘明，快把那個還我！」舒舒覺羅氏氣喘吁吁地一把奪過弘明手裡的肚兜，連頭都不敢抬就飛快地逃跑了。

屋裡的人，除了十四阿哥家的三口子都大笑起來。

十四瞪著弘明說道：「死小子，誰讓你亂拿了，啊?!」

弘明委屈地看著黑著臉的阿瑪和噴火的額娘，囁嚅地說道：「額娘說的。」

暈。這是嫣蘭唯一的反應了。「我幾時讓你拿這個了？」她心虛地看了看自己老公——嚥了口唾沫。死小子，想害死你額娘我啊？

「額娘說美的。」可憐弘明組織話語的能力實在是太差了。

「天……」嫣蘭快昏過去了。

十四阿哥瞪著嫣蘭，心想，爺給妳做的比不上這個嗎？還讓兒子偷人家的？

「不是這樣的……」嫣蘭快急哭了。「我是叫他去發現每一樣東西的美麗，可沒教他拿人家的……拿人家的肚兜。」

「噗——」

九阿哥三人笑得前仰後合的。小辣椒的教育方式還真特別啊！

終於，弘明給他額娘解了圍。

「是，額娘說的，都漂亮，什麼都漂亮。」

當天晚上，十四爺狠狠地教訓了一下他的嫡福晉，讓她保證絕不再教弘明這個了才算罷手。

至於教訓的方式嘛……非禮勿視！

可從那天起，「十四爺有個很色的兒子」這個傳聞就悄悄地傳開了。

鑑於十四福晉對弘明的教育失敗，所以，十四阿哥決定不讓他那邪惡的福晉再教育寶貝兒子了。不過，他對弘明也不像以前那樣總是板著臉了，有時也會抱著他瘋玩一會兒。

小弘明現在一見到他就樂到不行。他阿瑪好厲害喔，可以把他抛得高高的再接住，可以把他頂在脖子上快跑，還可以趴在地上給他當馬騎，這些都是額娘做不到的。不過，小弘明還是更喜歡和額娘的幾個死黨在一起。死黨是額娘說給他的，雖然他不明白什麼是死黨。額娘的死黨就是四伯父家的冰姨、九伯母和十三伯母了，他最喜歡和額娘一起去她們的夢園了。那裡有四隻好可愛的狗狗，還有好多稀奇古怪的東西，好好玩啊！

這天，嬌蘭又帶著寶貝兒子來到夢園。到了門口，剛巧碰上了冰珊和白玉，三人一起進了屋，才知道青萍早就來了。

進了屋子，四個大人、一個小孩開始玩起跳棋，忽聽外頭傳來一陣說笑聲。

「夜叉、相思，過來，看看爺給你們帶什麼來了？」是十三阿哥的聲音。

最近，他和老十經常帶肉過來給夜叉牠們。十三是因為喜歡，老十則是為了不被咬。銀子最喜歡欺負他了，老是故意地嚇唬他，受牠的影響，夜叉牠們也開始折騰他了，有時故意撞他一下，有時在他吃飯的時候蹲坐在旁邊瞪著他——試想，如果有四隻狼狗惡狠狠地注視著，還吃得下飯嗎？

十三阿哥把手裡的牛肉交給福嫂，和四阿哥一起走進屋裡，看見弘明也在，十三阿哥就笑道：「小弘明，過來，讓十三伯抱抱。」說著就張開雙臂把飛撲過來的弘明抱在懷裡親了一下，然後舉得高高地轉圈，把弘明樂得格格直笑。

四阿哥含笑看著一大一小把笑聲撒遍了整個房間，轉頭對冰珊笑道：「妳們幹麼呢？」

冰珊也回他一個微笑。「陪弘明玩跳棋呢，你們倆怎麼有空了？」

十三阿哥放下弘明微笑道：「我和四哥這兩天就走，要去江南。」

江南？四人不禁對望了一眼——去江南幹什麼？

冰珊奇怪地問道：「你們去江南幹什麼？」

四阿哥微笑道：「皇上要我們去江南募捐。」

四人的心跳快了下——快了，競爭已經日趨白熱化了。

拜「雍正王朝」所賜，幾人依稀記得正是從四阿哥和十三阿哥去江南為賑災、讓鹽商捐銀子開始，幾個阿哥就把暗地裡的較量擺到檯面上。

再後來，就是廢太子了。

怎麼辦？他們打架是他們的事，可四人的老公卻分屬兩個黨派，而且還是鬥得最厲害的兩個黨派——四爺黨和八爺黨。

她們要何去何從？

第二十九章　懷疑

因為四阿哥和十三要去江南，所以白玉和冰珊也開始準備行裝了。李氏是很想去的，可惜四爺根本不鳥她。至於十三，當然是帶著他的嫡福晉了——秘密地。

出了京城，一行人快馬加鞭地趕往江南。到了江蘇銅山，四阿哥遇到了一個讓他覺得很有意思的人。

那天，四阿哥和十三阿哥以及冰珊、白玉還有幾個隨從在街上遛達，剛好碰上了幾個地痞在調戲民女。大家都知道，女主角們一向最是看不慣這個了。

白玉首先就看不下去。「混蛋！竟敢當街調戲民女？看我收拾他！」

十三阿哥一把拽住她。「妳給爺安分點。我們都有差事呢，別惹事。」

白玉不高興地瞪了他一眼。「什麼嘛，見義勇為才是好市民。」

「好市民？什麼是好市民？」十三又一次被他福晉的話弄傻了。

冰珊適時地給白玉解圍。「玉，妳稍安勿躁，這不有人管了嗎？」

眾人朝那邊看去，只見一個身材高大魁梧的漢子擠進了人群，此人長相可不好看，濃眉大眼，眼中寒光四射，臉上的麻子足有銅錢大小，嘴巴也不小，看年紀倒和十四阿哥差不多。此時，他譏誚地看著那地痞說道：「我說秦六兒，你小子怎麼就狗改不了吃屎呢？皮又癢了吧啊？

要不要小爺給你撓撓啊？」

秦六兒白他一眼，不屑地說道：「姓李的，你少管閒事！小心爺打得你滿地找牙！今兒我的兄弟可都在呢，你要是識相就給老子滾得遠遠的！」說話間，六、七個地痞就圍了上來。

那漢子微微一笑道：「我呸！也不打聽打聽，你李爺我是那麼容易被人打的嗎？趕快把人家姑娘放了，什麼東西，你他媽的就沒有姊姊妹妹了？你娘要是在街上被人調戲了，你會怎麼想？喔，忘了，你娘被你氣死了。」譏刺的話語使得那個秦六兒惱羞成怒了。

「姓李的，今兒要不讓你服了老子，老子就跟你姓！」

「呵呵，不敢不敢，我可要不起你這樣的孫子。再說，你就是裝孫子也沒用啊！」說得眾人都笑了起來。

「李衛！你他媽的別給臉不要臉，今兒你秦六爺就給你立立規矩！給我上！」秦六兒招呼著一干地痞潑皮把那個李衛圍在當中，就是一場混戰。

李衛身量較高，兼之又魁梧精壯，倒是不懼對方人多，一邊打還不忘一邊調侃道：「秦六兒，你瞧你那德行，都快跟城外山神廟裡的小鬼似的了，還色膽包天地調戲民女？就不怕你老秦家斷子絕孫啊你?!」

「嘿，看見沒有，小爺我這可是正宗的少林功夫。」只見他一側身，手掌拍在一個潑皮的後背上，怪叫道：「看小爺的韋陀神掌！」然後又一個轉身，竄到另一人的跟前，伸出兩根手指插向對方的眼睛。「這叫二指禪！」嚇得那人一下子捂住了眼睛，不想卻被李衛一腳踹在肚子上，栽了個跟頭。

圍觀的人都大笑起來，四阿哥也是微微一笑。此人倒是有趣，他轉頭看向冰珊，卻見她一臉若有所思，微一皺眉——她在想什麼？

冰珊在想什麼就不用說了。她和白玉兩人對望了一眼——他是李衛？是那個李衛嗎？

眼見李衛和眾潑皮打得熱鬧，而那李衛其實也不會什麼功夫，不過就是力氣大些，略微有點底子而已。眼見他在眾潑皮的圍攻下已經有些不支了，白玉忍不住手癢起來，悄悄從懷裡摸出一支飛鏢，朝著那個秦六兒就扎了過去。

「唉喲！」只見秦六兒捂著屁股蹦到了一邊。「他媽的！誰暗算老子？滾出來！」

十三阿哥倒是看見白玉射出去的飛鏢了，可也阻攔不及，才要訓斥幾句就聽到秦六兒的話，俊臉一沈，才要發作，卻見他家福晉排開眾人走進圈子，笑咪咪地說道：「就是你小爺我。」說完還回頭朝冰珊擠了擠眼睛，被冰珊狠狠地瞪了回來。

十三阿哥的臉色立刻就難看了。死丫頭，就會招事，這個唯恐天下不亂的妖精！

四阿哥白了她一眼，又用眼神喝住了十三，對冰珊使了個眼色，示意她注意。

冰珊會意地點點頭，看著白玉搖著扇子走到那個秦六兒的跟前。「我說你這小子可真沒出息，一大幫人打人家一個，小爺我看不過了，這叫路不平，我就踩，人不行，我就踹！」說完朝著秦六兒的肚子就是一腳，把還在犯迷糊的秦六兒踹得一屁股坐在地上。

秦六兒緩過神來就大罵道：「妳個混帳東西！竟敢踹我?!兄弟們，給我上，打死這個小混蛋！」

十三阿哥眉頭一皺。「兔崽子，你敢罵她?!活膩了你！」他跳了過來，把好不容易爬起來的秦六兒又踹得一滾。

白玉樂得直拍手。「哈哈，還是胤祥最棒了。」

四阿哥皺眉喝道：「白玉，妳住嘴！」他可沒興趣鬧得人盡皆知。

白玉忙著吐了吐舌頭，訕訕地走到十三的身邊去了。

地痞們把李衛丟在一邊，氣勢洶洶地朝幾人圍了過來，看熱鬧的一瞧四阿哥和冰珊也是他們一夥的，早就閃到一邊去了。

冰珊厭煩地看著一群潑皮，冷著臉對白玉說道：「妳就是個天生的惹禍精。」

白玉兩手一攤。「得了吧，老大，就是我不出手，妳也忍不住。」說得十三和四阿哥都輕笑起來，冰珊翻了個白眼——白玉說的沒錯，就衝著那人叫李衛，她也斷不會袖手旁觀。

就在這時，李衛大聲笑道：「多謝幾位兄弟幫忙了，哈哈！」

白玉居然還朝他拱了拱手道：「四海之內皆兄弟。」十三狠狠地瞪了她一眼。

地痞們卻不打算讓他們繼續寒暄了，圍上來就打。冰珊護著四阿哥，生怕他會受傷，十三護著白玉也是怕她吃虧，李衛倒是豪氣頓增，大笑一聲就衝過來加入戰團，幾個地痞哪是他們的對手，轉眼就被打得東倒西歪的，秦六兒見勢頭不好，打了個口哨，和幾個同夥跑了。

白玉樂呵呵地喊道：「本大俠行不更名坐不改姓，京城四少的老四玉面郎君白玉郎，哈哈。」說得四阿哥和十三阿哥都笑起來。還京城四少呢！哈哈，白玉郎？是白眼狼吧！

冰珊也撐不住地笑。「行了，白眼狼，架也打了就快走吧。」京城四少？嗯，不錯。

白玉的嘴一噘，不悅地說道：「什麼白眼狼啊？真是的。」她看向十三，正背對著她在那兒抽動肩膀呢。

四阿哥也不用看了，他已經淡淡地說：「看不出妳還是有自知之明的。白眼狼？哼哼。」氣得白玉都快七竅生煙了。

李衛忍著笑走過來說道：「多謝幾位仗義出手。」

十三阿哥淡淡一笑道：「路見不平而已，兄臺不必客氣。」轉頭看向白玉道：「玩夠了吧？還不走？」

白玉的嘴一噘，看向冰珊。

冰珊瞥她一眼。妳來問。

白玉一皺眉。為什麼？

冰珊撇了撇嘴。我嫌煩。

白玉不悅地挑了挑眉毛。妳家四四的人還讓我來出力？

冰珊的唇角微微一彎。妳不願意？

白玉趕緊搖頭。小的不敢。

兩人眉飛色舞地使了半天眼色、神情，其他三人看得目瞪口呆。

十三阿哥看著他的福晉和冰珊不停地拋媚眼，琢磨了半天也沒明白兩人搞什麼鬼。

四阿哥卻隱隱覺得兩人的眉眼和這個李衛有關，可到底是什麼關係，他也不明白。

李衛早就看出白玉和冰珊是女兒身，心裡詫異白玉的行為與眾不同，而那兩個男人也絕非凡品，舉止氣度非比尋常，看著兩個女人眉飛色舞地商量著什麼，起了興趣，倒要看看她們弄什麼玄虛。
溝通完畢，白玉就朝李衛笑道：「李兄一看就是個熱心腸的人，在下有意和李兄交個朋友，不知李兄意下如何？」說完，她還瞟了一眼十三。
十三阿哥本就是個精明人，雖不知道她們在搞什麼鬼，可也明白她們絕不會輕易與人結交，故而和四阿哥對望了一眼。顯然四阿哥也和他一樣，對兩個女人的行為很是好奇。
李衛笑道：「小弟也覺得和兄臺很是投緣呢，不如由在下作東，咱們到聚仙樓暢飲一番如何？」
十三阿哥看了看四阿哥，四阿哥點了點頭，道：「也好。」於是幾人邁步往前走。路上，雙方各自做了自我介紹，當然，四阿哥等人是不會告訴李衛自己的真實身分，名字自然也是假的，老四改成了雲禛，十三自然就是雲祥了。
飯桌上，白玉跟查戶口似地把李衛盤了個徹底，最後的結論就是這個李衛便是那個李衛。
四阿哥和十三阿哥都在暗自納悶，不明白這兩個女人在搞什麼鬼，只有虛應著靜待事態的發展。
突然，冰珊轉著手裡的酒杯，淡淡地問道：「李公子對江南的鹽商熟悉嗎？」
她的話像炸彈一般把四阿哥和十三阿哥都嚇了一跳，兩人對望了一眼，均在對方眼中看到了震驚。
冰珊是如何得知他們此來要對付的是鹽商?!朝裡的事，他們從來都不和家裡人說的。

倒是李衛不以為然地說道：「那幫鹽狗子啊？哼，上頭和朝廷命官勾著，每年孝敬的銀子流水似的，下頭又勾結黑道上的鹽幫和漕幫，簡直比巡府還威風呢，家裡的錢多得都長毛了。」

冰珊的嘴角一勾。「似乎你很熟悉他們？請問，這江蘇最大的鹽商是誰？」

李衛的眼睛一翻，反問道：「夫人一個勁兒問這個，莫不是也想參一腳？」

冰珊冷笑道：「若是我也想做就用不著問了，憑他們未必就是我的對手。」

在座的除了白玉，所有人都呆住了。四阿哥狐疑地打量著他的冰兒，知道她從不說大話的，她這麼說是什麼意思？

十三則是看了看和雞肉奮鬥得不亦樂乎的白玉一眼。玉玉看來是贊同她的話，這是為什麼？

李衛卻不大相信冰珊的話，微帶嘲諷地說道：「夫人好氣魄。」

冰珊冷笑道：「這上下勾結是老把戲了。對上既要奉承卻不能過於阿諛，免得讓自己作繭自縛，至於那些混黑道的——哼，無非就是利益結合罷了。」瞇了瞇眼睛，冰珊的雙手交疊在胸前，冷冷一笑。「不過，要是我的話，就乾脆自己黑白兼做，那樣既保險，利潤也更大。」說到後來，她語氣已經有些變了。

李衛那嚼著肉的嘴就那麼定住了——這女人是混黑道的？怎麼話裡蘊含著七分自負和三分狠意呢？彷彿她天生就是這樣的人一般。

白玉也目瞪口呆了。珊啥時候有混黑道的念頭了？

十三阿哥以為冰珊故意演戲的，可又恍惚覺得她過於入戲了。

四阿哥眉頭一皺。冰珊的神態、語氣，和那些江湖上的人好像……

愣了一會兒，李衛才乾笑道：「夫人好大的膽子啊，就不怕官府追究嗎？」

冰珊譏刺地一笑道：「若是官府肯管，他們還會如此囂張嗎？」說得四阿哥和十三的臉色一變。

李衛大笑道：「哈哈，夫人說的是。若是夫人真有此意，李某願為夫人效力。」

白玉終於放過了那盤鴛鴦雞——可也是沒剩什麼了。「李公子若真有此意，不如這就和我們走吧？」說完就朝冰珊掃了一眼。

李衛張口結舌地問道：「妳、妳們真的要……要……」

「是啊，怎麼？李公子莫不是怕了？那就算了。唉……珊，我還以為遇上了一匹千里馬呢，誰知是……唉，走眼了。」

李衛聽著她的話，心裡一陣燥熱——被人看不起可是他的忌諱，何況還是被兩個女人看不起，頓時就紅了臉，說道：「我有什麼怕的？只要妳們敢幹，我就跟著，大不了一死。」

「呵呵，要你死幹麼？」白玉的眼中閃爍著奸計得逞的光芒。「珊，怎麼樣？

冰珊掃了她一眼，還不錯，不過，請妳快把妳那得意的嘴臉藏到桌子底下。

然後她對李衛冷道：「如果你真有此意，明天辰時在這裡等我。」說完就對四阿哥道：「禛，我累了，咱們回去吧。」

四阿哥點點頭，也想早些回去問問清楚。

十三阿哥和白玉自然是沒什麼意見的，倒是李衛好奇他們的身分，想跟在後頭看看，可才跟了兩條街，就被白玉的一支飛鏢給嚇回去了。

晚上，四阿哥看著冰珊忙碌地給他打水收拾，開口問道：「妳們為什麼對那個李衛如此上心？」

冰珊淺笑著說道：「以後你就知道了。或許，這次你也用得著他的。」

四阿哥皺著眉想了想。「冰兒，我不想逼妳，可是，妳是否願意告訴我這究竟是怎麼回事呢？」

冰珊頓了下，思索了一會兒說道：「胤禛，我只是覺得他是個不一般的人，將來……或許會成為你一個很好的幫手。」

「呵呵，妳呀。」四阿哥搖了搖頭笑道。「妳四爺身邊還缺幫手嗎？再說了，妳二哥不就是嗎？」

「我二哥？」點了點頭，冰珊正色道：「他的確對你很忠心，可是，他的個性過於狂傲，還有煞氣太重，胤禛，你一定要約束住他，對他不要放縱。」這或許是對年羹堯最好的報答了。

四阿哥驚異地看著她，問道：「妳、妳說什麼？妳在提醒我提防妳的哥哥？」這也太不可思議了，女人從來都是幫著自己娘家人的，哪有像她這樣提醒別人防備自己哥哥的？

冰珊苦笑了下。「也算不上提防，不過是提醒你注意罷了。」看了他一眼，她又道：「別問我為什麼。」

說得四阿哥也跟著苦笑起來。對她還真是無奈，自己上輩子一定欠了她，今生是還債來的。

冰珊知道他的心思，似笑非笑地說道：「我會看相算命。」

四阿哥忍不住瞪了她一眼。「那妳給我算算可好？」

沈吟了一下，冰珊小心翼翼地說道：「胤禛，我不能說，那是要遭天譴的。」萬一改變歷史，她們就會消失，這應該算是天譴了吧？

四阿哥愣了下，吶吶地問道：「難道，妳真的會算命？」

「哈哈，我說我前知三百年，後知三百年，你信不信？」她好笑地看著他瞠目結舌的蠢樣子，出言調侃他道。

「冰兒。」有些不高興，四阿哥的語氣也變得很低沈了。

「胤禛，如果……我是說如果，有朝一日你能獨掌乾坤，可不可以對八爺、九爺他們寬待一些？」還是忍不住想說，畢竟青萍和嬌蘭也牽扯在內啊。

「妳在說什麼啊？這是能隨便說的嗎？」四阿哥慌張地走到門口，打開門往外看了看，又將門關好，回來嗔怪地說道：「以後再別說了，要是讓人聽見……」實在不知道她的腦袋裡裝的都是些什麼？

冰珊無奈地說道：「我說過這只是如果。胤禛，答應我，如果真有那麼一天，你一定不要傷害他們。」

四阿哥狐疑地說道：「且別說這是不可能的，就算真如妳所說，我也不會對他們怎樣的。畢竟，他們都是我的兄弟啊。」

冰珊苦笑道：「希望你會記得。」恐怕到時候，就是你不想也難啊。

「好了，我們說點別的吧。胤禛，你認為那些鹽商會乖乖地掏出銀子來嗎？」

她本想把他的思緒從危險的話題上引開，可誰知——

「冰兒，妳不說我還忘了。妳怎麼知道我們會拿鹽商開刀？」四阿哥將她攬在懷裡問道。

「喔……是我猜的。」冰珊的冷汗快滴下來了。

四阿哥要笑不笑地看著她。「我此來不曾說過要拿鹽商開刀，十三也沒說過，妳是怎麼猜的呢？」

冰珊想了想，說道：「募捐自然是找有錢的了。江南還有誰比鹽商有錢？你是太低估我的智商呢，還是太高估自己的判斷力了？」

四阿哥聞言一呆。「智商是什麼？」

「就是頭腦聰明的程度。」汗啊，又走嘴了。

「呵呵，我可沒說妳不聰明，反而覺得妳太聰明了。」四阿哥緊了緊手臂，又問道：「妳對黑道很熟悉嗎？」為什麼她下午的表現那麼逼真？

「啊？沒有，沒有，我是裝著玩的。」老公太精明也是很麻煩的。

「是嗎？」四阿哥仍然不能釋懷。她的神態和語氣也太逼真了吧？簡直就和那些江湖中人一模一樣，還有她眼中流露出來的狠戾——那不是裝得出來的，只有接觸過才會有那樣的氣勢，有些嗜血，更多的是藐視一切，彷彿她就是一派之主。可是年羹堯說過，他這個妹子一直都在他身邊……還有她特立獨行的舉止和目空一切的態度，她是誰？

察覺到他的懷疑，冰珊躊躇地說道：「禛，你在懷疑我？」

「沒有。」儘管事實如此。

「唉……胤禛，你愛我嗎？」

「嗯，愛。」若不愛她，怎會如此關心？

「那好，我告訴你，無論我是誰、是怎樣的人，我都不會傷害你。這一點你相信嗎？」不能說，好難受。

「我相信，我當然相信。」四阿哥斬釘截鐵地說道：「可是，我……」他看了她一眼。「我心裡會彆扭，有什麼是妳不能說的？和我說也不行嗎？」

「禛，原諒我吧，我不能說。或許有一天，我會告訴你，可只要你相信我就好。」

四阿哥也很無奈，可是他們都不知道，這一天，要等好久好久啊……

那邊，十三阿哥也在和白玉討論同樣的問題。

「玉玉，妳們為何對李衛如此上心？」連問的話都一樣。

「喔，那是因為我們覺得他好玩。」白玉和他打馬虎眼。

「哼哼，妳當妳十三爺是傻子啊？」壞丫頭，就會和他搗蛋。

「我沒有啊，我的胤祥最聰明了，連你四哥都比不上。」拍拍怡親王的馬屁吧！

「別和我廢話，我要聽真話。」當他是無知小兒啊？

唉，白玉開始有了和冰珊一樣的想法，老公太精明也是很麻煩的。

「是這樣的，我們是覺得他這人還算精明，你們這次辦的差事需要他這樣的人。」希望老公能被唬弄過去。可惜——

「玉玉，妳是不是認為妳十三爺很笨？」胤祥瞇著眼睛危險地逼近她。

「呵呵，哪有？」白玉緊張地縮了縮脖子。

「那就說實話。」十三爺齜了齜他的滿口白牙。

白玉彷彿看見他的牙齒閃了一下寒光。「實話就是……就是我們覺得他很對我們的眼。」就胡扯吧！

十三阿哥的大腦出現了暫時的短路。什麼叫對她們的眼啊？是看上那小子了？不可能，他對自己還是很有信心。再說，看看冰珊的表現就知道她壓根兒沒正眼看過那個李衛。

想了半天，他終於明白了——他被白玉耍了。

「死丫頭！」十三阿哥咬牙切齒地撲過去，把他的福晉按在床上。「妳就是個小搗蛋，天天和妳家爺玩心眼，看我不收拾妳才怪！」

然後就是白玉「淒慘」地叫：「饒命啊十三爺……我錯了，哈哈……你別再搔我癢了，否則我就不客氣了，哈哈哈哈……」

「呵呵，看妳還敢不敢和我說瞎話？」十三放開手才想拉她起來繼續盤問，就被他的小妖精拽住了。

「胤祥……」拉低他的身子，白玉揚起頭，在他的臉頰印上溫柔的一吻。

自古以來，只有美人計屢試不爽。

果然，十三的眸色變得深沈了。

「玉……」低喃的聲音昭示某人的理智已經逐漸遠去了，剩下的只有無邊的情慾了……

第三十章　試探

第二天早上，十三爺才想起來昨晚要問的什麼都沒問出來。這個妖精！

一大早，白玉就和冰珊有默契地溜出去了，藉口是和李衛約好了，剩下的兩個男人只好湊到一起研究昨天的事。

「四哥，您覺得那兩個女人是不是有事瞞著我們？」十三阿哥問道。

「嗯，肯定有。昨天我問了冰珊，她說不能告訴我。」說著就顰起眉頭。「她說她會算命，能知前後三百年。」

「啊？算、算命?!她是這麼說的嗎？」十三顯然有些難以承受了。「那、那您信嗎？」誰來和他解釋一下啊？

沈吟了一會兒，四阿哥說道：「我也不知道。你不覺得她們很怪異嗎？冰珊、白玉，還有嬌蘭和青萍，四人的行為和其他的女人可是大不一樣。」他對於這個問題一直如鯁在喉。

十三阿哥也點了點頭。「四哥說的是，她們幾個確實是與眾不同的。」接著一笑道：「若非如此，我們兄弟哪會看上她們？」

四阿哥聞言也是一笑。「你說的不錯。」思索了一會兒，他朝外叫道：「去把年羹堯給我叫來。」他的妹子他最清楚了，不是嗎？

十三阿哥會意地點了點頭。問問年羹堯是最合適了，回頭也去問問玉玉的阿瑪就成了。

不一會兒，年羹堯就進來了，可是四阿哥猶豫了。

我為什麼一定要問呢？她是誰，和她究竟有什麼事情隱瞞我並不重要啊，我可以篤定她絕不會害我，既然如此，又何必再問呢？若是她能說，早就和我說了，難道她真的能掐會算？若果真如此，我問了說不定會對她有害……算了，只要她好好地待在我身邊就好了。如果，她真的會算命——想起昨天晚上，她說過「如果有朝一日你能獨掌乾坤……」獨掌乾坤？我能嗎？可以嗎？

陷入沈思中的四阿哥讓十三阿哥和年羹堯都是一頭霧水。

年羹堯疑惑地看了看四阿哥，又瞧了瞧皺眉不語的十三阿哥，心想，這兩位爺今兒是怎麼了？叫我進來卻又不說話，這是個什麼狀況？

十三阿哥想的卻是，四哥在猶豫，是因為太在乎了嗎？還是怕知道結果？

終於，十三忍不住了，輕咳了一聲。「四哥，亮工等了好一會兒了。」

四阿哥這才如夢初醒地點點頭，笑道：「亮工，我在想，一會兒等你妹妹和十三福晉回來，我們就啟程，你先去準備一下吧。」

年羹堯恭敬地說道：「是，請四爺和十三爺放心，我這就去。」見四阿哥點點頭就施了個禮走出去了，心裡卻覺得四爺叫他絕不是為了此事。

待年羹堯走遠了，十三阿哥狐疑地問道：「四哥，您為什麼又不問了呢？」

四阿哥微微一笑。「知道怎樣？不知道又怎樣？十三弟，就算知道了真相，你能放得下你的小妖精嗎？」

十三阿哥恍然大悟地笑道：「還是四哥明白。哈哈，無論是什麼真相，我這輩子都不會放她走的。」

四阿哥也笑了笑，說：「冰兒說，也許有一天會告訴我的。我想，她們是有難言之隱吧，或許你我弟兄娶的都是神仙也說不定呢！」他忍不住說了句笑話。

十三阿哥「噗哧」一笑。「什麼神仙？搗蛋大仙，還是孫猴子轉世？我看，她們根本就是四個妖精！」

「哈哈哈哈……」兩人都大笑起來。

她們是誰、是怎樣的人又有什麼關係呢？只要知道她是她就夠了。

「不過，四哥，我還是有點不舒服。我們是她們最親近的人了，可她們還瞞著咱們，這也太說不過去了吧？」

十三顯然很不滿，想他如今對白玉可以算是專房專寵了——雖然也是很怕被兄弟們燒了他的阿哥府。四哥也是，十天有七、八天都在蘭珊院，剩下的兩、三天還有一天是在書房裡度過的。

九哥就更甭提了，被他家的小狐狸吃得死死的，不僅夜宿小妾的房中要交錢，如今連八哥想和他借錢都難得很，聽說小狐狸把錢都藏起來了。哈哈，九哥那麼精明的人卻被自家的福晉治成了這樣，還真是大快人心啊！

十四對嫡蘭也是千依百順的，據說沒有嫡福晉的允許，幾個側福晉和侍妾都不敢留老十四過夜的——怕被嫡福晉當作練鞭子的靶子。

老實說，他真的很想問問他們，不陪這幾個女人的日子是不是也和他一樣，是很規律的。

四阿哥淺淺一笑道：「無妨，就算她們是孫猴子，也逃不出如來佛的手心。」

「哈哈哈哈……」兩人又是一陣暢快的大笑。

冰珊和白玉一出門便開始串供了。

白玉左右看了看，說道：「珊，妳家四四昨晚有沒有向妳逼供？」

冰珊點點頭苦笑。「能沒有嗎？不過，有驚無險。」

白玉點點頭道：「胤祥也問我了，可被我唬弄過去了，嘿嘿。」美人計的效果，果然好得出奇。昨晚，十三被她纏得什麼都忘了，今兒一早還沒等他明白過來，自己就逃之夭夭了，呵，白骨精果然不是當假的。

冰珊似笑非笑地問道：「我昨天似乎聽見什麼不雅的聲音。」

說得白玉紅了臉，嗔道：「偷聽會長耳朵的！」

「哼哼，我可不是偷聽，我是不得不聽好嗎？」要不是昨天他們的動靜太大了，胤禛也不會……

白玉賊笑了一下道：「嘿嘿，好像我也聽見了喔，『禛，不要啦』，『哼哼，那可由不得妳』……哈哈。」她學著兩人的語氣和自己想像出來的神態，扭了扭身子。

結果就是自作孽不可活，被冰美人給了一記鐵砂掌，打得她差點趴在地上。

「咳咳咳，妳輕點行嗎？」白玉撫了撫胸口埋怨道。

冰珊冷笑道：「輕點怕妳不明白我的意思。」

「哼，妳可真會說笑，看我的九陰白骨爪！」趁她不注意，白玉使勁地拍了她一下。哈，這就是看輕她的下場！冰珊她們總覺得她的功夫最差，所以從來也不提防她，嘿嘿，偷襲成功了，快閃吧！

「死人骨頭！妳給我站住！」冰珊氣急敗壞地追了過去。

兩人一前一後在街上追逐起來，根本不在乎旁人的眼光，好在兩人穿的是男裝，否則這會兒，大概全江蘇的人都來看熱鬧了。

李衛看見的就是這幅情景——兩個玉樹臨風的翩翩「假」公子在銅山的大街上演了一齣官兵捉強盜的把戲。他搖了搖頭。還真是沒見過這樣的女人。

他很早就來了。昨天回去後，他便和父母說了，本來父母是不同意的，可是他覺得這幾人說不定就是他的貴人，那個雲祥根本不是個簡單的人，看似一派隨和，那雙眼睛卻是精光四射。雲禛就更甭說了，一看他的神態舉止就知道他絕對是個大人物。還有那兩個古怪的女人——雲祥的夫人根本就是個人精，至於雲禛的夫人……真有些看不透，他對她昨天的話和樣子還記憶猶新，在她說要自己黑白通吃時，那雙單鳳眼裡閃爍著懾人的光芒，目空一切的神態還真有江湖中人的風範。

所以，他竭力說服自己的家人，今天出來的時候連衣服和盤纏都預備好了。原本，父母是要他帶個小廝的，卻被他拒絕了，也說不上是什麼原因，只是覺得那幾人恐怕未必允許自己帶個下人的。唉。說不定自己還得給人家當奴才呢……

眼見兩人進了醉仙樓的大門，李衛收拾好自己的思緒，轉過身迎到門口。「呵呵，兩位雲夫人，在下恭候大駕多時了。」朝兩人一拱手，李衛將兩人讓到桌邊坐下，又殷勤地給兩人斟了茶。

白玉看了看他，笑道：「你準備好了嗎？決定跟我們走了？」

李衛微笑道：「是，在下準備好了，今後還望二位夫人提攜。」

白玉瞥他一眼，悄聲問冰珊道：「咱倆不會搞錯吧？不是說李衛是個不學無術的小混混嗎？可看他的樣子不像啊。」

冰珊掃了李衛一眼，沒有回答她的問題。

「若是決定了，馬上就跟我們走，而且一時半會兒也回不來，你可想好了？」冰珊淡淡陳述事實。

李衛聞言一笑道：「夫人放心，就衝著二位夫人如此爽快大方，我李某也跟定妳們了。」

「呵，你這人倒是有趣。好，我們這就走吧！」白玉起身和冰珊一起走到樓梯口。

冰珊忽然問道：「李衛，你就這些行李嗎？」好像就一個小小的包袱而已。

李衛哈哈一笑。「多謝夫人關心，在下本就是個隨遇而安的人。」他拍了拍胸口。「有銀子就行了。」

冰珊點點頭，轉過去就下樓了，白玉卻好笑地看著他搖搖頭。這人還真是的……

回到館驛，迎面就看到年羹堯在院裡打轉呢，見她們回來，他就走過來說道：「唉喲，我的好妹妹，妳可回來了，四爺和十三爺都等了老半天了。」

冰珊的眉頭一皺。「你急什麼？要是他們等不及，走就是了。」嗆得年羹堯差點沒趴下，怎麼這個妹妹如今那麼難侍候啊？

「得，我說錯了。我的小姑奶奶，快進去吧！」他又轉向白玉笑道：「福晉請。」

白玉好笑地看了他一眼。呵，這個未來的大將軍見了冰珊也只有吃癟的分了。

跟著冰珊往屋裡走，白玉還不忘招呼李衛道：「你也來吧。」

她的話使得年羹堯終於看見了李衛。

「這是誰？」他狐疑地問。昨天，他被四阿哥派去辦事了，所以不認識李衛。

「在下李衛，銅山人士。敢問閣下是……」李衛彎了彎腰說道。

「這是我的二哥年羹堯。」冰珊淡淡地說道。

「原來是年兄，李衛有禮了。」

「哈哈，我說你們倆幾時認的同科啊？還年兄呢！」白玉調侃地道，說得年羹堯微微一笑，聽得李衛滿臉通紅。

冰珊含笑道：「得了，快走吧。」

四人一起進了門，李衛的心裡卻還在掂量年羹堯剛才的話——四爺、十三爺，難道是……不會這麼巧吧?!

一進門，白玉就朝十三阿哥笑道：「我們回來了。」

十三阿哥微笑道：「玩夠了？可是捨得回來了。」

「呿，我們是去玩了嗎？我渴了，我要喝冰鎮酸梅湯。」白玉理所當然地坐到椅子上，等著她家十三給她端來一杯沁涼的酸梅湯，還附帶一塊冰涼的帕子。

白玉笑咪咪地接過帕子擦了擦，就著他的手喝了一大口酸梅湯，才把帕子甩到他手裡，長長地吁了口氣道：「好舒服。」說得屋裡的人都笑了，猶以十三阿哥的笑容最燦爛。

冰珊有些羨慕地看著兩人。從沒指望胤禛也會這樣。

四阿哥沒有錯過她眼中一閃而逝的豔羨目光。無奈自己和十三可不一樣啊，待會兒再哄她好了。

輕咳了一聲，四阿哥看著李衛說道：「想來你是決定了，既然如此，這就走吧。」然後又轉向年羹堯道：「亮工，以後就讓李衛跟著你吧。另外，吩咐他們這就啟程。」

「是。」年羹堯恭敬地答應了，對李衛說道：「李兄弟，請。」李衛給四阿哥和十三阿哥行了禮，就和年羹堯出去了。

屋裡的四人倒是沈默起來。白玉和冰珊是怕他們再問，四阿哥和十三阿哥是想著此次江南之行的麻煩事，一時間，屋裡靜得很，直到有人來叫，四人才如夢初醒地回過神來，起身出了門，上馬繼續往南京前行。

一到南京，四阿哥和十三阿哥就忙起來了，連帶著年羹堯和李衛也跟著折騰上了。

兩個女人則成了標準的「閒晾妻子」——閒著沒事幹，被晾得發黴。

白玉托著腮幫子發牢騷。「一群混蛋！珊，我今天晚上要——」

「幹一票?!」冰珊好笑地道。「我說妳也太誇張了吧？至於嗎妳？」

白玉噘著嘴說道：「都是這幫混蛋光吃飯不幹活，害得妳家四四和我的胤祥忙得和陀螺似的，晚上回來就剩下一口氣了。」

「閨怨。」冰珊嗤笑道。「妳可真沒出息。」

「我就是沒出息，誰讓胤祥不理我的？」白玉快成了深宮怨婦了。

「得了，妳就別在這兒廢話了，妳想讓我一會兒吃不下飯啊？我看妳就太閒了，不如趁現在，咱倆練練功得了。」冰珊有些手癢地站起身。

「啊？不要。我還想留著命和我的胤祥親熱呢。」白玉越來越像小女人了。

氣得冰珊直掀眉毛。「我去換衣服，要是我換好後，妳還是這副德行——哼哼，我也照揍。」說完她就進裡邊去了。

白玉目瞪口呆地看著她離去，半天才嘟囔道：「什麼嘛，就知道欺負我……呿，換就換，Who怕Who？」

換好衣服，兩人來到後院的空地上，白玉說道：「妳乾脆教我使劍得了，我喜歡太極劍，就是上次妳使的那套劍法。」

冰珊點點頭笑道：「也好。看好了啊。」她將長刀擱在一邊，拔出皇上御賜的那把寶劍開始舞了起來。

白玉看了一會兒，突然想起一件事，問道：「珊，妳是不是有事瞞著我們？」

冰珊一下子定住了，皺著眉頭問道：「妳想知道什麼？」

「比如，妳的功夫打哪兒學的？為何妳對黑道的事那麼熟悉？還有，以前妳為什麼會固定在每年十月消失一個月？」看著她越來越難看的臉色，白玉嘆道：「如果妳實在不想說就算了，我只是關心妳罷了，而且青萍和嬌蘭應該也很想知道。」這些問題壓在她心裡很久了，以前她也曾問過，但一來冰珊性子清冷，打定了主意不想做的事，任誰也別想要她屈服，二來四人關係極好，都是磊落灑脫的人，自然也不會故意強人所難，尋根究柢。

冰珊想了一會兒，說道：「回京再說吧，如果妳們真想知道，而且不會害怕的話。」

白玉皺眉問道：「為什麼要等到回京以後？」

冰珊的嘴角一翹。「因為我不想說兩遍。」

氣得白玉直翻白眼。「I服了You！」

然後，她拽出一把長劍，和冰珊過起招來。

門外，四阿哥和十三阿哥聽了半天還是不得要領。

四阿哥疑惑地想著，每年消失一個月？這可真是稀奇。害怕什麼？他越來越糊塗了。

十三阿哥則是在想白玉那句——愛服了又？啥意思？

其實，阿哥們也是粗略學過洋文的，可是對於這種土洋結合的說法還是不能明白。

正出神，就聽身後年羹堯和李衛二人說笑著走了過來。四阿哥示意他們噤聲，回身對年羹堯招了招手，讓他過來，低聲說道：「你看看，冰兒在練劍，你可熟悉她的劍法？」

十三阿哥卻把李衛招呼到一邊去了——這種事怎麼能讓外人知道？

年羹堯忙閃過來，看了好一會兒才小聲說道：「主子，我妹妹練的是太極劍。」

「嗯，這個我知道，你可曾教過她？」四阿哥又問道。

「不曾，奴才也不會。咦？她是幾時學會的呢？」年羹堯莫名其妙地自語道。

四阿哥皺眉道：「你且在這兒看著，不要出聲。」他回頭招呼十三阿哥道：「十三弟，咱們進去，李衛也來吧。」說完就邁步走了進去，十三和李衛二人也跟進去了。

李衛已經知道了他們的身分，暗自慶幸自己沒有錯過這樣的機會，不僅是因為自己前途有望，更是因為欣賞四阿哥他們為國為民的態度——現今，只怕也就這二位爺才會一心為百姓著想了，回想最近個把月的經歷，唉，連他都替兩人累了，天沒亮就起來了，忙活一天，回來還得寫摺子，四爺在睡前還要看書，等到真正睡的時候，又快天亮了。這樣好的皇子哪兒找去啊？將來若是四爺登基就好了，不過，這話打死他也不敢說出來。

見三人進來，白玉笑咪咪地飛到十三阿哥的身邊，問道：「今天回來得好早啊，完事了嗎？」

胤祥看著她笑道：「快了，悶了吧？回頭完事了，我陪妳上街轉轉去。」

冰珊收了勢，迎過來笑道：「好容易回來得早了，還不休息去？跑這兒來做什麼？」

四阿哥含著笑遞給她一塊帕子。「看妳，滿頭大汗的，就不怕中了暑氣？」

冰珊的俏臉一紅，瞟了一眼呆若木雞的李衛，有些嗔怪地瞪了他一眼，說道：「我哪有那麼嬌氣？好久沒練了，熟悉熟悉。」

十三阿哥卻懶洋洋地說道：「我也好久沒練了，怎麼樣，咱倆過過招？」早就明白四哥的用意了。

冰珊似笑非笑地看著他道：「你現今體力不好，我不和你打，勝之不武。」說得四阿哥忍不住彎了彎嘴角，白玉和李衛則抿著嘴兒偷笑，外頭的年羹堯嘛——已經石化了。

十三阿哥氣得直瞪眼。「就算我體力不好，妳也未必就能占到便宜。」

冰珊看向白玉，冷笑道：「待會兒可別心疼啊？」

說得白玉一下紅了臉。「去妳的！臭冰山。」

十三阿哥接過白玉手中的長劍笑道：「這回妳是用刀還是用劍？」

冰珊沈吟道：「還是用劍吧。」一拿起刀，她恐怕就會失控。

換了一副乾淨的手套，她把原來的那副扔到了一邊，回頭說道：「你最好不要逞強。」

十三忍不住撇了撇嘴。「我用得著嗎？」四哥可是想逼她使出全力的。一擺手中長劍，十三阿哥就像換了個人似的，威風凜凜，英氣逼人。

冰珊將長劍握在手中，臉上突然現出一絲狂野的神情。

四阿哥一怔。就是這樣的她最讓他著迷，也最讓他迷惑，狂熱、張揚、絕美得令人屏息。

眼見冰珊和十三阿哥打得難分難解，外頭的年羹堯嘴巴大得可以塞進一個雞蛋了。妹妹幾時這麼厲害了？上回聽說她在塞外一戰成名，還以為是別人故意誇大的呢，可是，親眼得見後還真是令人吃驚，這招式、身手和自己也有一拚。還有，她不時散發出的殺氣——怎麼會這樣？

四阿哥幾不可見地朝年羹堯處擺了擺手，示意他走人，年羹堯則滿心疑問地走了。

這邊，兩人終於過癮了。十三阿哥笑道：「哈哈，太痛快了！下回妳用刀吧，就像上次在塞外妳和哈桑打的時候一樣。」

冰珊淡淡地說道：「不行。」

十三阿哥疑惑地問道：「為什麼？我們以前也打過的啊。」

冰珊這回連眼皮也不抬了。「我怕控制不住。」

六個字把另外四個人都定住了。白玉吃驚地看著她。「珊，妳……」珊自從塞外一戰成名、河南出手殺人後就有些不一樣了，似乎她心裡的某些東西甦醒了。是什麼？和她的身世有關嗎？

十三則愣愣地不能言語了——冰珊的變化他也察覺到了，剛才動手時就可以感覺到她時不時散發的戾氣。

四阿哥皺著眉看著冰珊，越發想知道她的秘密了。冰兒，妳何時才能告訴我呢？

李衛則呆了。看不出這個美麗的女人居然如此厲害，似乎只有面對四爺的時候，她才會像個女人，以後還是不要招惹她才好。看得出四爺很寵她，而且就算不是這樣，一個如此有氣勢、身手又如此好的女人也不是他招惹得起的，還是小心些吧。

冰珊知道自己帶給別人什麼樣的感覺。她的身世……唉，還真是一言難盡，別說是胤禛了，就是玉玉她們也未必接受得了。

都是「那個人」的錯，希望永遠都不要再見到他了……

想起「那個人」，冰珊很自然地皺起眉。「你們看夠了嗎？」嘲諷地扯了扯嘴角，她語氣森寒地問道。

「啊？喔，沒事了，胤祥，我們進去吧，我有些累了。」白玉馬上打了個圓場，拽著十三阿哥出去了，臨走還不忘踹了呆若木雞的李衛一腳，李衛也如夢初醒地給四阿哥和冰珊行了個禮，匆匆而去。

冰珊坦然地看著這個深愛她的男人——他越來越懷疑了吧？要不要告訴他呢？他能接受嗎？

或是會把自己當作妖孽……
四阿哥皺眉端詳著這個完全屬於自己的女人——為什麼心裡好似有一塊大石壓著一般，讓他透不過氣來呢？要不要逼問她呢？她會說嗎？究竟是怎麼回事呢？

第三十一章 露餡

十三阿哥被白玉拉回寢室，一進門，他就問：「玉玉，告訴我是怎麼回事。」

白玉搖搖頭道：「不是我不告訴你，而是我也不知道。」想了想她又說：「珊珊從未和我們說起過她的……經歷。」險些說漏嘴。

十三阿哥聞言也陷入沈思。冰珊究竟有什麼樣的經歷呢？她是年羹堯的妹妹，照理不該有什麼特殊的經歷啊，年羹堯對這個妹妹很是疼愛，根本不曾讓她離開過半步。這太詭異了，他想起白玉她們的舉止——到底是怎麼回事？

「玉玉，妳們瞞著我們什麼了？除了冰珊的事一定還有別的。」他十三阿哥可不是光會拚命的。

白玉的臉色一變。如何解釋才能不讓他懷疑？

「沒有了，我們是誰你們都知道的，我們怎樣你們也清楚啊，還有什麼是你們不知道的嗎？我不覺得。」她咬緊牙關就是不能說實話，這可是牽扯到四個人啊。

「玉玉，妳和我也不能說嗎？」十三阿哥的眼中有一閃而逝的黯然，看得白玉一陣心疼，可是，還是不能說啊。

「我們什麼秘密也沒有，你叫我說什麼？胤祥，你為什麼一定要我說出什麼來呢？你、你不想要我了嗎？」無奈地閉上了眼睛，因為她的眼睛突然酸澀得難受。

胤祥有些著急了。她的神色為何那樣淒迷？自己絕不相信她們沒有秘密，四哥也如是，不想再問是怕她們傷心，可這樣的感覺好難受——明明是親密無間的人，卻在彼此的心中存著隔閡。把她擁在懷裡，胤祥閉上眼睛低喃道：「不管妳是誰、妳會怎樣，這輩子我都不會放開妳的。」

「胤祥——」白玉的眼淚再也止不住了，這樣的深情是幾世修到的？她的胤祥是天下最愛她的人了。

思慮再三，她輕聲說道：「胤祥，我告訴你一句話，你要保證不會告訴任何人。」

十三阿哥的心一下提到了喉間。「嗯，我保證。」

「就是四爺也不行。」白玉還是要確定一下，見他認真地點點頭，才說了六個字：「我是我，我非我。」

「我是我，我非我？」十三重複著她的話，這是什麼意思？

這天，冰珊和白玉出去買東西了。南京的事快辦完了，他們就要啟程趕往安徽，所以，兩個女人決定上街買些特產好帶回去給青萍和嬌蘭。

十三阿哥有些心不在焉地和四阿哥討論公事，心裡卻來來回回地想著白玉說的話——我是我，我非我。到底是什麼意思呢？

「十三弟。」四阿哥有些怨責地叫了他一聲。今天也不知怎麼了，十三總是呆愣愣的。

「啊？喔，四哥，我問您一句話。」十三決定問問四阿哥，白玉的話有些像禪語，四哥禮佛，大概能明白。

「說吧。」四阿哥端起茶杯喝了一口。

「是這樣的，我曾經聽一個和尚說過一句話，很有意思，就是不大明白。」十三阿哥決定問得迂迴些。

「喔？你說說看。」四阿哥放下茶杯看著他。

「我是我，我非我。」

四阿哥皺著眉想了一下。「這是在參禪了，解釋起來很費力的。比如，這是盛茶的杯子，可是，它又不是個杯子。你明白嗎？」

「是她又不是她……」十三阿哥低聲唸叨著，莫非……不，這太不可思議了！

四阿哥疑惑地看著十三阿哥有些凝重的臉，恍惚覺得他的問話和冰珊她們有關，否則以老十三的性子，是不會在意這些禪語的。

「十三弟，你老實說，這句話是不是白玉說的？」若果真如此……

「喔？不，不是。」對四哥說謊，讓十三的臉些微紅了一下。

「哼，和我也不說實話嗎？你就是不說，我也明白。」四阿哥有些惱怒地瞪了他一眼。

十三阿哥忙說：「四哥，不是我不說，是我答應過玉——」完蛋，說漏嘴了。十三阿哥恨不得把話都吞回去才好。

「哼哼！」四阿哥冷冷一笑。「早就知道了。」

十三阿哥緊張地說道：「四哥，您可千萬別問她們啊。」

四阿哥白他一眼。「你四哥看起來像個長舌婦嗎？」

「呵呵，沒有，我也不是那個意思，我是怕玉玉會生氣。」怎麼覺得有一絲寒氣啊？

四阿哥沒再理他，只是一味地琢磨著那六個字——我是我，我非我。解釋起來就是——冰珊是冰珊，可冰珊又不是冰珊。為什麼會這樣呢？

啊，他突然明白了。她的人是冰珊，可她的心不是——

十三阿哥也猛然醒悟了。兩人同時開口道：「難道……」

「你先說。」四阿哥的手有些抖，心也跳個不停。

「她們的靈魂不是她們現在的身分。」十三阿哥使勁嚥了口唾沫，艱難地說了出來。

兩人均在對方的眼中看到了震驚和迷茫。

半晌，四阿哥才輕聲道：「那她們是誰？」是神仙，或是妖精？

十三阿哥的眼睛也直了。是啊，她們是誰？

「她們是誰並不重要，重要的是她們是屬於我們的。」四阿哥淡然說道。

十三愣了一下，隨即點了點頭，心情也突然好了起來——連四哥都不在意，何況我？就算她是妖精，我也要她！

終於離開了南京，年羹堯疑惑地看著四爺越來越開朗的面容，和他對妹妹越來越明顯的疼寵。雖然對妹妹的改變還是有些不能釋懷，可不管怎樣，四爺還喜歡她就夠了。

到了安慶，一行人住進了欽差的行轅，四阿哥和十三阿哥又開始忙起來了。一百多萬兩的銀子啊，眼見兄弟兩人的眉頭鎖得一天比一天緊，白玉兩人也跟著著急起來，一問才知道，原來是鹽商和官員捐的銀子少得可憐，別說賑災了，連維持災民一天的生計都不夠。

兩人對望了一眼，心裡都覺得有些納罕，原來小說裡的也不都是胡說八道的啊，呵呵。白玉笑咪咪地給他們出了個主意，用這些銀子請那些吝嗇鬼吃飯，然後再敲山震虎，讓他們把銀子吐出來。具體的做法自然不必再教了，那兩個本來就是玩心機長大的，只要稍加提點就全盤貫通了。

是夜，十三阿哥著迷地看著白玉沈睡中的嬌顏，粉嫩的膚色、彎彎的黛眉，長長的睫毛像兩把刷子似的，把那雙總是靈動狡黠的雙眼完全藏了起來。高高的鼻梁下，飽滿的嘴唇微微地張著，時不時地還會微笑一下，頰邊的酒窩隨著她偶爾綻露的笑容若隱若現，一縷烏黑的髮絲俏皮地搭在她的臉側，懷裡還抱著一個枕頭，不時地用臉頰輕蹭一下。

胤祥忽然想道，她不會把枕頭當成自己了吧？往常只要自己回來晚了，就能看見她抱著枕頭睡得好香，可是只要把枕頭拿走，她就會自動把自己抱起來，呵呵，這丫頭……抿著嘴偷笑了一下，胤祥悄悄地把她懷裡的枕頭拽了出來，同時又朝後挪了挪。

果然見她立刻張開雙手開始亂摸了。哈哈，看她的樣子可真是好笑，閉著眼睛伸著雙手在床上緊拉，腳也在底下四處尋找，把胤祥逗得捂著嘴，埋在枕頭裡一個勁兒地偷笑。

呵呵，他的玉玉真是可愛，像個小孩子似的。

終於，在四處尋找未果後，十三福晉迷迷糊糊地坐起來說道：「臭胤祥，還不過來，討厭。」

「呵呵，我是看妳一個人玩得起勁，沒敢打攪妳。」十三阿哥忍著笑說道，把枕頭擺好，脫鞋上了床。

「討厭啦，人家睡得正香呢。」白玉嘟著嘴抱怨道，人也像章魚似地攀在十三的身上，把頭在他肩上使勁地蹭了蹭，她才說：「你沒洗澡啊？算了，明兒再說吧。」然後就這麼攀著睡著了。

十三阿哥的心裡溢滿溫柔和寵溺，輕輕地將她放在榻上，才要翻身，他的福晉就手腳並用地把他困住了。「不許走。大壞蛋，老是忙成這樣，我都快忘了你長什麼樣了……」

說得胤祥「噗哧」一笑。呵呵，他的玉玉連發牢騷都和別的女人不一樣。他反手將她圈在懷裡，閉上眼睛享受著這難得的溫馨和愜意。

就在胤祥迷迷糊糊要睡著時，突然聽見白玉說道：「誰說我不會開車了？我都N久沒接過罰單了……」

開車？恩久？罰單？胤祥的瞌睡蟲一下子就沒影了。

「玉、玉。」叫了兩聲卻沒反應，十三阿哥轉了轉眼珠，在她耳邊輕聲說道：「妳就是不會開車。」

果然，他的寶貝不滿地低叫道：「誰說的？我的技術可好了呢，至少比狐狸強，要不是她，我們還……這裡呢……沒汽車、沒電……沒……」

細碎的低喃終於全部消失了。

十三阿哥把她的話仔細地琢磨了一遍。可以肯定了，她們不是這裡的人，而她們來到這裡似乎和小狐狸開車有關。這車怎麼開呢？不是都用馬拉著嗎？店？什麼店？

十三爺就這樣琢磨了一宿，也沒明白。

第二天，白玉還作著夢呢，就聽見有人說：「這是妳的罰單。」

啥？罰單?!怎麼又開罰單了？

她大聲喊道：「靠！我開車一直都規規矩矩的，連紅燈都沒闖過，幹麼又給我開罰單?!」

迷迷糊糊喊完了張開眼睛一看，她頓時呆住了，十三正笑咪咪地看著她呢，足以媲美特寫鏡頭的大臉距她不足十釐米。

天，我說什麼了我？我的媽呀！死定了！

十三阿哥得意地看著他的親親福晉很沒骨氣地把臉用枕頭蓋住。「呵呵，我的福晉，妳是不是給妳十三爺我解釋一下什麼是汽車啊？還有，罰單是什麼？闖紅燈又是怎麼回事啊？啊？」拉開枕頭，把手按在她頭的兩側，他的俊臉逼近她冒著冷汗的小臉，樂呵呵地問道。

「嘿嘿，你先起來。這樣好熱。」白玉努力地想從他的肋下滑出去，可惜沒有成功。

「說。」十三阿哥「惡狠狠」地喝道。

「那個……我作夢的，胡說的。」

「能胡說出那些東西嗎，啊?!還有，聽說妳開車的技術比小狐狸強啊？要不是她，妳們怎麼會來這兒呢？」這十三爺可不是當假的，聰明才智絕不在任何人以下。

「啊？我說了嗎？」白玉呆愣愣地問道。完了，火星要撞地球了。

「哼，妳說的還不只這些呢，快點給我從實招來。」

「胤祥……」白玉又想施展美人計了，可惜，這回胤祥變身柳下惠了。

「別和爺玩這套，今兒妳要是不說清楚，我就饒不了妳。」馬上就可以知道她們的秘密了！

白玉嚥了嚥口水，才要說話，就聽門外有人說道：「十三爺，四爺在前廳等您呢。」

「知道了，這就去。」十三阿哥挫敗地看著眉飛色舞的某人，威脅道：「妳別想就這麼混過去，回來再收拾妳。」說完就下了炕，穿上衣服出去了。

等他出去，白玉以最快的速度下床穿衣、洗臉梳頭，拉開門找她家老大商量去了。

「什麼?!」冰珊聽完她的話，聲音頓時高了八度。

白玉囁嚅地說道：「胤祥聽見我的夢話了。」接著她把早上的事說了一遍。

冰珊皺著眉聽完，想了一會兒。「死也不能承認。這不僅關係到青萍和嬌蘭她們，更重要的是如果出現差錯，我們就成了千古罪人了。如果妳做不到，我們都有可能消失——還有妳在現代的父母朋友和所有人。」

白玉苦著臉說道：「那我怎麼說啊？」

冰珊皺眉道：「我也不知道，唉。」

晚上，兄弟倆樂呵呵地回來了，連身後的年羹堯和李衛都笑咪咪的。

白玉和冰珊相視一笑——就知道會沒事的。

「得勝還朝了？」白玉笑嘻嘻地說道。

「是啊。」十三阿哥接過她手裡的帕子擦了把臉。「今兒可真痛快，哈哈。」

四阿哥也就著水洗了一把，回身笑道：「亮工，你和李衛先去休息吧，吃了飯再過來。」兩人答應著去了，四阿哥拉著冰珊的手笑道：「總算是捐齊了，唉，可真是不容易。」現在，他已經習慣了在十三阿哥他們面前表露出自己的情感了。像拉拉手、拍拍肩之類的，以前可沒有這樣的事。

下人擺了飯，四人坐下一邊吃一邊聊，十三阿哥眉飛色舞地講起白天在城隍廟裡請客的經過。

「哈哈，今兒可真痛快！」胤祥一口喝乾了杯中的酒，笑呵呵地說道：「妳們沒看見那些個鹽狗子被四哥整得那叫一個慘！呵呵，還有那個任季安和姓李那個王八蛋——」

白玉的臉色一變，截口問道：「李淦惹你了？」

說得三人一愣，胤祥看著她說道：「妳怎麼知道他叫李淦？」

四阿哥的眼神一閃。她們果然有問題。

冰珊真想給她一巴掌。這不是不打自招嗎？

白玉的臉一紅，掩飾道：「我是聽別人說的。」

胤祥狐疑地看了她一眼，姓李的那麼多，就知道是李淦？嘴裡卻沒再逼問，只是抿了口酒，接著說白天的事。

散了以後，白玉就開始在院子裡遛達，磨磨蹭蹭的就是不肯回屋，還不是怕被她家十三爺審嗎？早上和珊珊說了以後，還以為她能想出什麼好主意呢，誰知，她老人家就在她耳邊說了一句：「妳就這麼說吧，就說妳得失憶症。」接著她冷冷地一笑。「說實話，我要是知道該如何解釋，我早說了。」

之後，年大小姐又說：「只要妳不說實話，隨便妳說什麼，說完了記得告訴我。」然後就走人了，留下她自己想了整整一天，也沒想出來。

「玉玉。」十三爺的聲音就和催命符似的，白玉立刻蹲在樹後。

十三阿哥繞到她身後，看見的就是這樣一幅情景——他的親親福晉蹲在樹底下，閉著眼睛，嘴裡還唸唸有詞地嘟囔著。「你看不見我，你看不見我，你看不見我……」

好笑地把她拉起來，胤祥無奈地笑問：「妳躲這兒來幹什麼？我又不是老虎。」

白玉乾笑著說：「嘿嘿，是這樣的，菩薩給我托夢了，讓我最近不要跟你同房，如果我不能做到，就要懲罰我的。好胤祥，你也累了，快去休息吧！」

十三阿哥放開她的手，左手插在腋下，右手在下巴上來回地摩挲了幾下，邪笑著問：「我看是妳自己心虛吧？怕我問妳對不對？哼，別和我來這套。菩薩還管人家夫妻是否同房嗎？跟我回去，要不我就把妳扛回去。」說著還轉了轉手腕。

白玉無奈地點點頭。「不勞您十三爺的大駕，本福晉自己有腳。」說完就一步一蹭地往臥房而去。

進了屋，十三阿哥就目瞪口呆地看著白玉以風一般的速度一邊走，一邊把頭髮散開，衣服脫掉，鞋子甩開，爬上床去，鑽進被窩，閉上眼睛，打起呼嚕。

跟在後面的胤祥差點被她的衣服掩沒了，待他走到床前的時候，白玉已經把頭都蓋住了。

他又是好氣又是好笑地拉低被子，笑咪咪地說道：「妳以為這樣就行了嗎？」

誰想，白玉「咻」的一下從被子裡又扔出一件衣裳來，嚇了胤祥一跳，拿在手裡一看——俊臉一下就紅了。

是她的肚兜！天，這小妖精！又來了。

白玉咬著下唇，用她那水汪汪的大眼睛看著胤祥。「祥——」

胤祥的神經「啪」地跳了下，故作不在意地揉搓著白玉扔給他的肚兜，眼睛裡全是戲謔，擺明就是不上當。

白玉咬了咬牙，又扔出一條褲子來，把胤祥的鼻子差點沒氣歪了。

死丫頭，妳越是這樣，爺就越要弄明白！

把她的褲子和肚兜甩到了一邊，胤祥淡淡地說道：「沒得脫了吧？」

白玉點點頭。這不廢話嗎？再脫就得扒皮了。

「那就說吧。」十三阿哥蹺起左腿，兩手交叉著放在膝蓋上，氣定神閒地看著他的福晉。

白玉嚥了口唾沫。完了，魅力指數下跌了，往常她要是這樣，她家胤祥早就變身狼人了。怎麼辦呢？算了，為了大事，我就做一回犧牲吧！

白玉閉了閉眼，再睜開的時候，眼色就和剛才不一樣了。

只見她緩緩掀開被子，將如玉一般的香肩慢慢地呈現在胤祥面前，而其他部位則半隱半現的，讓他想看又看不到，卻似乎就在眼前，再配上她如絲的媚眼，楚楚可憐的神色，編貝一般的玉齒輕輕地咬著粉嫩的紅唇，她慢慢地、慢慢地挪到已經呼吸急促的十三阿哥身邊，吐氣如蘭地膩叫道：「胤祥……」

十三阿哥覺得自己大概快堅持不住了。這個小妖精，清清楚楚地知道魅惑男人的尺度！該死的妖精！

深吸了口氣，十三力持鎮定地說道：「美人計不是每回都有用的。」

靠！白玉的臉色僵了一下。死小子，我就不信治不了你。

「胤祥，你冤枉我，我哪會什麼美人計？」白玉趴在他身上，右手在他胸前一個勁兒地畫，畫得十三阿哥的心怦怦直跳，手也忍不住撫上了她光滑的脊背。

「胤祥，愛我好不好？」白玉在他耳邊低聲呢喃，順帶伸出粉舌「撫摸」他的耳廓。

終於，十三阿哥忍不住了，一把將她扯到懷裡，順手把被單扔到一邊攤平，一把將白玉推倒在上面。

白玉立刻就大喜過望地嬌笑起來，羞澀地瞪了他一眼，可還沒等她笑完，就被十三用被單裹得嚴嚴實實的，壓在床邊上了。

她低頭看了看——連兩隻手都裹在裡頭了，簡直就和蠶寶寶有得拚。

白玉結結巴巴地問道：「你、你、你要幹、幹麼？」

十三阿哥把她裹好後，吁了一口長氣。可算是把這個妖精裹好了，再讓她這麼來一會兒，爺大概又什麼都忘了，呼……好險。

瞪了她一眼，胤祥粗聲粗氣地說道：「看妳還和我玩什麼花樣？」他站起身走到桌邊，拿起茶壺就灌了一大口，又朝外頭喊道：「給爺拿壺涼茶來，還有冰塊。」這小妖精的誘惑還真是夠強的。

等下人把涼茶和冰塊端來後，胤祥笑咪咪地含了塊冰，坐到床邊口齒不清地笑道：「嘿嘿，這回看妳還有什麼話說。」

白玉翻了個白眼說道：「我沒話說，算你狠。」

胤祥把冰塊吃完後，恢復了原有的語言能力。「說吧，把今天早上我們沒說完的話題說完了。」

白玉無奈地說道：「好吧，你想知道什麼？」

胤祥想了想，正色道：「先說妳是不是兆佳・白玉？」

「我不是。」白玉乾脆地回答。

「那妳是誰？或者說，裡面的這個妳是誰？」胤祥指了指她的心口。

「白骨精。」

胤祥愣了，隨即咬牙切齒地說道：「賊性不改！皮癢了是吧？」

白玉忙說：「我說的是真的，我是白骨精，青萍是狐狸精。」她開始胡編亂造。

「哼，那冰珊和嬌蘭呢？」胤祥黑著臉問道。

「喔……」白玉想了想說。「冰珊是雪妖，嬌蘭是花妖。」對不起啊老大。

十三阿哥惡狠狠地說道：「妳就編吧，繼續編。」

「我說的是真的。」白玉的語氣很是真誠。「我們是女媧娘娘駕下的女仙。」說得自己都快信了。

「女媧娘娘？」胤祥思索了一會兒。女媧倒是知道，可她駕下有白骨精和狐狸精嗎？

「嗯嗯嗯。」白玉一個勁地點頭。「我們都是娘娘創造出來的。」靠，真能扯。

「妳當爺是傻子啊？就算是女媧，可她是神，手下怎麼會有妖精？」十三爺用他聰明的大腦略一思索就反應過來了。

「你可真是，沒看過《封神榜》嗎？蘇妲姬就是娘娘派去的啊，只不過她忘了自己的使命和責任，殘害百姓才被姜子牙給收了啊！」幸好自己看過。

「妳、妳是說……」胤祥驚呆了。蘇妲姬他可知道，那是女媧為了懲罰紂王無道而派下界的妖孽，他看了看一臉認真的白玉，難道……

「妳胡說！如今是太平盛世，皇阿瑪又是古今少有的仁德之君，妳怎麼能拿商紂來比？」絕不能容忍任何人詆毀他的皇阿瑪，白玉也不行。

喔，都忘了胤祥是他皇阿瑪的鐵桿粉絲了。

「唉，說你笨，你還真笨。我有說是娘娘讓我們來的嗎？我們是因為和狐狸精爭著駕車，爭來爭去地翻了車，我們才莫名其妙來到這裡的。」回去以後一定要出本書，就叫「女媧娘娘的Q版手下」。

「就是妳說的汽車？」胤祥狐疑地問道。

「對，就是汽車，那種車不用馬拉，是靠法術來駕馭的。」說得和真的似的。

十三阿哥的頭有些疼。這都什麼和什麼啊？「那店是什麼？妳們還開店嗎？什麼店？」

「什麼什麼店？」白玉莫名其妙地問道。

「妳說的啊，這裡沒有店。」十三阿哥提醒道。

哈哈。白玉在心裡暗笑，應該是電吧？呵呵。「喔，那是一種法術，只要施展那種法術，就可以不用蠟燭了。」

想了一會兒，胤祥又說：「我不信，除非妳施點法術給我看看。」就會胡扯。

白玉暗自叫苦。自己哪裡會什麼法術啊？連法語都不會。「喔，是這樣的，我們一旦下界就沒有靈力了，我們是私自下界的呀。」自己大概有寫神話小說的潛力。

「那妳說說妳們那裡的事給我聽聽。」胤祥皺著眉說道。

「好。」白玉就把現代的一些情況用他可以接受的方式說了出來。

「我們仙界是可以自己調節四季冷暖的。」因為有空調。

「我們洗衣服不用手。」因為有洗衣機。

「我們可以跟距離很遠的朋友通話。」因為有電話。

「我們可以知道一切我們想知道的事情。」因為有電腦和電視。

「我們……」

白玉說得口乾舌燥、眉飛色舞，胤祥聽得頭昏腦脹、糊裡糊塗。說她瞎編嗎，她卻說得頭頭是道的，信她嗎，可這也太扯了吧?!

胤祥糊塗了，徹底地糊塗了。

第三十二章　真誠

第二天，十三阿哥因和四爺要去衙門善後，白玉終於可以向她家老大彙報了。可是當冰珊聽完後，唯一的反應就是目瞪口呆。

「珊、珊，妳倒是說話啊?!」白玉有些焦急地搖了搖她。

冰珊緩過神來，咬牙切齒地說道：「妳好聰明啊——」

點點頭，白玉有些心驚地看著她家老大。

「妳白癡啊妳?!說我們是妖精還不如說實話呢！古人很迷信的妳知不知道？」

「可、可、可是，妳說只要不說實話說什麼都行啊。」

「那妳也不能說自己是妖怪啊！靠！」冰珊簡直就要暴走了。

「那、那怎麼辦？」白玉也慌了。

冰珊坐下來仔細想了一下。「等他們晚上回來，我說吧。」

白玉皺眉問道：「妳要怎麼說？說實話嗎？」

冰珊無奈地道：「我很矛盾。妳和我現在是四爺黨的，可青萍和嬌蘭卻是八爺黨的，如果我們說了實話，會不會影響到青萍和嬌蘭?如果，他們不相信……我們的下場堪憂。妳別忘了，這裡是清朝，人都很迷信的。」

白玉也沈默了。

該來的還是會來的。

下午，四阿哥就和十三回來了，兩人一進屋就盯著白玉和冰珊直看。

冰珊翹了翹嘴角，嘲諷地說道：「我們不是妖怪，玉玉騙你們的。」

白玉也使勁地點頭。「我是騙你們的，真的，胤祥，你看看我哪像妖怪？要不，你找個法師來檢驗一下。」

四阿哥和十三阿哥兩人對望了一眼，同時噴笑起來。冰珊和白玉呆愣愣地看著兩個笑得沒形沒象的阿哥，全都傻了。

好半天，十三才止住笑。「妳真以為妳那些話我都信了啊？哈哈，一聽就知道是編的。還女媧娘娘呢！哈哈哈……」

四阿哥也忍著笑說道：「今兒一早十三弟就和我說了。」搖搖頭，他又淺笑道：「女媧娘娘？呵呵，妳們可真會編。」然後，他定定地看著冰珊道：「說實話吧。」

冰珊咬了咬嘴唇，說道：「讓我們說實話也行，你們必須發誓，永遠不許和任何人說，而且不能逼問我們不想說的事。」

四阿哥和十三阿哥對視了一眼，四阿哥正色說道：「好，我發誓，如果我把妳們的事說出去，或是逼問妳們不願說的事，就讓我死無葬身之地。」

這可是毒誓。十三阿哥瞪大了眼睛看著他。「四哥，您……」

冰珊卻搖搖頭道：「這不行，我要你用你最在乎的人或事物來發誓。」他是皇帝，怎麼會死無葬身之地呢？

四阿哥的眉頭一皺。他最在乎的人是她，最在乎的事……

冰珊柔柔地一笑道：「就用我來發誓吧。」

其他三人都呆了。四阿哥吶吶地說道：「不行，無論如何我——」

「你最在乎的事我知道，用那個發誓是沒用的。而你最在乎的人，捨我其誰？」她自信的話語、溫柔的聲音把三人都震住了。

十三阿哥從未見過如此自信癡情的女子，白玉則是後悔自己不該說夢話。四阿哥無語，天下還有人比她更了解自己嗎？還有比她更適合自己的女人嗎？沒有了，再也沒有了。

微微一笑，冰珊淡淡地說道：「胤禛，你跟著我說。我，愛新覺羅・胤禛在此發誓，如果我違背誓言，洩漏了她們的秘密或是逼問她們一些不該知道的事……」她看了他一眼。「就讓陶麗珊死無葬身之地，永世不得超生。」

「什麼?!」四阿哥驚呼了一聲。「妳說什麼？」

「珊，妳不能！」白玉震驚地看著冰珊說道。「珊，妳怎麼能拿自己來發誓呢？」陶麗珊——那是她真正的名字。

十三阿哥詫異地問道：「陶麗珊?是妳嗎？」

「等你們發了誓，我再告訴你們。」冰珊淡然地說道。「胤禛，該你了。」

四阿哥怔了好一會兒，才皺眉說道：「如果我不說呢？」

冰珊淡淡一笑道：「那我們也不說。」

思索了一會兒，四阿哥認真地說道：「我能保證不把妳們的事說出去，可我不能保證我不會問。畢竟，如果妳們知道的是我想聽的，我會忍不住，而我是無論如何也不願傷害妳的。」停了一下，他微笑道：「妳贏了。」

冰珊回他一個暖暖的笑容。「你也一樣。」她賭的就是自己在他心裡究竟有多重要，如果他執意要知道事情的真相……唉，不過看來，自己贏了，贏在不用洩漏秘密。他也贏了，贏在自己對他毫無保留的愛。

十三阿哥張口結舌地問道：「四哥……您……這就完了？」不是很快就會知道了嗎？為什麼要橫生枝節啊？

白玉立刻就醒悟了。老大就是老大，幾句話就解決了。

冰珊淺淺一笑。「我還是會告訴你一些。我不是年冰珊，陶麗珊才是我的本名。其他就不能說了。」

四阿哥點點頭笑道：「無所謂，只要知道妳是我的冰兒就行了。」

十三阿哥思索了一會兒，也明白了，好個心思敏捷的女子啊。他看了看白玉——自己恐怕也會和四哥一樣，無法狠下心的。

愣了一會兒，他突然想起一事。「如果妳們不屬於這裡，妳們會不會走呢？」這才是關鍵問題。他可以不在意玉玉到底是誰、來幹什麼，就算她真的是妖孽也不要緊，可是，如果她終究有一天要離開自己……不，絕不！他絕不允許她離開。

白玉一愣。是啊，我們會不會回去呢？

「我們也不知道。也許會，也許不會，這不是我們能控制的。」她們連怎麼來的都不知道啊。

「不行！」這回是兩個人同時說的。

看了十三一眼，四阿哥盯著冰珊沈聲說道：「我絕不允許妳離開我，絕不。」

十三阿哥也大聲說：「對，我也是。如果妳離開了，我怎麼辦？」

冰珊苦笑道：「我們也希望不要離開，可是——」

「沒有什麼可是。」四阿哥斬釘截鐵地說道。「只要妳離開了，我就把那天答應妳的話全部收回。」他越發明白冰珊那天所說的話——自己恐怕就是將來的皇上，否則她不會如此說的。原本還有疑問，也因對她身分的肯定而消失了，做不做皇帝自己本不太在意的，可如果別人當皇帝不如他，自己何必還要推辭？為的只是大清的千秋基業啊！

冰珊愣住了，想了好一會兒才明白他說的是自己要他善待八阿哥他們的事。她緩緩地搖搖頭。「如果我們會走，你就是把他們都殺了也沒用，那是不可抗拒的，就像我們原本並不想來的，仍然來了。同樣地，即使我們再不想走，若是他要我們走，我們也無能為力。我要你答應是為了給你自己積福。唉，隨便你吧。」

四阿哥無語了。如果這樣還留不住她，他還有什麼法子？

十三阿哥和白玉也沈默了。

好一會兒，冰珊才強笑道：「別說這些了，我們還不一定會回去呢，呵，也許冥冥之中早就安排好了，讓我們來折磨你們的。」

難得她會說笑話，說得幾人都笑了。

回到寢室才關上門，白玉就被十三從背後一把摟住了。

她閉上眼睛靠在他的懷裡，低聲笑道：「放心吧，我不會離開你的。這輩子我就賴定你了，就算你不要我，我也會賴在你身邊的。」她心疼他的患得患失，痛心自己的身不由己。

十三阿哥啞聲說道：「玉玉，答應我，別走好嗎？」一想到她會離開自己，心就像刀割一般。額娘就是一聲不響地走了，再也沒有回來，他就成了沒人疼的孩子了，若不是四哥眷顧，自己早就死了。好不容易才遇到這個令自己心儀的女人，若是也走了，叫他還怎麼活？

摩挲著他的手，白玉哽咽地說道：「好，我不離開你，永遠都不離開。」感覺到身後的人因此放鬆了，她轉過身，撲在他懷裡輕聲說道：「我才不會把你讓給那些狐狸精呢，你是我的，是我一個人的。」

「玉……」胤祥感動地笑了。這就是他的小妖精，他的寶貝。

另一邊，四阿哥也在為同一個問題傷腦筋。早知道就不問了，現在可好，不僅什麼也沒明白，還得知了她隨時都會離開自己，知道將來會發生的事卻無力改變的滋味可真不好受。

「冰兒，如果，我是說如果有一天妳真的走了，我到哪兒去找妳？」他總覺得她會離開。

「只怕很難。」冰珊搖搖頭，貪婪地吸取他的氣息。「就好像你能把昨天或是明天的你叫來嗎？」

四阿哥皺眉問道：「什麼意思？昨天和明天的我？我不就是一個人嗎？」

「這麼和你說吧，昨天已經過去了，我們在今天這個時段裡，可是從另一個角度說，昨天的你還在昨天的那個時段裡做著昨天的事。」自己聽著都像繞口令了，不知道他能不能明白。

靜默了一會兒，四阿哥突然語出驚人地說道：「妳的意思是指妳不是大清的人，妳來自另一個時間段？」這個發現讓他震驚不已。

「呵，胤禛好聰明，我的確來自另一個時空。簡單地說，就是來自未來。」

「那如果妳能來，我也應該能去啊。」這個發現更讓他興奮。

搖搖頭，冰珊看著他說道：「你去不了的，你和十三阿哥、十四阿哥、九阿哥他們都有著自己的使命，這是你們的義務。再說，如果想去未來就去未來，想回到過去就回到過去，世間就要亂了。」

四阿哥沮喪地皺了皺眉道：「妳是說，如果妳真的走了，我就再也見不到妳了嗎？」

「恐怕是的。」冰珊點了點頭，不忍地看著他瞬間黯然的臉色。「禛，別再想了，讓我們還是好好把握現在吧，未來的事，未來再操心吧。」她拉低他的身子，在他緊抿的薄唇上印了一吻。第一次採取主動，為的就是撫慰他不安的心。

第二天，四阿哥要年羹堯留下處理剩下的事務，其餘人便都回京去了，因為有旨意要讓四阿哥速速回京。

幾人心知肚明，這是要讓他回去清繳國庫的欠銀。

四阿哥和十三阿哥都覺得有些棘手，畢竟清繳欠銀可是個費力不討好的差事，弄不好會得罪很多人。

快到京城的時候，冰珊和白玉先行回家了。料得到那些官員、阿哥會在城外迎接，若是給他們看見了，又要多生是非。而那哥兒倆要先去見過皇上才能回家。

冰珊回家後，先把此次行程的經過跟福晉說了一遍，之後就約白玉去了夢園。

到了夢園才知道，最近青萍因為懷孕了，不大來了，每次放月錢都是嬌蘭過來處理，兩人大概都在九貝勒府。

到了九爺府，下人立刻就通報了，很快，青萍和嬌蘭就迎了出來。一見面，四人來了個大擁抱，旁邊的婢女和家丁看得眼都直了。

回到青萍的屋裡，嬌蘭迫不及待地問起了此次江南之行。冰珊和白玉把經過簡單說了一遍之後，冰珊問：「青萍，妳幾個月了？」

青萍得意地一笑道：「四個月了，呵呵。」

輕輕一笑，冰珊又問：「妳可還能出門？我有事和妳們說。」白玉明白她要說的就是自己說夢話導致洩密的事，也跟著點了點頭。

青萍和嬌蘭見她面色凝重，都有些納悶。青萍問：「什麼事？不能在這兒說嗎？」

冰珊嘴角一翹。「妳說呢？」

「喔，那好吧，我們這就走。」站起來換了衣服，四人就出門去了，臨走時，青萍交代下人，等九阿哥回來後告訴他自己去了夢園，讓他不要擔心。

到了夢園，四人同時呼了口氣，然後一起大笑起來。還是這裡好，完全屬於她們自己的空間，不必擔心被人打擾，說話也痛快得多了。

笑完了，青萍就問：「到底是什麼事啊？搞得這麼嚴重。」

冰珊沈聲說道：「我們的秘密。」

「什麼?!」嬌蘭和青萍驚呼起來。嬌蘭問：「這是什麼意思？難道妳們說了嗎？」

搖搖頭，冰珊說道：「沒有說全，但是胤禛和十三已經知道我們不是這具身體的本主了。」

「啊？那、那……怎麼會這樣？」青萍皺著眉問道。

白玉囁嚅地說道：「都怪我，是我作夢時說走嘴了，被胤祥聽見了。」

「妳——」嬌蘭氣得直翻白眼。「我說妳怎麼那麼笨啊妳！早知道妳結婚時就送妳一帖膏藥了！」

白玉愧疚地說：「都怪我，是我不好，要不妳們打我一頓得了。」

嬌蘭氣道：「打妳有什麼用？打了妳他們就不知道了嗎？哼。」

「算了，少說兩句吧。」青萍拍了拍嬌蘭的手，轉向冰珊問道：「聽妳的話，他們知道得並不全，是嗎？」

「嗯，就知道我們不是現在的身分，其他的就不知道了。喔，還有，我和胤禛說了我們是來自另一時空的人。」

「那他怎麼說？」這才是關鍵。

微微一笑，冰珊的臉上現出了幸福的光芒。「他說無所謂，只要知道我是他的冰兒就行了，還問如果我回去了，他要怎樣才能找到我。」

其他三人愣了。想不到冷冰冰的老四對冰珊用情居然如此之深，自己的那個人呢？是不是也會這樣？

冰珊淺笑道：「我告訴妳們，是想讓妳們自己決定是否要和他們坦白。這是妳們的權利，畢竟是我們先破壞了事先的約定。」

青萍和嫣蘭都沈默了。要不要說呢？

半晌，青萍才正色道：「我不說。妳們是四爺黨的人，就是說了也沒什麼關係，畢竟四阿哥才是未來的皇帝。可我們不同，九阿哥和十四阿哥都是八爺黨的，如果讓他們知道了我們的來歷，一旦做了什麼不該做的事，我們大家就萬劫不復了。嫣蘭，妳說呢？」

嫣蘭點點頭。「我同意，反正胤禟又沒懷疑我，說不說有什麼關係？」

冰珊感動地一笑。「謝謝妳們了。」

青萍和嫣蘭不覺笑了起來，嫣蘭戲謔地說道：「我們老大被冰山四征服啦，哈哈。」

青萍也笑道：「是啊，也難怪嘛，冰山四如今化作繞指柔了，呵呵。」

冰珊的俏臉一紅，嗔道：「幾天不見，妳們要造反了是吧?!」

四人大笑起來。笑了一會兒，青萍忽然看向冰珊問道：「可是我們的未來呢？如果我們一直在這裡，十三很可能會被康熙囚禁，而且將來四阿哥登基了以後，胤禟和十四也會遭殃。」胤禟還會死得很早，一想到這兒，她就心如刀絞——明明知道他會怎樣，卻無法救他。

冰珊咬著唇說道：「放心吧，只要我活著就不會讓他們受到傷害。」這是胤禛答應她的啊。

青萍搖了搖頭。要不要告訴她，年妃在雍正三年就死了呢？天，雍正三年，那不是說冰珊會離開她們了嗎？不、不、不，這不可能！青萍只覺得自己的呼吸越來越急促了。她現在就是年冰珊啊，如果真的不能改變歷史，冰珊就會死掉！

想到這兒，青萍猶豫地對冰珊說道：「珊，妳、妳怕死嗎？」

愣了一下，冰珊的眉毛都顰到了一起。「死？妳是什麼意思？」

青萍沈重地說道：「如果我說妳若一直是年冰珊，恐怕就會早死的，妳相信嗎？」她不忍再看她了，這可是自己最好的朋友啊。

冰珊恍然大悟地笑了。「我知道啊，電視劇裡都演過的嘛。妳們放心吧，就算我要死，也會讓胤禛永遠不傷害他們的。」她早就知道作為年冰珊的宿命，雖然有些不甘，可是有他的愛就足夠了。

白玉澀澀地說道：「珊……妳別這樣想，那都是導演瞎編的。青萍，妳怎麼能胡說呢？」幹麼要把這件事戳破呢？就這樣裝作什麼都不知道多好。胤祥，她的胤祥啊，被他的親生父親囚禁了多年，以致患上了惡疾，英年早逝……那是她最愛的胤祥啊。還有冰珊，死得更早。接著就是八阿哥和九阿哥，十阿哥也被囚了，連十四也不能倖免，這是什麼樣的家庭，骨肉相殘到如此地步……

冰珊微笑著對白玉說：「玉玉，不要緊的，就是青萍不說，我也知道，早就知道了。」說不怕是假的，哪有人不怕死呢？何況，若她真的死了，就再也見不到胤禛了……如果能改變就好了，唉。

嬌蘭皺眉道：「珊，妳不用裝了，我們都明白的，只恨我們為什麼要來這裡？為什麼要是這樣的身分？為什麼要和他們糾纏在一起？就是為了讓我們所有人都痛苦嗎？究竟是誰在主宰這一切？是誰？」

說到後頭，嫣蘭已經是熱淚盈眶了。來到這裡就注定了是場悲劇，四個生死相隨的好友偏偏屬於兩個派別，而且是鬥得最凶、最慘烈的兩個派別。爭奪皇位的戰場是不見血的修羅場，是真正的人間地獄，父不父、子不子，兄不兄、弟不弟，君不君、臣不臣，為的就是那把破椅子！

想到這裡，嫣蘭忍不住大聲罵道：「不就是把破椅子嗎？至於嗎?!一群笨蛋！看著一個個都聰明極了，其實就是他媽的一群蠢才！」憋在心裡好久了，這些天眼見胤禩天天和老八他們在一起，嘀嘀咕咕地算計老四和十三，她早就憋了一肚子火了。他們難道不知道老四和十三為的也是大清嗎？只顧著爭那把破椅子就全都忘了，不知道康熙那麼睿智的皇帝，怎麼生了這麼一群不孝子呢？沒一個省心的。想著胤禩今後會被老四囚禁那麼多年，她就難過得要死，他們可是一個娘親肚子裡爬出來的嫡親兄弟啊……

她的咆哮把三人嚇了一跳，繼而也明白了她的心思。

冰珊和白玉知道在江南籌款遇到的阻力，多是來自老八他們的，帶頭不遵欽差之命的，也是他們的人。

青萍也是深有體會。打從四阿哥他們前腳剛走，九阿哥和老八他們就忙活起來了，用膝蓋想都知道他們在忙什麼，唉——真是無奈。先前幾天，胤禟每天都是樂呵呵的，想來是四阿哥他們在江南的差事辦得不順利，可最後這些日子，他的眉頭越皺越緊，都快變小老頭兒了，就是因為老四他們已經把錢款都籌齊了，馬上又要讓老四清繳國庫欠銀了，可想而知又是一場惡鬥。

四人都沈默了，屋子裡靜悄悄的，靜得讓人喘不過氣來。

第三十三章　兩難

晚上，青萍回到家裡，只覺得身心俱疲，懶懶地靠在床上發呆，心裡沈甸甸的不知該如何是好。

「萍兒，我回來了。」九阿哥的聲音由遠而近，人也跟著出現在她的面前。「妳今天出去了？」他任由婢女給他更衣，自己只是笑咪咪地看著青萍——他的小狐狸就要給他生孩子了。呵呵，想著就高興。自己已有兩個女兒了，多希望他的寶貝給他生個兒子啊！

「怎麼了？不高興嗎？誰惹咱們九福晉了？說給爺，爺替妳出氣去。」坐到她身邊，將她摟至懷中，九阿哥滿足地嘆息了一聲。皇上有旨意讓老四和十三清繳國庫欠銀，哈，這可是個費力不討好的差事，會得罪很多人的。老爺子本來是屬意八哥的，可被八哥辭了——這回就等著看太子和老四他們坐蠟吧，呵呵。

青萍幽幽地問：「胤禟，四爺他們就那麼礙你們的眼嗎？為什麼非要和他們過不去呢？」

九阿哥的臉色一變，不悅地斥道：「是年冰珊和妳說的吧？這是我們男人的事，和妳無關，妳只要乖乖地給爺生個兒子就行了。」

青萍嘲諷地一笑道：「和我無關？呵呵，傾巢之下，豈有完卵？胤禟，你想過沒有，如果你有什麼意外，我怎麼辦？我肚子裡的孩子怎麼辦？」

九阿哥納悶地盯了她半天，才問道：「妳究竟想和我說什麼？萍兒，妳擔心的都是沒影兒的事啊，我能有什麼意外？我可是堂堂的九阿哥，誰敢讓我有意外？」

無力地閉上了眼睛，青萍緩緩地說道：「胤禟，罷手吧，好不好？算我求你了。」

「妳要我罷什麼手？」她知道什麼？

「你以為我是傻子嗎？你們這麼明目張膽地和太子作對，恐怕就真的是個傻子也看出來了。」他怎麼這麼冥頑不靈？「我都看得出來，何況是皇上。你還不明白嗎？」

九阿哥沈默了。這不是能和女人討論的事。「萍兒，妳別想那麼多了，我會小心的，妳放心吧。」

知道他沒把自己的話當回事，青萍嘆了一聲，又問道：「胤禟，如果有一天我離開你了，你會想我嗎？」

「說什麼呢？今兒是怎麼了，怎麼淨說胡話啊？我看妳以後別再和老四家的跟十三家的在一起了。」氣惱地推開她，九阿哥把身子扭到了一邊。

「胤禟，我說的是真的。如果我不見了，你會想我嗎？」女人都是這樣的吧，愛問一些奇怪的傻問題。

九阿哥沈著臉說道：「再胡說？告訴妳吧，妳永遠也別想離開爺一步，就是死也得死在爺的身邊，要不然爺就娶一堆小妾來氣死妳！」她今天到底是怎麼了？為什麼淨說一些喪氣話？

青萍被他說得一笑。這人真是的，好不容易自己傷感一回，還被他給攪亂了，她忍不住白他一眼說道：「想什麼啊你？想著把我趕走，你好和那群妖精過逍遙日子啊？這輩子你就別想了！」

「呵呵。」看見小狐狸終於恢復往日的俏皮和霸道，九阿哥心滿意足地摟著她輕笑起來。「妳呀，妳就是爺命裡的魔星，也不知道爺當初是中了什麼邪，非要把妳娶來。」寵溺地在她的額頭上輕吻了一下，他低聲說道：「萍兒，就這麼陪爺一輩子好不好，嗯？」

「好。」她摟住他的脖子，讓那個「好」從他的嘴裡流進心底。

多希望，就這樣相守一輩子啊……

十四阿哥興高采烈地進了屋，卻見他的福晉沒有像往常那樣撲上來給他一通熱吻，不禁詫異地喊道：「蘭兒、蘭兒？」她去哪兒了？

他狐疑地邁步進了裡間，就見他的蘭兒正拉著臉在那兒削蘋果。天，誰惹她了？爺要把那人碎屍萬段！每逢他的親親福晉生氣了，就會削上一大堆的蘋果給他吃，當然吃不完是正常的，因為數量多少由她生氣的程度所定，記得最多的一回是十一個，最少的也有三個。

看看桌子——我的額娘啊，至少有十五、六個吧！破紀錄了。

嚥了口唾沫，十四阿哥小心翼翼地走到近前問道：「誰惹妳了？」

白他一眼，嬌蘭把手裡的蘋果扔到盤子裡，又拿了個新的繼續削。

十四阿哥舔了舔嘴唇又問了一句：「到底是誰惹妳了？弘明嗎！我打他一頓給妳出出氣。」說著轉身就要出去。

「站住，不是弘明。」十四福晉終於發話了。

「喔，那是誰！說給我，我替妳治他。」實在是怕了那堆蘋果啊。

「真的嗎？」

「嗯嗯嗯。」

看了他一眼，嬌蘭淡淡地問道：「那你打算怎麼治啊？」

十四阿哥笑道：「把他抓來讓妳打一頓，然後罰他把蘋果都吃了。」呵呵，這回爺就不用受罪了。

點點頭，嬌蘭把蘋果放下，刀子順手插在桌面上——十四爺的心一跳，那可是紫檀的啊！

掃了他一眼，嬌蘭冷冷地說道：「惹我的人就是你。」

「喔。啊？什麼？是我？我怎麼了？」十四阿哥目瞪口呆地站在那兒不動了。

「哼！」嬌蘭氣呼呼地站起來走到床邊一坐，臉色黑得跟外頭的天似的。

「蘭兒，我到底怎麼了啊？早上我走的時候還好好的啊，怎麼晚上回來就這樣了呢？」實在是摸不清這是怎麼一回事，十四阿哥低聲下氣地問道。

翻了個白眼，嬌蘭皺著眉說道：「胤禵，我知道你和八爺比跟四爺要親，可是你能不能儘量少和他作對啊？」

十四一愣。「什麼呀？誰說我和四哥不親了？四哥可是——」

「別和我打馬虎眼，你當我瞎了啊？」嬌蘭不耐地打斷他的話。「我覺得你們畢竟是一奶同胞，怎麼能生分了呢？額娘也總是暗地裡著急呢。」

十四的俊臉一沈。「妳別胡說，我和四哥好著呢。」

「是啊，好到他前腳走，你後腳就和八爺他們一起算計他。」

「誰和妳說的？是不是年冰珊？」

「我呸，我還用人和我說嗎？我自己有眼睛耳朵、有腦袋。」嬌蘭忍不住起身插著腰就嚷開了。

「妳……妳要幹麼啊？」她突如其來的舉動嚇了十四阿哥一跳。

「我要罵你，你個笨蛋！」嬌蘭的火一下就上來了。

「妳……妳罵我?!」十四阿哥不敢置信地盯著她問道。

「罵你如何？我還想打你呢！」說著她就撲過來，把猝不及防的十四給推倒在炕上，然後手腳並用地打起來了。

「完顏・嬌蘭！妳給我住手……再不住手我可打妳了啊！」十四阿哥被她的行為氣得半死，簡直就是莫名其妙、不可理喻嘛！

突然，嬌蘭住了手，捂著臉哭了起來。

才要發火的十四忽然發現她哭了，反倒不知所措。

「喂，我可沒打妳啊，妳哭什麼啊？被打的可是我耶。」

嬌蘭沒有理他，反倒撲到床上嚎啕大哭起來。不知道如何說服他不要再執迷不悟，不知道等著他們的未來到底是什麼樣的，不知道怎樣避免那些躲也躲不過的宿命，不知道這樣的日子還能過多久，就算他們暫時不會撕破臉，可馬上就要廢太子了……

之前青萍就和她說過的，兩人都在為各自的愛人擔心，為冰珊和白玉擔心，可這幾個男人就是不能醒悟，除了哭，她找不到其他的法子宣洩了。

「蘭兒、蘭兒，妳別哭了，要是妳還生氣，就再打我幾下得了。」實在捨不得看她哭成那樣，撕心裂肺得讓人難受。

哭了好一會兒，嬌蘭才漸漸平靜下來，抽噎著問：「胤禵，如果我不見了，你會難過嗎？」

「廢話！妳要幹麼？妳今天到底是怎麼了？」十四阿哥把她拉起來摟在懷裡，皺著眉問道。

「我只是心情不好。胤禵，你說，要是我不見了，你會難過嗎？」

「傻丫頭，都是做額娘的人了，怎麼還這麼孩子氣呢？告訴妳，妳就是逃到天邊去，我也要把妳抓回來。」親了親她紅腫的眼皮，十四阿哥又笑道：「還記得那次在塞外妳們在狼群裡鏖戰，當我們趕到的時候，妳就昏倒在我的懷裡，臉色白得像紙，那時我就發誓，妳就是死了，我也要到閻王那兒把妳抓回來——」

「胤禵……」無力地靠在他的身上，嬌蘭覺得自己就要被他融化了，可是心裡依舊揪得難受。「胤禵，記住我好不好？記住現在的我，記住刁蠻任性的我，記住不許你在小妾房中過夜的我，記住一生氣就給你削蘋果吃的我好不好？」她總覺得會離開他似的，感覺很不安。

「蘭兒。」胤禵生氣地戳了她的額頭一下。「再胡說，我就打妳了。我看妳是閒得難受了吧？要不，妳再給我生個兒子得了……唉喲。」十四阿哥還沒樂完就被他的福晉重重地擰了一下。

嬌蘭嗔怪地瞪了他一眼。「人家心裡正不自在呢，你還鬧，討厭。」

「好好好，我討厭行了吧？那妳繼續在這兒不自在，爺去別處了。」

「你敢！你要是敢出去，我馬上就帶著弘明離開你，嗚嗚……可惡的傢伙……」委屈的感覺再一次充斥了她的心。

十四阿哥本來是開個玩笑的，誰知她又哭了起來，不禁對她今天的行為越發懷疑了。

「蘭兒，別哭了，我說著玩的，妳瞧妳，哭得那麼難看，眼睛腫得跟胡桃似的。」見她還是沒有要停的意思，十四阿哥無奈地說道：「得了，我的姑奶奶，都是我的不是，您就消消氣兒吧！」說著還做了個戲裡的動作，彎著腰、雙手相抱給她作了個揖。

看得嬌蘭「噗哧」一聲就笑了——這人，神態倒是恭敬，彎著腰、低著頭，就是那雙眼睛使勁往上吊著看她。

見她笑了，十四阿哥也樂了。「呵呵，我的福晉大人笑嘍，看來爺大概也能上臺客串了。」

「呸，你敢嗎你？」就會說嘴。

「嘿嘿，不敢也不願，所以也就妳能有這個眼福了，哈哈。」十四阿哥笑咪咪地摟著仍舊擦著眼睛的嬌蘭，問道：「蘭兒，妳今天到底是怎麼了？為什麼會發那麼大的火呢？」

嬌蘭聞言，長嘆了一聲。「我是怕你們鬧得太過了會惹麻煩，胤禵，你答應我，不要直接捲進去和四爺他們作對，好不好？」明知是妄想，還是忍不住要試一試。

沈吟了一會兒，十四阿哥說道：「妳放心吧，他總是我的哥哥，這一點八哥他們也明白。再說了，我們也不是針對他和十三啊。」說完了又覺得有些不妥，就抿著嘴看了嬌蘭一眼，吃驚地發現她早已了然的目光。

「我知道的，是太子。可是連我都知道了，還有人不知道嗎？」

說得十四一愣，似乎感覺到了什麼，可一時又抓不住了。

「蘭兒，妳──」

「別問我，我是女人，你自己想去吧。」生怕他會問什麼，她趕緊申明了立場。

哭笑不得地撇了撇嘴，十四阿哥哂道：「這會兒妳又是女人了?!剛才打我的時候怎麼想不起來啊？」

「我就這樣，你要如何？」嬌蠻地揚起了下巴，嬌蘭雙手插在腰間像個茶壺似的，逗得十四阿哥立刻就笑了。

「哈哈，妳瞧妳現在的樣子，哈哈。」

被他笑得惱羞成怒了，嬌蘭馬上追著他要打，十四哪裡會讓她抓住，就在屋裡繞了起來，一邊跑一邊不住地氣她，惹得嬌蘭更是羞惱了，發誓非要抓住他不可。終於，胤禵故意地慢了下來，回身把飛撲過來的嬌蘭抱了個滿懷，低聲在她耳畔說道：「蘭兒，再給我生個兒子吧，好不好？」

被他說得羞紅了臉，嬌蘭埋在他胸前小小地「嗯」了一聲，立刻就被他打橫抱了起來。「好，咱們的嫡福晉同意嘍，立刻就去，呵呵。」他被嬌蘭在胸口捶了兩拳，外帶在耳朵上附送了兩排牙印。

再往後──就非禮勿視了。

果然，四阿哥很快接手了清繳國庫欠銀的差事，也理所當然地成為了眾矢之的。

冰珊心疼地看著桌後劍眉緊鎖的胤禛，和一旁椅子上同樣一臉不耐的胤祥，嘆了一聲說道：

「你們不要再這樣了，既然做了就把它做好吧。」

「唉，妳哪裡曉得這裡面的事？」胤禛的臉色愈加難看了。「欠錢的除了皇子阿哥就是朝廷重臣，沒有一個是等閒之人。」

十三阿哥也沈聲道：「可不是嘛，太子、三哥還有老十他們都是欠銀的大戶，大臣中有好幾個都是皇上的近臣，再不就是有功之臣，像魏東亭還是和皇上打小就在一起的呢，唉。」

「哼，我說你們兩個是不是糊塗了？」冰珊放下茶杯諷道。

「此話怎講？」四阿哥抬起頭看著她。

「清繳國庫欠銀是誰的主意？」

「皇上啊。」十三阿哥狐疑地說道。

「皇上為什麼要清繳欠銀？」

「國庫空虛啊。」

「那不得了？你們此次江南籌款儘管完成了任務，可是作為皇上，他心裡最怕的是再有這麼一回，萬一打仗了或是再鬧災了怎麼辦？難道還能次次都去和鹽商借銀子嗎？」看來兩人是被清欠的事弄糊塗了。

四阿哥點點頭道：「妳說的不錯，皇上的確是因為這些才下定決心要清繳國庫欠銀的，只是這個差事確是不好辦啊。」

「你們心裡也清楚這本就是個費力不討好、兩面不是人的差事。可是，只要你盡力辦了，皇上就會看在眼裡、記在心裡，這才是最主要的。別人再恨又如何？大清可是皇上在掌權，何況真的到了不可收拾的地步，皇上自然會出面的。」這些話原本是不想說的，可實在是看不了這哥兒倆苦兮兮的樣子。

「行了，不打擾你們了，我先走了，不要弄得太晚。」她說完也不等兩人回答就走了出去。

十三阿哥思索地看著她的背影問道：「四哥，您說冰珊她們到底來自哪裡？為什麼我總覺得她們似乎知道很多我們不知道的事呢？」

四阿哥點點頭。「我也有這樣的感覺。」停了一會兒，他才低聲說道：「十三弟，冰珊說她們來自另外一個時空。」

「另外一個時空？什麼意思？」胤祥有些心驚地問道。

「就是說她們來自未來。這是冰珊和我說的。」垂下眼皮，他又道：「而且，若是她們回去了，就再也回不來了。」說著，他心裡驀地一痛——若是真的這樣了，他們可怎麼辦啊？

胤祥怔怔地看著四阿哥。「她們會回去嗎？」

搖搖頭，胤禛面色沈重地說道：「不知道。」

書房裡靜了下來，兩人都不再說話了，各自想著自己的心事。

好半天，四阿哥才強打精神說道：「好了，那個以後再說吧，我們還是把清欠的事辦完了吧。」

「嗯，四哥說的是。」胤祥收拾好自己的心情，和四阿哥開始討論起公事來了。

第二天，四阿哥他們就開始雷厲風行地清起欠款，朝中上下一片抱怨之聲，都說四爺不近人情，十三爺全無情面。八爺他們表面上倒是還好，就是在暗地裡挑唆朝裡的大臣去鬧皇上，逼著皇上停止追欠。皇上卻置身事外，冷眼看著這一切，直到幾個老臣因此病的病、死的死了，才出面調停——詭異啊，欠銀已經追回了不少了，還把過錯推到四阿哥和十三阿哥的身上，說他們過於激進以致朝臣怨怒等等，無非就是為了安撫那些老臣罷了，四阿哥倒是不在意，反正已經習慣了。

可十三阿哥卻被氣得半死。原想著要大展拳腳的，誰知卻鬧了個慘澹收場，怎不叫這個拚命十三郎咬碎了一口鋼牙呢？

第三十四章 風起

四十七年四月，九福晉終於生了。據說那天，九爺府裡和過年似的。青萍是第一次生產，哪裡會料到生孩子會這麼難受？疼得她死去活來的，在屋裡一個勁兒地叫喊，九阿哥則在外屋一個勁兒地打轉。

自己已經有兩個女兒了，可是在產房的外頭等著卻是第一次，聽著他的小狐狸在屋裡撕心裂肺地嚷嚷，他的心跳快得就跟敲鼓似的。

剛才一散朝就聽下人說福晉要生了，急得他搶了十四阿哥的馬就跑回來，把十四阿哥嚇了一大跳，繼而就了然一笑——自己上次還不是和九哥一樣嗎？不同的是嬌蘭是在夜裡生的，幾乎沒把十四阿哥的府第給掀了，連帶第二天一早，他還沒說，就有好多阿哥向他賀喜了——都是被他福晉那聲嘶力竭的喊叫給擾得一夜沒睡，要還不知道他十四又做爹了才怪呢！

想到這兒，就好笑地搖了搖頭，和八爺他們一同過來了。

才來到九福晉的房門外頭，就看見九阿哥在屋裡抓耳撓腮地著急。

「混帳東西！連接生都不會！再讓爺聽見福晉喊疼，就宰了妳們！」九阿哥暴跳如雷地朝屋裡喊著。

說得十阿哥和十四阿哥捂著嘴一個勁兒地笑，八阿哥無奈地說道：「老九，你這是幹什麼？」

九阿哥回過頭說：「八哥，您不知道，小狐狸都喊了兩個時辰了，穩婆說是胎位不大好，您說我能不急嗎?!」

八阿哥微笑道：「生孩子是女人的天性，不會有事的，你就放心吧。」

九阿哥才要說話，就聽裡頭青萍大喊道：「誰說的？啊？有本事你生一個給我看看！」

「哈哈哈哈……」老十和老十四立刻大笑起來。

八阿哥的臉立刻紅了——死丫頭，說什麼呢妳?!

九阿哥一臉尷尬。「八哥，對不起，回頭我收拾她。」

「死人妖！你要收拾誰，啊？反了你了！」九福晉的河東獅吼再一次傳了出來。

死人妖？八爺他們狐疑地看著九阿哥——不會是說你吧?!

九阿哥嚥了口唾沫，惱羞成怒地對屋裡喊道：「妳給爺把嘴閉上，再胡說，爺就打妳了！」

青萍在屋裡大聲喊道：「我就說，你要是不讓我說，我就不生了！唉喲……疼死我了，嗚嗚……死人妖，都是你害的，嗚嗚……我不生了，嗚嗚……疼死我了，啊——」

九阿哥的心不停地跳。「萍兒，妳別怕啊，一會兒就好了，我在這兒陪著妳呢。還有八哥他們也在呢，我們都在呢，妳不用擔心啊。」

可憐的九爺已經緊張得語無倫次，說得其他三人直翻白眼。他們在這兒和他老婆生孩子有什麼關係？

十四阿哥撇嘴道：「八哥，我們還是先走吧。」再待下去會被這對活寶氣死了。

八阿哥點了點頭，對九阿哥說：「老九，我們到外頭去吧。」

九阿哥點點頭剛要走，就聽見他的福晉在屋裡又嚷了。「愛新覺羅・胤禟，你要是敢走，我就讓你兒子管別人叫爹去！」混帳東西。老娘在這兒拚命給你生兒子，你倒好，居然想躲出去？

十四阿哥忍著笑拍了拍九阿哥的肩膀。「呵呵，九哥，我看您還是待在這兒吧，省得九嫂讓我侄子認別人當爹去。哈哈哈……」

十阿哥也坐在一旁跟著大笑，八阿哥低頭不停喝水，肩膀還一抽一抽的。

九阿哥尷尬得要死。這丫頭說話真是口沒遮攔，還什麼都敢說啊。「再胡說我就急了啊！」

「你急?!我還急呢！」青萍把生產的不適和怨氣都發在他的身上。「我在這兒要死要活地給你生兒子，你倒好，想出去躲清靜去?!沒門兒，唉喲，死小子，再不出來你就別出來了，唉喲，和你爹一樣是個壞蛋……唉喲！」青萍疼得在裡頭胡言亂語。「我告訴你，你現在要是再不出來就甭想出來了。待會兒你就是出來了，我也得把你塞回去，唉喲喂——」

「噗——」八爺的一口茶都噴了出來。

十阿哥和十四阿哥笑得都快跌到地上了，這個小狐狸還真夠有趣的，塞回去?!哈哈哈！

九阿哥滿臉黑線地想，這說的都是什麼啊？以前自己那兩丫頭生的時候，也沒這麼鬧啊，怎麼她就這麼多的話呢？

正鬧得不可開交的時候，就聽見裡頭「哇」的一聲傳來了嬰兒的啼哭聲。

「生了、生了，是個小格格。」穩婆興奮地在屋裡喊道，可算是生了，再不生她就得自殺了，哪裡見過這麼慓悍的產婦啊？把外頭的爺兒們罵得體無完膚。

外間的四人同時呼了口氣——再不生出來，他們也快要崩潰了。

九阿哥笑咪咪地拿扇子敲了敲手心——哈哈，小狐狸給爺生了個丫頭，雖說不是兒子，可只要是她生的就好。

穩婆把孩子洗乾淨抱了出來。「九爺您看，小格格長得可真漂亮呢！」

九阿哥接過孩子問道：「福晉沒事吧？」

穩婆討好地說道：「回九爺，福晉沒事。」

九阿哥點點頭笑道：「好，妳這個差事當得好，爺有賞，到帳房領二百兩銀子去吧！」

穩婆眉開眼笑地跪下磕頭。「謝九爺賞賜。」嘿嘿，二百兩啊！九爺可真大方。「九爺，下回福晉再生產的時候，奴婢還來侍候。」希望九福晉一年一個。

九阿哥大笑地說：「行了，滾出去吧。」看著自己手上這個小傢伙，九阿哥樂得嘴都快咧到耳朵後頭去了。多漂亮啊，眉眼都像他，將來必定是個絕色的美人兒。

十阿哥湊過來看了看說道：「也不怎麼漂亮嘛，皺巴巴的，眼睛還閉著呢。」不知道九哥樂個什麼勁。

「誰說的？你看看，我女兒多漂亮，比你家那幾個強多了，哼。」九阿哥不悅地瞪了老十一眼。敢說我的丫頭不漂亮?!

老十摸了摸鼻子轉到一邊去了。現在的九哥簡直就和傻子差不多了，瞧瞧那一臉的傻笑……呿。

八阿哥和十四也過來看了看，鑑於老十的遭遇，兩人異口同聲地誇老九的女兒是個小天仙，九阿哥笑得就更白癡了。

「胤禟，我不要活了我！嗚嗚……」裡面的九福晉又哭了。

四人都疑惑起來——這孩子也生了，她怎麼還叫哪？

九阿哥趕快把孩子交到丫鬟的手裡，快步走進去問道：「萍兒，妳怎麼了？不舒服嗎？」

青萍咬牙切齒地說道：「你個沒良心的，有了孩子就不要我了！」

「我哪有？」九阿哥一頭霧水地問道。

「還說沒有？多久了，就會抱著那小東西臭美，你怎麼不進來問問我怎麼樣了啊？」青萍蠻不講理地說道。

「啊?!」九阿哥瞠目結舌地看著他的親親福晉。爺這輩子看來是翻不了身了。

「我錯了不行嗎?別生氣了啊，看看咱的丫頭，可漂亮呢。」他朝一旁的丫鬟招了招手，把孩子抱過來給青萍看。「瞧，多漂亮，比老十和十四家的漂亮多了。」

外頭的十阿哥和十四阿哥不可避免地再一次翻了個白眼——九哥可真氣人。

青萍看了看，撇嘴道：「我瞧著可不漂亮，還沒弘明生下來的時候好看呢。」

十四在外頭聽見後，立刻笑道：「多謝九嫂誇獎。」嘿嘿，還是小狐狸有眼光。可青萍下面的話卻差點沒把他氣死——

「不過很可惜，弘明現在越長越像他阿瑪了。」還真以為他家弘明是美男子呢。

「噗哧」一聲，八阿哥和十阿哥樂了——這小狐狸的嘴還是一樣不饒人啊，十四阿哥氣得就剩喘氣聲了。

好在九福晉終於完成了她的生產大事，坐完月子後，繼續和其他三個姊妹逍遙自在去了，反倒是九阿哥和孩子在一起的時候更多一些。

五月，康熙巡幸塞外，隨行的有太子、大阿哥、十三阿哥、十四阿哥、十八阿哥等人，四阿哥和八阿哥卻留在了京城。此次出行，十三他們都未帶女眷，因而冰珊等四人就在京裡繼續過著她們逍遙的日子。可是，由於已經知道了即將要廢太子，四人的心情也不是很好，不知道究竟會發生什麼，尤其是白玉。

這回胤祥很有可能會被牽連，原因卻完全不知道。青萍她們一個勁兒地勸慰她說不要緊，十三即使被囚也會很快沒事的，可她還是不能釋懷，每日愁眉苦臉的，連帶著冰珊她們也很鬱悶。

山雨欲來風滿樓。其實冰珊她們也很擔心，這次廢儲事件究竟會引起多大的風波，她們都沒底——早知道就改學歷史了。

果然，才進九月，京裡的氣氛就走樣了。

冰珊和青萍明顯感覺到自己的夫君快成了熱鍋上的螞蟻。原本要在月初回京的皇上，到了二十號還沒消息，京裡的阿哥們和大臣惴惴不安，不知道會發生什麼事情。

很快，京裡留守的阿哥都被宣去了布爾哈蘇臺行宮。

四個女人就待在各自的家裡等著消息。

九月底，消息傳來說太子被廢，大阿哥、三阿哥、四阿哥、五阿哥、八阿哥還有十三阿哥都被囚了。

京裡立刻雞飛狗跳。

四貝勒府一片愁雲慘霧，那拉氏和李氏她們急得不知該如何是好，只有冰珊倒還鎮定一些。那拉氏眼見府裡亂了套，一急一氣的也病了，李氏又沒什麼擔當，慌腳雞似的，倒是冰珊看著還好，那拉氏就把府裡的事都交給她了，心裡卻在暗自納悶於她不同常人的鎮定和淡然。四爺那麼寵她，如今出了事，最不著急的卻是她，這也太不合情理了。

府裡的事交由冰珊打理，為了這個，李氏幾乎咬碎了一口銀牙。

這天，冰珊安排了府裡事後，就到十三阿哥的府上去了。還沒走到白玉的寢室，就聽見她抽抽噎噎的哭聲了。

「嗚嗚……胤祥。」

然後是青萍無奈的勸慰。「好了，玉玉，十三這回不會有事的，妳就別哭了。」一天，都哭了一早上了，看看如今的十三阿哥府簡直就像個菜市場，下人們個個都人心惶惶，幾個妾室也都愁眉苦臉的，這個嫡福晉倒好，就剩下哭了。

冰珊邁步進了屋，見青萍和嬌蘭一左一右地圍著白玉哄她，就皺了皺眉道：「好了，玉玉，十三這回不會有事的，妳還是先打起精神把家裡拾掇拾掇，沒見那些僕人都亂套了嗎？」自己進來居然連個下人都沒看見，等十三回來還不氣死啊?!

「珊——」白玉撇下青萍二人，撲進她懷裡大哭起來。「嗚嗚……胤祥、胤祥他被關了，嗚嗚……」

翻了個白眼，冰珊說道：「胤禎不是也被關了嗎？很快就會沒事的，妳可別自己先垮了才好。」

白玉哽咽著說：「妳們家四四是不會有事的，可胤祥就不一樣了。歷史上對他的很多事交代得都不清楚，萬一他要是一直被關著怎麼辦？我的胤祥哪裡受過這個啊？」

冰珊勸道：「妳別胡說了，我看十三不會有事的，等過幾天皇上回來了，他自然也就回來了。」其實，這些話她自己也不大相信，究竟十三這回為什麼會被囚，誰也不知道，可想而知，結果也就撲朔迷離了。

青萍點點頭說：「珊說得有道理，就算被關，也是五十一年的事呢，這會兒妳就慌成這樣，將來可怎麼辦呢？」

「那不一樣，後來被關就是圈在家裡了，我天天看得見他就不著急了。現在可不一樣，他、他……嗚嗚，誰知道他被關在哪兒？」白玉除了哭，已經想不起別的來了。

冰珊說道：「玉玉妳先別急，等他們都回來了，我們問清楚了再做打算吧。」

白玉點點頭，終於止住了哭泣，冰珊等人也都鬆了口氣。

十一月初，皇上的聖駕回朝了。與去的時候不同，回來時，太子、大阿哥和十三阿哥是被關在「囚車」裡回來的，接著就被圈到了宗人府。

白玉徹底崩潰了。她的胤祥還是被囚著，還是不能回家，不知道他到底是為了什麼獲罪，不知道他究竟還要被關多久，不知道他在那暗無天日的牢房裡如何度日，床榻是否舒適？膳食是否可口？茶水是否齊備？有沒有人侍候？是不是有酒？天涼了，可有人為他添衣？心煩了可有人與他說笑？高興了可有人同他分享？難過了可有人聽他訴說……

白玉什麼也顧不上，心裡滿滿的全是胤祥，胤祥的笑，胤祥的怒，胤祥的霸道，胤祥的溫柔，看著自己時盛滿柔情和眷寵的雙眼，抱著自己時耳邊細碎火熱的低喃……如今這空蕩蕩的屋子裡只有她自己，唯一的慰藉就是床榻上他的氣息，和屋裡留有他印記的物品。

任憑青萍三人如何勸慰也於事無補，青萍皺眉看著眼神空洞的白玉，又瞧瞧一旁的冰珊和嬌蘭——開始了，慘烈的皇位之爭終於還是把她們都捲進去了。

四人好像不願意再說話了，心裡都知道十三這次被囚，十之八九和八爺他們脫不了關係。誰也不願觸碰這個話題，生怕一開口就再也無法停止。

奪嫡是殘酷的戰爭，朝堂成了不見硝煙的戰場，兄弟變成你死我活的敵人，父子成了勢不兩立的對頭，所有一切都變成他們用來取勝的工具，何其殘忍，何其無情！

冰珊三人離開後，白玉就盯著門口怔怔地出神，想著白天冰珊和她說的話——胤祥是被人陷害的。

雖然冰珊說得很隱諱，可自己還是猜得出是誰搞的鬼。只是，康熙難道不知道胤祥的為人嗎？就不知道胤祥最愛的就是他這個父親嗎？為什麼就這樣絕情、這樣偏執？身為帝王都是這樣心狠手辣的嗎？

冰珊說，現在沒有辦法，只能靜待事情發展。

靜待？不，她靜不下，也待不了。

對，她現在就去找皇上，如果他不能把胤祥放了，她就進去陪他，就是死也要死在一起！

想到這兒，白玉站起身，朝外頭吩咐道：「來人，給我梳頭更衣，我要進宮！」

冰珊倚在四阿哥的懷中，總覺得要出什麼事似的。

下午，自己和白玉說的時候，就覺得白玉的情緒很不穩定，原本要留下來陪她，卻被她拒絕了，連青萍和嬌蘭也讓她給勸回去了。

她要幹麼？希望她是想通了才好，唉……

「四爺、四爺。」外頭傳來高福焦急的聲音。

「什麼事？」四阿哥皺眉問道。

「回爺的話，十三爺府裡的管家帶著十三福晉的一個丫頭過來了，說是十三福晉進宮去了。」高福戰戰兢兢地在外頭說道。

「什麼?!」屋裡的兩人立刻驚叫起來。這個白玉，究竟要幹什麼？皇上現在還處於震怒之中，若是她再去火上澆油，只是使事情更加糟糕，而且弄不好連她自己也得關進去。

不再遲疑，二人馬上起身更衣，上了馬就奔進皇宮去了。

原本，四阿哥不讓冰珊去的，可她說：「玉玉就是我的命，如果你不讓我去，我的命就沒了。」四阿哥只好答應了，好在這會兒宮裡還沒下鑰，否則就只有乾著急了。

臨走時，冰珊對高福交代。「立刻通知九福晉和十四福晉。」四人永遠是同進同退。

白玉裹著貂裘飛馳至紫禁城外，守門的軍士認得她是十三阿哥的福晉，可未奉旨，卻不敢這時候放她進去，因而將她攔在了門外。白玉心急如焚，哪裡顧得上和他們廢話，趁他們閃神的工夫縱馬而入，急得守門的軍士一個勁兒地大叫，又趕快著人去稟報。

就這樣，白玉闖至午門附近，終於被攔了下來，她大聲朝皇城裡喊：「皇上——我要見您。皇上——你的十三冤枉啊！皇上。皇上——胤祥最敬重的就是您啊，皇上——」

這聲嘶力竭的吶喊在靜謐的宮院裡分外地刺耳，也不意外地讓康熙聽見了。

「李德全，去看看，外頭怎麼回事？」康熙的心情十分不好，自己悉心栽培的太子竟然是這麼個東西，如此目無君父的混帳，如何能夠擔當起為人君的重任？如何教臣子信服？如何坐得住龍庭？哼，還有大阿哥，至於十三……唉。

正想著，就見李德全小跑著進來回道：「回皇上，是十三阿哥的福晉在午門外頭為十三爺喊冤呢。」這位福晉的膽子可是夠大的，這個節骨眼竟敢上這兒喊冤來，唉。

康熙的眉頭一皺。「哼，有什麼冤可喊的？十三那是證據確鑿，她一個婦道人家懂什麼？」

李德全站在底下問道：「皇上的意思是……」

「算了，讓她進來。」這丫頭和年冰珊是一個樣兒的，要是不讓她進來，說不定在外頭鬧出什麼來。

李德全答應著跑到外頭，吩咐小蘇拉把十三福晉找來。

白玉跟著小太監來到乾清宮外，康熙叫她進來後，就問她。「妳在外頭大呼小叫的為了什麼？成何體統?!」

白玉跪下說道：「白玉知錯，只是一時情急，還望皇阿瑪恕罪。」

「起來吧。妳有什麼事要和朕說？」康熙垂下眼簾，淡淡地問道。

「回皇阿瑪，是胤祥的事。皇阿瑪，胤祥是冤枉的。」白玉杏眼含淚地看著康熙說道。

「冤枉？哼哼，他那是證據確鑿。」康熙的臉一下子就沈了下來。

「皇阿瑪，胤祥是您的兒子，您還不了解他嗎？他最敬重的就是您啊，又怎會做出那等大逆不道之事來呢？皇阿瑪，您英明睿智的一代聖君，豈會連這個都看不出來呢？」

康熙的臉色一變，怒責道：「有妳這麼和朕說話的嗎？啊?!十三是怎麼管教妳的？」

白玉無所畏懼地看著他。「回皇阿瑪，胤祥教我要做忠君愛國之人，不做大逆不道之事。」她豁出去了，最好現在就把她和胤祥關在一起。

康熙的鬍子一翹——這丫頭說話倒是有一套，難為她對十三一片癡心，只是……

「妳就是這麼忠君愛國的嗎？妳就這麼和妳的君父講話嗎?!」

白玉抬起頭看了看皇上，覺得不宜和他鬧翻，只好咬牙說道：「皇阿瑪，就算白玉說錯了，求您把胤祥放了吧，要不，您就開恩把我也和他關在一起得了。」說著，眼淚又滑下來了。「皇阿瑪，求求您了，放了胤祥吧，他是您最聽話的兒子啊，皇阿瑪……」

「大膽！來人，把她給朕轟出去。」康熙的臉上根本看不出他在想什麼。

「皇上，那您乾脆把我也關進宗人府吧！求求您了。」

「不行。妳以為那是什麼地方？是妳想進就進的嗎？出去。」

「皇上——」白玉還想再說，卻被李德全和兩個小太監給架出去了。

「得了，福晉，您就快走吧！」李德全著急地低聲對白玉說道。

白玉看了看李德全，又回頭看了看皇上，捂著嘴跑了。

康熙對李德全吩咐。「派人看著她。」這丫頭就是一根筋。

李德全應道：「唉。」唉，皇上的苦處又有誰知道呢？

一個人走在紫禁城空曠的地面上，白玉不禁悲從中來。

她的胤祥啊……此時還在宗人府的牢獄之內呢。

天上開始飄起了雪，雪花一片一片飛過她的眼前，和她的淚一起落在皇城的地上，了無痕跡。

當四阿哥和冰珊趕到的時候，就見白玉失魂落魄地站在宮門外頭，眼睛望著宗人府的方向一動不動。

冰珊走過去叫道：「玉玉，玉玉，妳還好吧？」

白玉轉過頭，對她說道：「珊，我要去看胤祥。」

「什麼?!」四阿哥失口驚道。

「我說我要見胤祥，現在就見。」白玉斬釘截鐵地說道。

「不行。且別說妳去不了，就是去了也見不著。」四阿哥沈著臉說。

「我不管，我就去。」說完她就飛身上馬，狂奔而去。

急得四阿哥和冰珊兩人急忙去追，可還是被她跑了。

第三十五章 心碎

來到宗人府外，白玉似乎平靜了許多，自覺不該一時衝動去闖乾清宮，萬一給胤祥帶來麻煩可怎麼辦？

她呆呆地坐在馬上，注視著宗人府的大門。

「玉——」冰珊和四阿哥隨後趕到了，看見她站在原地不動才鬆了口氣。

冰珊皺著眉說道：「妳怎麼那麼衝動呢？去皇上跟前胡鬧，萬一害了胤祥怎麼辦？」

白玉哭著說：「我是急糊塗了……珊，我想他，瘋狂地想他，一想到他在這裡受苦，我就難受得要死，嗚嗚……」

四阿哥嘆了口氣。「好了，回去說吧。」

白玉點點頭，又問道：「四爺，您能想辦法讓我去見見他嗎？」

「恐怕不行，至少現在不行。」四阿哥沈吟著說道。

「那怎麼辦？」白玉失魂落魄地發呆。

「玉——」青萍的聲音傳了過來，緊接著就是嬌蘭。「白玉——」

三人回頭一看，不僅青萍和嬌蘭來了，身後還跟著九阿哥和十四阿哥。

四阿哥的臉立刻就難看了——若不是他們，十三怎麼會被關在這裡？

九阿哥和十四阿哥看見四阿哥也很不自在。鬥爭越來越激烈，他們的關係也越來越緊張了。

「四哥。」十四阿哥跳下馬給四阿哥行了一禮。
九阿哥也忙叫了一聲：「四哥。」
四阿哥點點頭，卻沒有說話。
青萍和嬌蘭跳下馬跑到白玉的馬前。嬌蘭罵道：「傻了妳啊！跑到宮裡頭鬧?!」
青萍也責備說：「早告訴妳十三很快就會沒事的，妳就是不聽。」
她的話卻讓三個阿哥都驚呆了。
四阿哥還好，畢竟知道她們的來歷不簡單，可老九和十四就徹底糊塗了。
九阿哥皺著眉說道：「萍兒，妳胡說什麼呢？」
青萍回頭看了他一眼卻沒搭理他，冰珊見大家站在這裡不像話，就提議去夢園，眾人都同意了，可是白玉搖搖頭，說：「我要和胤祥說幾句話。」
嬌蘭氣道：「妳怎麼和他說啊？」
其他人也覺得白玉實在太固執了，可白玉笑了笑，說：「我能的。」說完，她就對著大門的方向唱了起來——

穿越紅塵的悲歡惆悵
和你貼心的流浪
刺透遍野的青山和荒涼
有你的夢伴著花香飛翔
今生因你癡狂

此愛天下無雙
劍的影子水的波光
只是過往是過往
今生因你癡狂
此愛天下無雙
啊……
如果還有貼心的流浪
枯萎了容顏難遺忘
難遺忘……（註二）

深情的歌聲伴著漫天的大雪飄進了每個人的耳朵，也飄進了宗人府的高牆。

胤祥縮在炕上，腦子裡全是此次塞外之行的每個細節，對自己無端被囚的原因，他明白得很。自己只是個馬前卒，他們不敢針對四哥，或者說沒辦法捏住四哥的短處，就拿自己開刀，斬斷四哥的手臂好方便他們行事。

無所謂的，這都算不了什麼，唯有皇上的態度讓他很是傷心。

自己心裡最敬重的皇阿瑪居然連問都不問就把自己囚禁了，呵呵……眼睛忽覺一陣痠痛。

這世上除了四哥以外，誰也不會在意自己——不，還有他的玉玉。

一想到玉玉，他的心就擰疼起來。自己不在，她會怎樣？那個時刻都要自己寵著、愛著、憐

註二：〈天下無雙〉演唱：張靚穎

著、哄著的丫頭，那個高興起來就會扳著自己的臉熱吻，生氣起來就會噘著嘴撒嬌的丫頭。那個會妙語解憂、輕歌去愁的丫頭，那個為了留住自己半夜在屋頂唱歌的丫頭，那個有時精明、有時迷糊的丫頭……此時怕也和他一樣，在炕上發呆吧?!

記起第一次見到她的時候，她站在大街上和那個地痞打架——那樣的靈動和調皮，可是自己當時還不知她是個女兒身，直到冰珊的頭髮散開了後，才明白她們都是女子。

那時候自己心裡想的是一定要認識她們，認識這幾個有趣的女人，卻從未料到會愛上她這個鬼丫頭。

初次相識，她在太白樓給他下套，讓他上當時得意的笑靨，墜馬被自己救了後軟軟地、委屈地哭泣，看到自己通過考驗時驕傲的神情，塞外狼群中廝殺的身影，大婚時的嬌羞，婚後幸福的樣子……此刻的她，怕是哀傷的吧？

胤祥自心底嘆了出來。最怕她傷心，卻不得不讓她傷心，最怕看見她的眼淚，卻在此刻為他流著、淌著。玉兒，我的玉兒啊……

閉上眼睛就是她溫柔的面孔，睜開眼睛就是她迷人的笑容，還要多久他們才能相見？還有多久才能再把她擁入懷裡？早知道會這樣，寧願不去惹她，也好過讓她為他傷心難過。

玉——就算我真的回不去了，也會永遠想妳、愛妳的，玉兒……

正在回憶的胤祥忽然聽到外頭傳來一陣深情悽婉的歌聲。

穿越紅塵的悲歡惆悵

和你貼心的流浪

刺透遍野的青山和荒涼
有你的夢伴著花香飛翔
今生因你癡狂
此愛天下無雙……
天，是玉玉，是他的玉玉！他立刻站起來，快步走到門前，緊緊貼在門板上仔細地聽著——
今生因你癡狂
此愛天下無雙
啊……
如果還有貼心的流浪
枯萎了容顏難遺忘
難遺忘……
聽著聽著，他眼睛漸漸模糊起來。
他的玉玉總是會做一些奇奇怪怪的事，以前為了不讓他去其他妾室那兒過夜，她就半夜坐在屋頂唱歌讓他心疼，讓他愧疚。現在，為了讓自己明白她的心意，竟在宗人府的大門外唱歌。
天下無雙……是的，她就是天下無雙的，也是自己心裡無雙的。
他掏出腰間的玉笛，和著她的歌聲吹了起來。
就讓他們用這樣的方式來傾訴彼此的情意和思念吧……
悠揚婉轉的笛聲同樣飄出了高牆，飄進了外頭幾人的耳朵裡。

四阿哥渾身一震，只覺自己的心都哆嗦起來了。胤祥，是他的十三，是的。

九阿哥和十四阿哥的臉色也很沈重，說不上是什麼樣的感覺。看著十三和白玉兩人隔著高牆唱歌吹笛，看著白玉滿臉幸福的傻笑，還有四阿哥複雜的神色，以及其他三個女人悲泣的面色，不禁對望一眼。他們做錯了嗎？為什麼他們感覺不到勝利的喜悅呢？為什麼他們最愛的女人都一臉哀傷呢？為什麼自己的心底會有一股刺痛的感覺呢？為什麼？為什麼……

青萍她們的眼淚滑下來了，為了白玉和十三，也為了自己和她們所愛的人。

這場皇位之爭中沒有真正的贏家，就算是四阿哥也一樣。人家說成王敗寇，可他們卻是成哀敗亡。

這場戰爭注定是一場沒有光明的戰爭，一場沒有贏家的戰爭，一場兩敗俱傷的戰爭。

四阿哥雖然得到了皇位，卻失去了作為一個「人」的所有快樂。

太子失去了榮譽和自由，大阿哥失去了一切，三阿哥失去了灑脫，八阿哥失去了尊嚴，九阿哥失去了財富和地位，十阿哥失去了自在逍遙，十三阿哥失去了健康，十四阿哥失去的是驕傲。

九子奪嫡奪到最後居然沒有一個贏家，哈哈哈哈……多諷刺的一件事啊！

而她們失去的是自己的愛人和自己的心，還有曾經的快樂和逍遙。

白玉突然停止了歌唱，含淚笑道：「誰說我的胤祥是個亂臣賊子？我的胤祥是個頂天立地的男兒，我該為他唱首豪氣沖天的歌才對！」說著，她的聲音一變，高聲唱道——

狼煙起　江山北望

龍起卷　馬長嘶　劍氣如霜

心似黃河水茫茫
二十年　縱橫間　誰能相抗
恨欲狂　長刀所向
多少手足忠魂埋骨他鄉
何惜百死報家國
忍嘆惜　更無語　血淚滿眶
馬蹄南去　人北望
人北望　草青黃　塵飛揚
我願守土復開疆
堂堂中國要讓四方　來賀（註三）

她的聲音突然變得豪邁起來，人也顯得格外美麗。四阿哥等人都有一瞬的恍惚——這是剛才那個哀哀哭泣的小女人嗎？

冰珊她們卻含著眼淚笑了。這才是她們的玉玉，這才是那個外柔內剛的白骨精。

青萍看了看冰珊和嬌蘭，三人相視一笑，同時開口與白玉唱了起來。白玉暖暖地回她們一笑。這就是自己的生死之交。

漫天雪花落得更急更大了，除了她們的歌聲，再無其他聲音。豪氣沖天的歌聲似乎要把這濃重的黑霧撕破一般，直上九霄。

註三：〈精忠報國〉演唱：屠洪綱

牆內的十三阿哥早已淚流滿面了。還是他的玉玉最了解他，哈哈哈哈……讓他們爭去吧，他有玉玉就夠了。

她們就這樣一直唱，一直吹，直到天色漸亮。

宗人府的人原是出來問過的，可一看三個阿哥沈著臉站在那兒就回去了。此時還是少惹事的好。

三個阿哥愣愣地站在那裡靜靜陪著她們，就讓他們也瘋一回吧！這樣憋氣和勾心鬥角的日子過得夠久了，久得他們都不知道活著的樂趣了。

天上的雪越下越大，七個人都快成雪人了。

白玉的聲音也越來越嘶啞，臉色也漸漸蒼白起來。冰珊她們也好不到哪兒去，都是一臉青白，映著大雪就更加難看了。

四阿哥和九阿哥他們對看了一眼，三人的意見出乎意料地一致，就是馬上把這幾個女人拉回家去。

九阿哥走到青萍身邊，輕聲道：「萍兒，我們回去吧。」

青萍看了他一眼，淡淡地說道：「你們回去吧，我們要陪著玉玉。」

九阿哥皺著眉說：「好萍兒，總站在這裡也不是事啊。若是讓人看見……」

「你住嘴！若不是你們勾心鬥角的，十三會關在這兒嗎？若不是十三關在這兒，玉玉會來嗎？若不是玉玉來，我們會來嗎？」

一連串的問題把九阿哥問懵了，半天才說：「妳胡說什麼？十三弟的事和我們有什麼關係？

那是大哥說的。」

四阿哥聞言哼了一聲，十四阿哥的臉色也是一變，看向嬌蘭問道：「妳也在懷疑我嗎？」

嬌蘭淒然一笑道：「我不知道。我真的不知道。」

十四阿哥沈著臉。「根本就和我們無關。」

「哈哈哈哈……」白玉突然仰天大笑起來。「和誰有關已經不重要了，重要的是胤祥已經被關在這兒了。」她看向四阿哥等人。「為什麼你們就那麼固執？那麼執迷不悟？」她又看向冰珊幾人。「為什麼我們要來這裡？為什麼要愛上他們？」

冰珊憂傷地一笑。「我若是知道就好了。連怎麼來的都不知道，何況別的？」

嬌蘭也點頭道：「是啊，再也沒有以前的瀟灑和快樂了。」看著胤禩，這個她最愛的男人，為了皇位把親兄弟都算計進去了，可最後還是敗在了自己的親哥哥手下；再看看四阿哥和九阿哥，一個得償所願之後橫加報復，一個鎩羽而歸丟了性命。

青萍忽然說道：「若不是我搶著開車就不會這樣了。」看了看九阿哥，她又說：「可是我不後悔。」

若他真的死了，就和他一起去吧……

九阿哥的心跳一下子快了起來。

冰珊也笑道：「是啊，我也不後悔。」看向四阿哥的眼神是那樣的溫柔。

嬌蘭點點頭。「嗯，不後悔。」即使將來要陪著他被四爺幽禁一輩子。

白玉幸福地一笑。「我也是，只要有胤祥在就好。」卻又面色一黯。胤祥還在高牆之內呢……

看到她的神色，剛才還滿懷柔情的三人霎時感到深深的無奈和悲哀。為什麼要把事情弄成這樣呢？和和樂樂地過日子不好嗎？幹麼弄得人不人鬼不鬼的？

四人禁不住對望了一眼——均在對方的臉上和眼中看到了自己。同樣的無可奈何，同樣的滿懷辛酸，同樣的悲哀，同樣的難過。

若是大家都在現代就好了，那裡沒有皇位，他們就不會為了那把破椅子打得頭破血流了，而是安安穩穩地過著自己舒心的日子。

十四阿哥卻抓到了她們對話中的重點。怎麼來的？開車？那又是什麼？他狐疑地看向嬌蘭問道：「妳們說的開車是什麼？還有，什麼叫從那兒來的？」

嬌蘭對他疲憊地一笑道：「你猜啊，可是你一定猜不到的。」

十四剛要說話，卻忽地起了一陣狂風將雪沫揚得老高，連他們彼此都看不見了。突聽得四個女人齊齊驚呼了一聲，就再也沒有聲音了。

「冰兒！」

「蘭兒！」

「萍兒！」

三個男人異口同聲地喊了出來，卻無一例外地沒有得到回應。

風驀地停止了，彷彿從未颳過一樣。

四阿哥第一個回過神來，看向冰珊。她靜靜地躺在地上，一動不動。

「冰兒——」他快步過去把她抱進懷裡，撫著她的臉呼喚。「冰兒、冰兒，妳醒醒，別嚇我啊，冰兒！」一種極其不好的預感衝進他腦海——他的冰兒不見了。

九阿哥和十四阿哥待大風一過也急忙看向她們——四人全都倒在地上，無聲無息。

兩人的心都哆嗦了。為什麼會覺得害怕呢？看著四阿哥抱著冰珊不住地呼喚，二人也緊奔過去抱起自己的女人，再三的呼喚也沒能得到她們的回應，三人都呆了。

四阿哥突然機伶一下，果斷地說道：「快，把她們抱到我家去。高福，去把你十三爺的福晉也抱走。」

九阿哥和十四阿哥有一瞬間的迷茫，愣愣地不知所措。四阿哥怒喝道：「還不快走?!」兩人這才醒悟過來，抱起自己的福晉跟著四阿哥上馬而去。

宗人府內，胤祥不知道外頭發生了什麼，只聽白玉的歌聲突然停止了，繼而就是一陣呼嘯的狂風，恍惚間聽見她的驚叫聲，胤祥突然有一種不好的預感。玉玉出事了！

「開門！給爺把門開開！快開門，開門啊！」他激動地拍打門板，恨不得立刻就衝出去看看白玉的情況。可惜，始終無人理他。

「玉兒——」猶如受傷的野獸一般，十三的聲音分外淒厲，分外哀傷。

緩緩地滑坐在地上，胤祥抱著腦袋低聲嗚咽起來。自己如今就像一隻困獸一樣，只能在這高高的圍牆內默默承受著這一切，默默舔著自己的傷口。

我的玉兒，老天保佑妳會沒事的，一定會的……從不信佛的他第一次虔誠地跪在地上默默地祈禱著、懇求著。

四爺府。三個男人沈默地坐在蘭珊院的外屋，屋裡，四個女人依然毫無動靜。下人都被四阿哥遣走了，整個蘭珊院靜悄悄的。

良久，十四阿哥打破了寂靜，低聲地自語道：「為什麼我會覺得很害怕呢？」

九阿哥正在發呆，聽到他的話，他抬起頭木然地說：「我也是，我似乎感覺不到小狐狸了。」

四阿哥閉上眼睛說道：「她們或許已經走了。」雖然不願這樣想，可是，他同樣感受不到他的冰兒了。

她曾說過，如果她們走了，就再也回不來了……天！別這樣，只要她留下，自己可以放棄一切！

十四阿哥大聲說：「你胡說！蘭兒沒走！」打小就怕這個親哥哥，可此時卻顧不得這些了。他的蘭兒不會走的！「她只是昏迷了，很快就會沒事了。」

九阿哥也斬釘截鐵地說道：「對，十四弟說得對。」他的小狐狸很快就會沒事了，還會霸道地把所有的錢都收走，跟他要去小妾那兒的夜渡費——這是她說的辭彙，好有趣啊，她還會在八哥他們面前叫他人妖九，還會給他生好多的兒子，還會揉著他的俊臉問他有沒有抹粉，還會……

想著想著，胤禟的眼睛漸漸模糊了。

天終於亮了，屋裡突然傳來一聲低低的呻吟——是冰珊。

四阿哥馬上跑了進去，九阿哥和十四阿哥也跟著進去了——說不定青萍和嬌蘭她們也醒了呢！

「冰兒，覺得怎樣？」四阿哥驚喜地看著床上的人，恨不得馬上就摟在懷裡。

床上，冰珊緩緩地坐了起來，看著突然出現在面前的三個男人，立刻就驚呼起來。「你們是誰？我在哪兒？我二哥呢？」

四阿哥哆嗦地靠近她，問道：「冰兒，妳不認識我了嗎？」不要點頭，求求妳，千萬不要點頭……

年冰珊點點頭道：「我不認識你們。你們是誰？還有，為什麼我會在這兒？」她低頭看了看自己的衣裳。「這不是我的衣裳，是誰給我換的？我哥哥呢？」那驚慌失措的表情完全不像是在作假。

四阿哥皺眉道：「冰兒，我是胤禛，這是四貝勒府。」

「啊？你——喔，不，是您。您是四爺？那我哥哥年羹堯呢？」年冰珊的臉頓時亮了。

可是，四阿哥的臉色暗了。這不是他的冰兒，他的冰兒永遠不會對他稱呼「您」的。

忍不住撫上胸口，四阿哥閉了閉眼睛，問道：「妳不記得我了嗎？」

點點頭，年冰珊羞澀地瞧了他一眼，說：「我聽哥哥說起過。喔，對了，冰珊給四爺請安了，爺吉祥。」說著她就從床上爬下來，規規矩矩地給四阿哥請了個安。

她的行為把胤禛最後一點希望也打碎了——他的冰兒會給他請安嗎？看到自己的時候，她永遠都是溫柔地說：「你回來了？」或是一言不發地撲進他的懷裡，低聲叫著他的名字。似乎除了皇上和額娘以外，只有她會這樣叫他了，每每聽到她柔柔地喊著自己的名字時，他覺得渾身都舒服了。

天啊，他的冰兒真的走了……看著同樣的臉，胤禛卻再也提不起一點憐愛之情了。

他冷冷地看著她說：「爺不管妳知道什麼，不知道什麼，妳已經是爺的女人了，就得守爺的規矩。」他回頭看向兩個呆滯的弟弟，對年冰珊說道：「這是九爺，那是十四爺，那邊床榻上的是九福晉、十三福晉和十四福晉，妳若是沒什麼大礙，就小心地侍候著吧，回頭爺再和妳說。」

年冰珊有一瞬間的閃神，不明白他的話，卻對他說的重點很感興趣——自己是他的女人了。唉。這是真的嗎？怎麼自己摔下馬昏倒後，發生了這麼大的變化呢？她有心再問，卻被四阿哥冷冰冰的神態給嚇回去了。

咬了咬嘴唇，年冰珊對九阿哥他們行了個禮說道：「冰珊給二位爺請安，二位爺吉祥。」

這回，九阿哥和十四二人也察覺不對了。

年冰珊會如此恭敬地給他們請安？再有，仔細打量就會發現，雖然是同樣的相貌，卻有著截然不同的神態。年冰珊一向是冷冷的、淡淡的，眼睛裡永遠帶著一層不能融化的寒冰，除了看著四阿哥以外，她瞧所有人都帶著似有若無的藐視。可現在……她眼睛裡沒有他們熟悉的冰冷，倒是在驚慌之後隱隱帶著一絲輕浮和媚俗。

九阿哥看著四阿哥，用眼神詢問這是怎麼回事。

四阿哥使勁地閉了下眼睛，再睜開時，沒有了曾經出現過的那縷溫柔了。

看了看九阿哥和十四阿哥，他嘲諷地一笑道：「我們去書房吧。」回頭又對年冰珊說道：

「好生看護著三位福晉，不許和任何人說話。」

那嚴厲的神情和冷漠的語氣把年冰珊嚇了一跳，忙不迭地點了點頭，目送這位冷面王出了門，自己卻癱坐在床邊上發起呆來了。

到了書房，四阿哥把所有下人都轟出去了，盯著九阿哥和十四阿哥說道：「你們覺得奇怪嗎？」

兩人點點頭，十四阿哥說：「的確奇怪，看著就像兩個人。」

九阿哥也說：「是啊，難道是撞了頭嗎？」

四哥冷笑道：「等會兒你們的福晉醒來也會這樣的。」想來四人是同時走了。

「什麼?!」十四立刻皺眉說道。「四哥這話是什麼意思？」

四阿哥還未說話，就聽外頭有人說：「回四爺，九福晉和十三福晉、十四福晉都醒了。」

三人馬上站起來往外走，恨不得立刻就能走到蘭珊院。下人暗自納悶，不知道他們家四爺的臉色為什麼會那麼精彩——喜、憂、懼、怒。

半個時辰後，三人都失魂落魄地回到了書房。

十四喃喃地問道：「怎麼會這樣？」他的蘭兒看見他過去，就害怕地躲到了床裡。

九阿哥也怔怔地看著地面出神。他的小狐狸，眼中再也沒有那狡詐機智的光彩了。

四阿哥淡淡地說道：「她們走了，再也不會回來了。」

九阿哥和十四阿哥都驚異地看著他。「什麼?!」

第三十六章 身世

睜開眼睛，冰珊看到的居然是白色的天花板和四面雪白的牆壁。

天。怎麼會這樣？記得剛才她們還在宗人府的門口，怎麼一轉眼就……

她閉上眼睛，希望再睜開就能看到胤禛那焦急的臉和溫柔的雙眼，可是，再一次睜開後，她絕望了——仍然是白色的天花板和牆壁。他們溫馨的小屋不見了，他們那張雕花的大床不見了，他們那古色古香的家具不見了——最重要的是，她的胤禛不見了。

「不——」坐起身，她忍不住哀號出來。她的胤禛，她的愛人，她的天，她的一切啊……為什麼？為什麼要讓她回來？為什麼？為什麼……

「小姐，您醒了?!」門被打開了，一個穿著黑西裝的男子走了進來，虧他大熱天的也不嫌熱。

冰珊抬起頭看了看他。「阿德?!」

「是，是阿德。小姐，兩位少爺也來了，這會兒正在和醫生談話呢。」那個叫阿德的人恭謹地說道。

閉了閉眼睛，冰珊問道：「我的朋友呢？」

阿德猶豫地說道：「大少爺怕她們和您住在一起會影響您的康復，就把您移到這裡來了。」

眼中的寒光乍現，冰珊盯著他，一字一句地說道：「我不管你們用什麼辦法，十分鐘之內我要見到她們。」她要確定她們是否也回來了，是否安然無恙。

阿德的心抖了下——最怕的就是這位小姐了。除了老爺子之外，就數這位大小姐最讓人心驚膽戰了。

「怎麼？有問題嗎？」冰珊淡淡問道。

「啊。不，沒有。」開玩笑，要是說有，下一刻他恐怕就會被K出去了，還是找兩位少爺商量一下吧。

「嗯，似乎還剩八分鐘了。」她的話音未落，就見阿德以媲美超人的速度迅速消失了，嘴角微微一彎——看來自己的功力又見長了。

青萍她們如何了？會不會也和自己一樣回來了？

「千代。」隨著聲音出現的是兩個長身玉立的男子——她同父異母的哥哥。

「呵呵，珊兒醒了呢。這回可好了，外公可是很著急呢。」這是她的二哥羅梓恒。

皺了下眉頭，冰珊——喔，不，應該是麗珊，不悅地說道：「告訴你們很多次了，不要叫我千代。我不是齋藤家的人，和他們一點關係也沒有。」

兩個男人的神色都有些尷尬。叫她千代的大哥齋藤俊咳了一聲說道：「對不起，我忘記了。珊，妳覺得怎樣？要不要讓醫生再看看？」這個小妹雖說和自己兄弟不是一個母親生的，卻是齋藤老爺子最寵愛的晚輩——儘管她本人從來都不承認。

搖搖頭，麗珊淡淡地說道：「不需要了，我很好。阿德呢？」

一個很小的聲音回答道：「我在。」多希望小姐把他忘了啊……

「我讓你辦的事呢？好像已經到時間了吧？」瞇了瞇眼睛，麗珊把目光投向正竭力想使自己隱形的阿德。

「喔，是的，可是，大少爺說……」阿德囁嚅地說著，還不住地拿眼睛掃向齋藤俊。

齋藤俊瞧了一眼阿德，對麗珊說道：「千——珊，我看還是別讓她們過來了，妳的身分和她們不一樣。」

哼了一聲，麗珊往後靠了靠。「那是我的事，與你無關。如果我五分鐘之內再看不到她們，今年的峰會我就不去了。俊，你似乎很想接手齋藤家的事業啊……」如果混黑道也算事業的話。

愣了一下，齋藤俊的臉有些白了——他可不想接手那個爛攤子，他只對求學有興趣。他無奈地朝阿德揮了揮手，示意他去辦，自己則看向站在另一邊那個有些散漫的弟弟，羅梓恒。

他們兄妹三個的名字還真是奇怪。

他從母姓，是齋藤家的繼承人，卻自心底希望逃得遠遠的。二弟從父姓，是羅家的繼承人，小妹則是從她母親的姓。她的母親就是那個寧願孤身到死，也不願嫁給父親的女人，也是父親最愛的女人。

「恒，你去給爺爺和父親打個電話吧，告訴他們小妹醒了，讓他們放心。」

「OK，沒問題。」羅梓恒彈了彈指，又朝麗珊擠了擠眼睛說：「珊，等我喔，我好想妳喔，待會兒我們再聊。」不意外地收到他小妹狠狠的一對白眼。呵呵，就是喜歡逗她。

看著羅梓恒出了門，麗珊看向齋藤俊。「俊，我昏迷了多久？」

「六天。」齋藤俊想了想，回答道。「險些把我們嚇死，爺爺和父親也想來的，可最近出了些事就耽擱了。」

「是北海道那邊吧？」麗珊回想起之前的事。

在她們魂回大清之前，她曾經接到老頭子的電話，說是北海道的生意出了點問題，希望她能過去處理一下，可她根本懶得管。若不是母親臨終時囑咐她要對那個男人好點，不要恨他，要多幫幫他，她才不會給自己找麻煩呢。

天知道替一個黑幫漂白有多艱難，為了這個，她的童年在嚴格的訓練中度過，所有作為一個繼承人應該學會的她都會了。本以為齋藤老頭不會讓她做繼承人，可誰知那老傢伙跟中了邪似的，一門心思地想讓她繼承家族事業，還答應可以讓她回中國上學、工作，唯一的要求就是要她分心照料那個「家族事業」，因為老頭子覺得只有她才像齋藤家的人，而那兩個男孩實在是讓他失望，也就不介意她和齋藤家本來一點血緣關係都沒有的事實……真是見鬼！

「嗯，是北海道。因為妳突然出了車禍，爺爺只好和父親去解決了。」齋藤俊嚴肅說道。

撇了撇嘴，麗珊冷笑道：「早就知道他們能做的，還老是麻煩我。」

她說得齋藤俊的臉紅了下——把這些本應是自己要扛的責任都轉嫁給小妹實在讓他很是羞愧，可他也確實不願攪和進去，混黑道——他沒那個興趣，也沒那股魄力，一看那些人為了一點雞毛蒜皮的小事就大打出手，他就厭惡得很，好在橫原組在小妹的努力下，已經不大做那些違法生意了。

羅梓恒突然推開門進來，笑道：「珊，老爺子和老爹要過來。他們說北海道那邊的事已經解決了，下個月就會到。」哈哈，又能看到老頭子被珊氣得暴跳如雷的樣子了。

麗珊的臉色頓時難看了。他們要來？來幹麼？看見他們就心煩，還不如在大清呢，大清……胤禛……她心裡猛地一痛。

她再也見不到他了嗎？不要……

見她的神色哀傷，齋藤俊和羅梓恒有些奇怪——珊是為了老爺子要來才這樣嗎？

「小姐。」阿德氣喘吁吁地跑進來。「小姐，我已經和醫生說了，那幾位小姐很快就會過來了。」還好，只晚了兩分鐘，但願小姐沒注意。

「她們也醒了？」她複雜地盯著阿德，不知道希望他說是還是說不是。

「是，和小姐幾乎是一起醒的。」抹了抹額頭上的汗，阿德暗自吁了口氣。還好，還好，小姐沒注意。

「珊——」青萍的聲音在門口響起，接著就是秀眉和蘭豔。三人的神色都複雜得很，有憂、有喜、有高興、有難過，種種表情只有她們四個人明白。

麗珊的眼淚立刻滑了下來。

她們都回來了，那，胤禛他們怎麼辦？

等到青萍她們的寢具都挪過來後，冰珊就對齋藤俊和羅梓恒說：「你們先走吧，我和她們有話說。」

齋藤俊點點頭。「好吧，妳們聊，我讓阿德留下，有什麼事讓他通知我們，醫生說要再給妳做一下檢查，若是沒什麼大礙很快就可以出院了。恒，我們走吧。」

羅梓恒點點頭，然後又嬉皮笑臉地走到麗珊的床前，笑說：「珊，讓我親一下吧！嘿嘿……唉喲！」結果當然可想而知，被麗珊一掌拍在臉上。

「滾。」冷冷的聲音昭示著某人要發火了。

「妳可真狠心，嗚嗚……我不活了。大哥，小妹又打我。」羅梓恒唱作俱佳地跑到齋藤俊的身邊想要撲進他懷裡，結果又被齋藤俊踹了一腳。「活該。」轉向麗珊，齋藤俊的臉上出現了一絲笑容。「妳休息吧，我們明天再來看妳。」

麗珊點點頭，冷笑著瞧著羅梓恒一臉怨婦地掛在齋藤俊的身上被拖了出去，臨走時還朝她揮了揮手，惹來麗珊一個白眼——白癡。

青萍三人早已呆滯了。這兩個英俊的男人就是珊的家人嗎？

阿德也趕緊溜到了門口，才要出門，就聽見他家大小姐冷如刀鋒的聲音。「阿德，我記得剛才你似乎晚了兩分鐘吧?!」

天……阿德暗自呻吟了一下。小姐就不能當不知道嗎？

「是，小姐，我錯了。」嗚嗚……他可不想被小姐罰。那懲罰太、太、太丟人了。

「很好，那就去吧。」麗珊閒閒地說道，就見阿德面如死灰地說道：「小姐，能不能回家再罰？」

「你說呢？」麗珊盯著他的眼睛問道。

「喔，還是馬上罰吧，我這就去。」希望小姐很快就會派他做些什麼事才好。

「嗯。」

阿德沮喪地出門，面向牆壁。如果我不做，小姐會發現嗎？也許不會吧？看那幾位小姐似乎要和大小姐說什麼重要的事似的，小姐應該不會再想起我的。

「阿德，你想抗命嗎？」麗珊的聲音自屋裡傳出，嚇得阿德立刻大聲說：「不敢！」然後就迅速彎腰，以手撐地，大頭朝下地倒立在醫院的牆邊。

嗚嗚……好丟臉！來來往往的人都像看怪物似地看著他，阿德恨不得挖個坑把自己埋了。想他也是橫原組的骨幹啊，就這麼倒立在大庭廣眾之下也太丟人了……小姐真是夠狠的，難怪她的話一出口，組裡沒人敢說個不。記得組裡第一次有人被罰就是在東京的街頭，十幾個身穿黑西裝的男人倒立在街上，比明星還引人注意。

可沒人敢反抗，一是組裡的規矩森嚴，二是打不過她，看見她的刀就心驚——哪個女孩兒會在十幾歲時候就在訓練中和人拚命的？每年十月份，組裡的人都謹言慎行，生怕被大小姐抓住小辮子，叫去當陪練啊……

屋裡的青萍三人已經快石化了。珊到底是什麼人？為什麼她的哥哥和那個叫阿德的看起來那麼奇怪？

青萍問道：「珊，妳……」

麗珊苦笑道：「想知道我的事嗎？」

「是，如果妳願意說的話。」蘭豔點點頭說，秀眉也跟著點頭。胤祥他們的事一會兒再說吧，反正也回不去了……胤祥，想起這個名字，她的心就椎心刺骨地疼痛。若不是她的任性，此時她們還在大清吧？就算胤祥被囚禁了，也好過再不能相見啊，都是她的錯，是她的一意孤行導致了直接的惡果。

麗珊見秀眉的神色悲哀，知道她是在自責，趕緊開口說：「不怪妳，這是天意。就和我們莫名其妙地去了一樣。」

三人沈默了。這天意也太難測了吧？莫名其妙地把她們丟到大清，讓她們把心陷在了那裡後，又把她們抓回來。是誰在主宰這一切？真該把他碎屍萬段！

麗珊淡淡地一笑道：「還想聽我講故事嗎？」見三人都點了點頭，她開始講起了自己的身世。

麗珊的母親叫陶夢如，是個日本留學生，在一個偶然的機會中認識了麗珊的父親，羅嘯峰。羅嘯峰當時已經和齋藤俊的母親齋藤由美結婚了，這段婚姻是由於羅嘯峰的父親突患重病，家裡實在是拿不出那麼多錢，而當時和羅嘯峰同校的齋藤由美瘋狂地喜歡他。齋藤家是混黑道的，有錢得很，羅嘯峰為了父親的病，答應和由美結婚，也答應接下齋藤家的橫原組，並且讓他們的第一個男孩成為齋藤家的繼承人，姓齋藤。

可這樣還是沒能留住羅嘯峰父親的生命，沒幾年，他的母親也去世了。羅嘯峰在難過的同時，也漸漸地對齋藤由美產生不滿——由美是個被慣壞的大小姐，動不動就會拿出她大小姐的派頭對丈夫發脾氣。羅嘯峰開始在外面胡搞，直到遇上了陶夢如，一個溫柔似水，相貌如花的女子。

他從此收起了所有的花心，一心一意地守著她，可他們的事很快就被由美知道了。她氣勢洶洶地找到夢如，劈頭就是一頓臭罵，若不是羅嘯峰護著，恐怕還會動手。當時的羅嘯峰已經把橫原組打理得很好了，齋藤老爺子不願失去這個女婿，就答應讓他把夢如接來做小的——反正這也不是什麼大事，哪個大哥不是好幾個女人呢？

但是當羅嘯峰興沖沖地跑去找夢如時，已是人去樓空了。

他傻了——他的夢如走了，連隻言片語都沒留下，像憑空消失了一般，讓他再也沒見過。他像瘋了似地找了大半年，才在北京找到她。那時，夢如已經身懷六甲了，懷的是他的孩子。

他哀求了很久，陶夢如就是堅持不和他回日本——她愛他沒錯，卻不願因此失去自我。

而他又不能罔顧齋藤老爺子的恩澤，也放不下兩個幼子，無奈之下，他只好儘量在物質上滿足夢如的一切需要，但夢如從來都不用他的錢，只有麗珊需要時才會使用，因為那是他應該付出的。羅嘯峰每隔一段時間就會回北京看望她們母女，在那裡，他們就像真正的夫妻一樣幸福和快樂，麗珊那時也一直以為她的父母是一對很恩愛的夫妻。直到在母親突然去世之前，姨媽和父親大吵了一架，她才知道，原來母親居然不是父親的妻子——

這個打擊對她來說不可謂不大。那時她才五歲，姨媽和父親都在爭奪她的撫養權，最後是父親贏了，可她堅持要和姨媽一起住，羅嘯峰無奈之下只好答應。

由美在兩年後出車禍過世了，羅嘯峰一直單身至今，想來也是不能忘記夢如。

從此，她就管姨媽叫媽媽，管姨父叫爸爸，而她的親生父親再也沒聽到過她叫一聲爸爸。

麗珊的心裡是有些恨他的，一直認為母親的死是他造成的。

她七歲的時候，姨媽突然讓她去日本，因為姨媽他們有了自己的孩子，很難再分心照顧她了，何況，姨父的身體也不大好了。走的時候，姨媽和姨父抱著她哭了好久，倒是麗珊自己沒有眼淚。早在母親去世、得知真相的時候，她就不哭了。她要做最堅強的人，要讓媽媽在天上看著她笑，要讓姨媽他們不為她擔心，要讓那個男人難過一輩子。

到了日本，她就見到了齋藤家的老狐狸，齋藤一男。

這個老頭幾乎是一見面就喜歡她，她稚氣的臉上沒有一絲笑容，美麗的眼睛裡沒有一點溫度，簡直就是個天生走黑道的人才。何況，自己女兒生的那兩個小子沒一個像樣的，老大一天到晚就知道啃書本，老二則是任性調皮、吊兒郎當的沒個正經，這個女孩雖然和齋藤家沒有血緣關係，可齋藤一男更看重的是橫原組的發展，畢竟組裡還有好幾百個兄弟呢。

當下，齋藤一男就決定讓麗珊學習繼承人需要具備的一切技能。

羅嘯峰當場翻臉。他不能讓夢如的女兒走黑道，可是，出乎他的意料，麗珊居然答應了。在那一刻，羅嘯峰在她的眼裡看到了報復後的快感和得意。她恨他。

就這樣，麗珊開始接受嚴格的訓練，舉凡可以想到的，齋藤一男都讓她學。但她也有自己的打算，就是在學成之後撒手不管，這就是對他們最好的報復。

果然，她十五歲提出要回中國上高中和大學，把齋藤老頭氣得差點吐血。

八年的訓練可不是假的，麗珊從裡到外都散發著冷酷的氣息，她根本不把齋藤老頭放在眼裡。

羅嘯峰卻十分支持她的意見，二比一，齋藤一男只好讓步，條件是上學期間留在中國，放假就要立刻回日本。麗珊也答應了，原因是自己的羽翼不夠豐滿，還不能自立，何況，齋藤俊和羅梓恒跟她混得也很好。

所謂的很好就是，齋藤俊對她的要求從來都是有求必應，很是疼她。而羅梓恒則是她練功的好人選。雖然她嘴上不承認，可三人的關係的確不錯，她走的時候，羅梓恒曾半開玩笑地說，如果她敢不回來，他就回國把她抓來關在日本一輩子，要不就和她一起去中國。齋藤俊則是滿臉依依不捨，他真心喜歡這個外冷內熱的小妹，儘管她從未給爺爺和父親一次好臉色，但他知道，她的心裡還是顧及他們的，她之所以和兩人作對，也只是為了給她死去的母親一點安慰。

回國後，她開始了求學生涯，這期間和青萍她們認識了，四人一見如故。

說起她們相識的過程也真是滑稽。

那天放學，麗珊正好碰上被幾個小混混堵在死胡同裡的三個女孩。當時的青萍和秀眉只是普通學生，儘管膽子再大、性格再烈，也對那些人無可奈何。

麗珊在厭惡之下出手相救，幾個小混混哪裡是她的對手，很快就一哄而散了，青萍三人也就是從那時開始和她親密起來。

上了大學，四人居然又在一起了——其實是麗珊讓羅嘯峰想的法子，把她們弄在一起，因為青萍她們也不願各自單飛，四人就這樣一起讀完四年的大學，畢業後又合資開了間俱樂部，純粹也是為了可以一起工作。頭期款項當然是出羅嘯峰贊助，因為對於自己應得的，麗珊從不拒絕。

畢業後，麗珊開始逐步接手齋藤家的組織，並有計劃地給橫原組漂白——讓齋藤老頭親眼看見他的幫派消失殆盡，誰教他有個蠻不講理的女兒？

不過，麗珊也承認，除了這個，老狐狸對她還是很好的。

日子就這樣，直到她們出車禍為止。

說完了，麗珊看著青萍她們，問道：「怎麼樣？我是不是很可怕？」她一直不敢和她們說，就怕她們會嫌棄自己的身世，厭惡她的身分。

青萍震驚地瞧著她說：「難怪妳會每年都消失一個月，就是去日本了？」

「是，每年十月橫原組各地的頭目都會到東京開會，最近幾年，會議都是我主持。」

「那個橫原組還在做違法的事情嗎？」秀眉遲疑地問道。

「很少了，除了還有一些偏遠地方，比如北海道的分會還在做一些見不得人的事以外，別的地方都沒有了。」

「妳們做軍火和毒品嗎？」蘭豔有些心驚地問道。珊居然真的是混黑道的？我的老天……

麗珊皺了下眉頭。「我剛接手的時候他們還在做，不過白粉生意很快就被我否決了。我討厭那玩意兒，害人不淺。至於軍火，北海道那裡還有一點，不過，我想讓他們轉行了。橫原組不是大幫派，再做軍火遲早要出事，現在日本最大的五個黑幫都插手這兩項生意，我們抵不過他們的。」

「那妳讓他們改行做什麼啊？」青萍好奇地問道。

「只要不違法就行。」麗珊淡淡地說。

「我的天！」秀眉驚呼道。「原來妳真的是黑道老大啊?!」

麗珊不悅地顰起眉頭，說道：「什麼老大？不過是權宜之計，否則我哪兒來的資金開俱樂部啊？」

點點頭，青萍笑道：「倒也是，我原先還納悶妳怎麼那麼有錢呢。」

蘭豔忽然笑說：「明兒也帶我們去日本玩玩吧！」

「可以。」麗珊淺淺地一笑。

秀眉卻皺眉低語。「若是他們也在就好了……」

四人頓時靜默了。是啊，他們要在就好了，可是，那怎麼可能？難道真的見不到了嗎？真的再也不能團聚了嗎？沒有他們的日子要怎麼過……

青萍和蘭豔還有孩子呢，心裡的痛苦不是言語可以說明的，魂魄回來了，卻把心和愛都落在了那裡。

午夜夢迴，他們是否也會想起她們？是否察覺自己身邊的那個人再也不是她們了？是否會為此難過傷心？還是再也想不起來了？

第三十七章　玉簪

四爺府的書房內，十三阿哥失魂落魄地坐在椅子上發呆。

他的玉玉走了，都是因為他莫名其妙地被囚造成的。就在那天，他和玉玉一個牆裡一個牆外地唱和之後，她就不見了。老天，這是為什麼？玉玉說過不會撇下他的啊，為什麼還要走？

四阿哥長嘆一聲。他太了解十三此時的心情了，因為他的冰兒也不見了，再也不會回來了，不會在他工作的時候專注地看著他，不會在他疲憊的時候為他按摩，不會在屋裡靜靜地等他回去，不會在他高興的時候與他分享，不會在他沮喪的時候為他唱歌了，同樣的面孔卻是兩個截然不同的靈魂，同樣的身體卻再也不能讓他興起一絲的憐惜和愛戀，若不是因為年羹堯，他恐怕再也不願踏進蘭珊院的大門了。看到那張一模一樣的臉，就讓他想起她淡淡的、溫柔的微笑，想起她自然而不做作的態度。她是唯一把他看做胤禛而不是四阿哥的人，是唯一把他當做「自己男人」來看待的女人。

再也不會了……每每一想到這些，他的心就會淌血。

都是老八他們害的！若不是他們陷害十三弟，冰兒怎麼會離開自己呢？哼，既然冰兒不在了，我就不需要遵守那個誓言了。

老八，你們等著吧，早晚有一天我會讓你們知道，你們要為此付出什麼樣的代價！

十三阿哥抬起頭看向四阿哥，問道：「四哥，您說，玉玉是不是再也回不來了？」

四阿哥皺了皺眉，緩緩地說道：「我不知道，真的不知道。也許吧。」看了看胤祥瞬間黯淡下來的臉，他冷冷地說道：「若不是他們，冰兒她們怎麼會走？」

十三阿哥的眼睛一下子瞇了起來。「對，就是他們！四哥，我絕不會放過他們的！」

四阿哥了然地一笑。「和我想的一樣。」

「哈哈哈哈……」二人同時大笑起來，笑裡有恨、有怨、有不甘、有決心……笑到最後，十三的聲音裡夾雜了一絲哽咽。

「玉……」他忍不住拿出玉笛。笛音才起，他似乎就聽到白玉那悽婉而溫柔的歌聲了。

穿越紅塵的悲歡惆悵
和你貼心的流浪
刺透遍野的青山和荒涼
有你的夢伴著花香飛翔
今生因你癡狂
此愛天下無雙
劍的影子水的波光
只是過往是過往
今生因你癡狂
此愛天下無雙
啊……

如果還有貼心的流浪
枯萎了容顏難遺忘
難遺忘……

他眼睛漸漸地模糊了，模糊得看不清眼前了，心裡的鬱結是任何語言也難以表述的。

四阿哥的臉色也哀傷起來，想起那天的情形他就後悔，若是不讓她們那麼任性就好了，老九和十四聽了他的話，也是難過得很，不過那是他們活該。

他閉了閉眼睛，再度睜開時，他又是那個「冷面王」了。在這裡，除了十三，再也沒有值得他憐惜愛護的人了。

冰兒，等我得償所願後就去找妳，妳一定要等著我。

他的願望就是給老八他們最致命的打擊，只要能打擊他們，無論要他做什麼都行！

九爺府，九阿哥和十四阿哥同樣難過，也同樣悲憤。若不是白玉任性，他們的福晉怎麼會莫名其妙地不見了呢？

九阿哥在聽完老四的話後，曾經一度很懷疑，可是等他把青萍接回來，就發現老四說的不是假話，他的小狐狸真的不見了。

當他不死心地試探了多次之後，終於失望了。她不認識他們的女兒，那個漂亮的小寶貝，他要去妾室那裡過夜，她只是溫順地點了點頭，而且她對自己的觸碰很是害怕，問了良久才知道，現在這個青萍的記憶還留在四十一年、和那幾個女人賽馬的時候。

那麼，小狐狸她們究竟是打哪兒來的？如果知道了，也許就會找到她了，可是，老四卻什麼也沒說。他想，老四一定知道一些他們不知道的——只要看看他有意報復的神情就明白了。

他以房間太過狹窄為由，讓這個嫡福晉搬了出去，這裡則成為他獨享的私人空間。屋裡的擺設再也沒有移動過，連萍兒那日隨手擱下的茶杯都沒動過，所有的東西都由他親自擦拭，誰也不能碰，沒有他的許可，任何人都不能進來。這裡有萍兒的氣息，有她的身影和她的笑聲。對女人，他又恢復了以前的態度，由著她們去爭、去鬧，反正小狐狸再也不會管他了……呵，他的心就這麼被她帶走了，帶到一個他找不到的地方去了。

胤禩的臉色木然，想著昨天晚上嬌蘭略顯生澀的動作和緊張的態度——這不是他的蘭兒，他的蘭兒永遠都是大膽而熱情的，會輕易地燃起他心底最深處的渴望與激情。

可是，這個嬌蘭不一樣，明顯有些抗拒的態度和委屈的神態，根本就不是蘭兒慣有的，還有她看到弘明時的神情——完全陌生，完全不知所措，害得弘明委屈地趴在自己的懷裡哭了半天。

蘭兒，妳就這麼狠心嗎？再也不要我了嗎？再也不要弘明了嗎？

都是十三家的白骨精害的！若不是她，蘭兒就不會走了！十三，爺和你勢不兩立！

抬起頭，胤禩在九哥的眼裡看到同樣的憤恨和怒火。

他們兄弟注定要以更加極端的手段互相報復——這就是命運的安排嗎？

出院後，麗珊她們立刻投入了緊張繁忙的工作之中。七天時間說長不長，說短也不短，俱樂部的裝修還在繼續，不過是一些日常事務，因此四人就窩在麗珊的別墅裡過著閒得發黴的日子，再也不會逍遙自在地找樂子，腦子裡都是那幾個男人的影子。

青萍低聲說道：「我家小美人還不認識我呢……」

蘭豔也嘆氣道：「我們家弘明怎麼辦？」原來的那個完顏・嬌蘭會不會虐待她的寶貝兒子？

麗珊皺著眉說道：「不會的，老九和十四都挺寵妳們的孩子的，不用太過擔心。」只是，若是再也不能回去了，胤禛可怎麼辦？

秀眉又開始愧疚了。「都是我的錯，是我太任性了，否則也不會……」說著說著眼淚就落下來了。

青萍和蘭豔馬上收拾心情，坐到秀眉的身邊勸道：「好了，我們沒有怪妳的意思，只是一時難過罷了。再說，妳不也離開胤祥了嗎？」

秀眉點點頭道：「我知道，可是我還是很愧疚。」

「得了，我們還是想點有建樹的東西吧。」蘭豔睨著大家說道。

「什麼建樹？」麗珊皺眉問道。

「我們上次是車禍回去的，要不……」蘭豔的眼睛眨了眨。

「得了吧妳！上次是碰巧，妳以為穿越和回妳家一樣啊？想去就去，想回就回？」青萍嗤之以鼻地說道。

點點頭，麗珊也贊同地說：「這是可遇而不可求的。」

四人沈默下來，這時，忽聽傳來一陣有節奏的敲門聲，青萍三人納悶地看著麗珊瞬間沈下的臉，問道：「怎麼了？」

麗珊撇嘴。「麻煩來了。」

嗯？三人一頭霧水地看著她起身走到門口，極不情願地把門拉開，便偷笑起來。果然是麻煩——門外站著的就是昨天那兩個日本帥哥，麗珊的哥哥，後面還有在醫院走廊裡倒立了兩小時的阿德。

「你們來幹麼？」麗珊冷冷地看著三人，堵在門口問道。

聳了聳肩，羅梓恒笑嘻嘻地說：「住酒店不舒服，我和大哥決定到妳這兒來。」

麗珊掃了一眼默然不語的齋藤俊，說道：「我這兒沒地方。」開玩笑，讓他們住進來自己非瘋了不可，俊還好說，那個羅梓恒簡直就是個二百五。

齋藤俊淡淡地一笑道：「如果妳不讓我們住也行，馬上和我們回日本，要不就讓爺爺和父親馬上過來？」他滿意地看到小妹的俏臉變成了冰山。

「滾進來吧。」早晚得揍你們一頓。麗珊咬牙切齒地想著。

羅梓恒看著齋藤俊嘿嘿一笑，擠開他就進去了。「嗨，各位美女，我叫羅梓恒，是珊的二哥，麻省理工學院畢業，今年二十七歲，身高一米八二，體重……」

青萍三人淡然看著這株水仙花在那兒現場表演，好笑地對看了一眼——他是長得不錯，要在以前，她們大概還會多看兩眼，可如今，心裡的那個比起這位可強多了。

麗珊的嘴角抽了一下，走到梓恒的身後抬腿就是一腳，但羅梓恒身後長了眼睛似地跳開了——陪練陪了十多年，要是再察覺不到她的動作就該死了。

「嘻嘻，珊，我的身手有長進吧？」

給他一對白眼，麗珊回到自己的座位上。

齋藤俊友好地一笑道：「我是千代的大哥齋藤俊，初次見面，請多多指教。」

「你給我聽好了，第一，不許再叫我千代。第二，這是中國，你要是不把你的日本腔收起來，我恐怕不能保證你的人身安全。」

齋藤俊立刻尷尬起來，看得其他人都在暗笑。這簡直就是欲加之罪，何患無辭啊，齋藤帥哥還有一半中國血統呢，呵呵。

阿德咳了一聲，問道：「小姐，兩位少爺的行李……」

「扔到樓下的客房。」麗珊不客氣地指了指樓梯拐角的一扇門。

「你們住在這裡要守我的規矩，第一，不許在屋裡隨便亂走，尤其是樓上。第二，不許穿睡衣出現在公共環境。第三，自己想辦法吃飯，但不許用我的廚房。第四，抽菸喝酒別讓我瞧見，恒，尤其是你，我酒櫃裡的酒要是少了一滴，我就把你K出去——除非我同意讓你喝。第五，自己帶鑰匙，超過午夜進門的就把鞋給我脫了，別讓我聽見聲音。第六，不許把女人帶回來，否則就滾蛋。第七，雖然我有請鐘點傭人，可要是讓我看見客廳裡髒了，咱們沒完沒了。第八，吃飯的時候不許出聲，睡覺的時候不許說夢話、打呼。第九，你們自己的屋子也不能有一點髒亂的痕跡。第十，在家的時候給我安靜點，不能出現噪音。暫時就這些了，其餘的以後再說。」

她一邊說，青萍她們就一邊笑，齋藤俊兩人的下巴一邊往下掉。等她說完了，青萍她們已經笑倒在沙發上了，齋藤俊和羅梓恒他們則是滿臉黑線。這要求也太多、太不合理了吧？

蘭豔和青萍擠了擠眼睛，看來除了四四能得到她的縱容之外，別的男人在她眼裡都是低等動物了，呵呵。

秀眉捂著嘴看著站在那裡已經石化的兩個帥哥，看來珊對胤祥他們還算好的呢，哈哈。

羅梓恒不滿地說道：「小妹，妳這兒的規矩也太多了吧？」連睡覺的時候都要管。

「隨便你們，不住最好。」就是巴不得他們趕緊滾出去才好。

齋藤俊卻淡淡地一笑。「好，我遵守。」這些條件對他來說不算什麼，他本來就很自制，只是……看了看一臉臭臭的梓恒，難為他了。

麗珊挑釁地看著羅梓恒，半晌，羅梓恒咬牙道：「好，我同意。」嗚嗚……他的美女和夜生活……

阿德小聲地問道：「小姐，那我呢？我住哪兒？」

麗珊看了他一眼道：「你去車庫吧。」能容忍那兩個傢伙住進來已經是極限了。

「啊?!喔，是。」真是太慘了，住車庫……

從此，麗珊的別墅裡住進了三個大男人，生活也變得精彩了，每天都能聽到某人殺豬一樣的叫聲，也常常可以看見一個身著西裝的男子倒立在她家大門口。

就這樣又過了將近一個月，這天，麗珊忽然想起要去一趟雍和宮——她曾經住了幾年的家。

她開車來到雍和宮的門口，看到大門的那一刻，她的眼睛濕潤了。物是人非了，這裡不再是四貝勒府了，不再是她的家了，也不再有人等著她了。

在門口站了良久，她又不想進去了。不管裡面有什麼變化，對她來說都是無法接受的，蘭珊院早就沒有了吧？不，不能看，若是看了，最後的那點奢望也消失了，就當裡面還和從前一樣吧！唉——若是能回去就好了。

她懶懶地往停車場走，光顧著低頭想心事，冷不防就和一個人撞了個滿懷。

她有些煩躁地抬起頭看了看，對方是一個六十多歲的老頭，穿著很普通，手裡提著個袋子，見麗珊看自己，就討好地一笑道：「對不起啊，小姐，撞到妳了。」

麗珊有些不好意思了，明明是自己沒抬頭的。「是我只顧著低頭走了，您沒事吧？」

那老頭笑了笑說：「呵呵，沒事沒事。」

「那就好，對不起了，您若沒事，我就先走了。」

麗珊善意地笑了笑就要離開，卻被那老人叫住。「小姐，妳要不要買點小玩意兒？我這兒有很多品質好的玉飾呢。」

「不要，謝謝了。」她可沒那個興趣。

「等等啊，妳看看這個。」說著他就攔到了麗珊的面前，從袋子裡掏出一支簪子在她眼前晃了晃。

麗珊呆了，這是胤禛送她的白玉簪。

她一把搶過來仔細地看著，對，沒錯，就是這個，溫潤的玉色，簪頭上翩然盛開的梅花，還有上面的字——冰。

這是胤禛送她的玉簪。

剎那間，狂喜、幸福、思念、哀傷像潮水一樣把她淹沒了。她閉了閉眼睛，有些興奮地問道：「這個要多少錢？」

「嘿嘿。」那老頭立刻就換上了一副奸商的嘴臉。「不多，五千塊。」

「好，我給你。」她毫不遲疑地從錢包裡數出了五千，遞到他的手裡笑道：「謝謝您了。」說完她就快步走到車前，掏出鑰匙，打開車門，發動車子揚長而去了。

那個老頭愣了半天，才捶胸頓足地說道：「賣少了！老大也不說清楚。嗚嗚……我的錢。」然後他扔下袋子，抱著他的錢直朝停車場一個沒人的角落走去，只見一陣輕煙閃過就消失了。

麗珊迫不及待地回家，開門之後，直接奔樓上。

客廳裡的齋藤俊和羅梓恒則目瞪口呆地看著她消失——他們家冷美人居然在笑？而且笑得很開心？上帝，該不會是中邪了吧?!

羅梓恒咳了一聲，說道：「大哥，我還有事，先走了。」說完就快步回房換了衣服飛奔而去——根據以往的經驗，每逢珊遇到什麼好事或壞事的話，倒楣的都是他。

齋藤俊哭笑不得地看著小弟像見了鬼似地跑了，好笑地搖了搖頭，繼續看他的電視。不過，他也很好奇小妹到底是怎麼了，那種發自內心的喜悅是他從未看過的。

樓上，麗珊靠在門上，捏著手裡的簪子，任眼淚一點一滴地流下。

簪子……這是胤禛送給她的第一件禮物，也是她最喜歡的禮物。原以為只是魂魄回來了就再也找不到了，可是居然讓她碰上了，別說是五千了，就是五萬、五十萬她也要買下來，因為這是唯一可以帶給她慰藉的東西了。

她坐到梳妝檯前，慢慢地把頭髮綰起來，想著以前每當她梳頭的時候，胤禛就會走過來接過梳子，一言不發地為她梳理。

記得大婚後的第二天，他就說：「最愛看妳散開的長髮在我的手上慢慢地滑過，我的心也跟著柔軟起來了。」

她含著眼淚對鏡子裡的自己笑了下，輕聲說道：「胤禛……」然後，慢慢地把玉簪別在了髮間。

可誰料，她只覺眼前一黑，就趴在了桌上。

再度睜開眼睛，麗珊發現自己又一次回到了大清。

不過，這次不是在四爺府了，看著倒像是紫禁城裡。她坐起來看了看自己——這回是個小宮女，看樣子也就十三、四歲的樣子……天，就不能讓她回來的時候變個成年人嗎？

下了床，她開門走出了屋，才一出門就見一個小丫頭跑過來。「紫雲，妳可起來了，高公公正找妳呢！」

微微一愣——高公公。是誰？皺了皺眉頭，她問那個小丫頭道：「高公公？在哪兒？」

「嗯，睡糊塗了吧妳？高公公當然是在養心殿了。」小丫頭狐疑地看著她說。

養心殿？皇上不是在乾清宮嗎？怎麼跑去養心殿了？想了想，她又問：「今年是康熙幾年？」

「啊？哈哈哈！妳呀，真是睡糊塗了，現在是雍正十三年。」

麗珊晃了下，心狠狠地揪了。雍正十三年，那就是說，八爺他們早已作古，連胤禛也……

她抓住小丫頭的胳膊，厲聲說道：「快，帶我去養心殿。」

小丫頭被她嚇了一跳。「唉呀，疼死我了。妳幹麼啊？」怎麼紫雲的眼睛和神態那麼奇怪？似乎和皇上……媽呀！

「對不起，我是怕高公公著急，咱們快走吧。」麗珊有些愧疚地看了看她，強忍著滿心的焦急催促道。

「嗯，走吧。」小丫頭噘著嘴點了點頭，轉身走到她的前面。

一路上，小丫頭不停地和她說話，可麗珊哪有心思和她胡扯，只是淡淡地敷衍著，心裡只希望快點走到養心殿。

她的胤禛今年有五十八歲了吧？自己才走了個把月，在這裡居然過了幾十年，他現在什麼樣了？還記得她嗎？或者早就把她給忘了？

胡思亂想了一路，終於來到了養心殿。一個老太監急匆匆地走過來罵道：「小蹄子！讓妳叫個人去了這麼半天，還有妳，磨磨蹭蹭的，皇上等了半天了！」

麗珊冷冷地看了看他，接過旁人手裡的托盤，一言不發地走到門口，忽然回頭問道：「你是高無庸？」

「啊？啥？」高公公頓時呆滯。這丫頭居然問他是不是高無庸？簡直就是找死！可還沒等他說話，那丫頭就冷哼了一聲進門去了。

周圍的太監宮女都傻眼了。這個紫雲平日最是乖巧的，怎麼今兒跟中了邪似的？

邁步進了養心殿大門，麗珊的心跳快得跟跑馬似的，她盯著坐在那兒振筆疾書的人，心下不斷揣摩——是不是胤禛？是不是他？是他吧？應該是的，可萬一不是呢……

哆哆嗦嗦地走到他跟前，她端著托盤，仔細地看著他。頭髮都花白了，似乎也更瘦了……

「放下吧。」有些沙啞的聲音傳進了她的耳膜。

閉了閉眼睛，麗珊百感交集。如此疲憊的聲音是她那個意氣風發的四爺嗎？是那個永遠都精力旺盛的胤禛嗎？

見她不動，皇上有些不悅地抬起頭道：「朕的話妳沒聽見嗎？」這丫頭平時很乖巧的啊，今兒是怎麼了？

眼淚就這麼不受控制地流了出來，她顫著唇看著那張熟悉的、讓她魂牽夢縈的臉，劍眉已經有些稀疏了，深邃的眼中再也沒有她熟悉的溫柔了，臉頰消瘦得讓她心疼得要碎了，皺紋就這麼肆無忌憚地爬滿了他的額頭……她的胤禛啊，居然衰老至此，居然被累成了這個樣子，這些年，他是怎麼過的？

奇怪地看著這個丫頭，皇上問道：「怎麼哭了？誰給妳氣受了不成？」這個丫頭出身一般，卻很機伶懂事，人也出眾，只是自己一把年紀，早就沒那個心思了。

「胤禛……」徘徊在她嘴邊的名字終於喊了出來，卻彷彿打開了水閘的大門，如洪水一樣的眼淚滂沱而出。

皇上的手顫了一下——胤禛?!好多年沒人這樣叫過他了，自他登基以後，這個名字也成了歷史了。因為他是皇上。

忽然，他瞪大了雙眼看著她——普天之下敢這樣叫他的女人只有一個，他的冰兒。但可能嗎？這些年，他一直在尋找可以見到她的辦法，舉凡什麼僧、道、喇嘛等等，只要有一絲希望他都會做，可是一直沒有消息，沒人知道他的冰兒來自何方，去了何處，慢慢地，他也就死心了，可是，現在……他不敢想了，腦子裡亂糟糟的什麼也理不出來了。

「你忘了我嗎？」麗珊的聲音裡藏著巨大的悲哀和濃濃的思念。

「冰兒?!」老天，是他的冰兒，真的是他的冰兒，他等了二十八年、想了二十八年的冰兒。

「是我，胤禛，我回來了，我來找你了！」扔下手裡的盤子，麗珊飛身撲進他的懷裡痛哭起來。她的胤禛啊，她的愛人，終於再一次見到他了……

抱著懷裡哭得一塌糊塗的人兒，胤禛不禁老淚縱橫。這是他的冰兒，只有她才會把自己當作一個普通的男人看待。

「冰兒……我的冰兒……」細碎地呢喃著她的名字，手在她的頭上來回摩挲著。「妳終於回來了……我的老天啊。」抱著這個讓他想念了幾十年的女人，胤禛失聲痛哭起來。

門外的高無庸納悶地開了條門縫，驚愕地看見他的主子和紫雲抱頭痛哭。天老爺啊，這是個什麼狀況啊？打自怡親王去了之後，皇上就再也沒哭過了，今兒是怎麼了？難怪紫雲那丫頭敢和他頂撞了，原來是……看來，宮裡又要多個主子娘娘了。

帶上門，他揮手示意兩旁的宮女太監閃到一邊，自己也站到了臺階上，繼續思索著，紫雲這丫頭是幾時得到皇上的寵愛呢？

第三十八章　再見

二人抱在一起，哭了良久才慢慢地分開。

胤禛捧著她的臉問道：「這回還走嗎？」別再走了，他已經老得再也等不了三十年了。

麗珊搖搖頭說：「我不知道，也許走，也許就不走了。」天知道這是怎麼回事？

胤禛緊緊地把她摟在懷裡，大聲說道：「不，朕是天子，朕說不讓妳走，妳就不能走了。」他有些任性地說出了這些話，閉上眼睛，再也不能承受失去她的恐懼了，這輩子，一次就夠了。

麗珊伏在他的懷裡，貪婪地呼吸著屬於他的獨特氣息，淡淡的檀香香氣，令她心安的霸道和溫柔，這是只屬於她的。安靜地靠在他的身上，她什麼也不想說，什麼也不想做，只要就這麼挨著他就好，哪怕只是片刻也是最大的滿足了。

「冰兒，這些年妳們去哪兒了？白玉她們還在嗎？」胤禛低聲問道，手卻一刻也不肯放鬆，生怕自己一鬆手她就不見了。

「胤禛。」麗珊想要坐起來和他說話，卻被他固執地禁錮在他有力的臂膀之內。她的胤禛越來越霸道了。「我把所有的一切都告訴你，好不好？」和他說了吧，再不說，恐怕就沒有機會了，雍正十三年了啊……

「嗯，妳說吧，我聽著呢。」胤禛微笑著閉上了眼睛，細細地品味著她獨有的氣息和只屬於自己的、她的溫柔順從。

的人。」

「我告訴過你我們不是大清朝的人是吧？」見他點點頭，麗珊又輕笑道：「我們是三百年後的人。」

雖然早就知道她們是來自未來的人，可真的聽她親口說出來，還是覺得很震撼。

微微皺了下眉頭，胤禛問道：「那妳們是怎麼來的呢？」

「就是青萍在開車時和蘭豔──也就是嬌蘭鬥嘴，為了避讓行人，我們撞到牆上了，然後就莫名其妙地過來了。」

他忍不住拉起她的手放在唇邊輕吻了一下。「開車？開什麼車？」記得十三和自己說過一回的。

「就是汽車，不用牲口拉，而是使用燃料的。胤禛，你先不要問，我要盡快把事情跟你說清楚，要不，萬一我又走了，就──」她憂慮地說了一半就被捂住了嘴。

「不許走。聽見沒有？朕可是天子，朕說不讓妳走，妳就不許走。」他沈著臉怒道。

她苦澀地朝他一笑。「這是我們能控制的嗎？」淚水再一次流了出來。若是她們能夠控制，最早的時候就不會來，之後也不會走了。

「不要。冰兒，求求妳，別走好不好？妳不知道我一個人有多寂寞。皇阿瑪死了，額娘死了，冰珊死了，年羹堯死了，弘時死了，隆科多死了，大哥死了，二哥死了，三哥死了，五弟死了，七弟死了，八弟死了，九弟死了，連十三弟也死了。十弟和十四弟被我囚禁了，這偌大的紫禁城就剩下我一人了，別說是找個人說話了，就是想像以前那樣和八弟他們爭鬥都不可能了，沒有敵人也沒有朋友，沒有愛人也沒有人愛我，空蕩蕩的好可怕啊……早知如此，我寧願讓老八繼位，也好過我現在一個人孤孤單單地活著啊……」

他的眼淚也忍不住了。若是早知道會是這樣一個結果，當初就不和老八他們爭了，爭到這個皇位，卻失去了其他一切，每天看著玉階下各懷鬼胎的大臣，他就厭惡得要死，終於明白皇阿瑪臨終之時說的話了……

「難為你了。」

當時的自己完全沈浸在登基繼位的美夢之中，然後又大刀闊斧地進行改革，之後是全力打擊八爺的勢力，打壓權臣年羹堯和隆科多，為了弘曆的將來，又逼死了自己的三兒子弘時，再之後是徹底粉碎了一切可以威脅自己地位的勢力。

終於，一切都完成了，他卻忽然發現自己再也沒有活著的目標了。這是為什麼？沒有喜悅、沒有得意，有的只是無窮無盡的寂寞和孤單。

心疼地捧住他的臉，麗珊柔聲說道：「我知道，我知道，我都知道。胤禛，難為你了。」就知道他早晚有一天會後悔的。

靠著她的手，胤禛的臉頰摩挲著，用心感受著。他的冰兒回來就好了，再也不用獨自面對這比什麼都可怕的寂寞了。

「胤禛，如果，我是說如果，你有機會再活一回，你還會這樣嗎？還會為了皇位把你的兄弟們都逼入絕境嗎？」

「不會，再也不會了。冰兒，有時候我想，他們死了反倒可以解脫了，而我卻只能這麼挨著、等著。等到我的使命徹底完成了，否則，我就太對不起皇阿瑪的苦心了。」

想了一下，麗珊猶豫地問道：「你是合法繼承皇位的嗎？」關於這個問題，後人可是說什麼的都有啊。

「是，當然是了，我豈是那等無恥之人？」胤禛的情緒一下子激動起來。「妳也懷疑我？」

「不是，我只是問問。」趕快安撫地在他的額頭上印了一吻。「傻瓜，我怎麼會懷疑你呢？你是我的胤禛啊。」

他原本糾結的眉頭被她的軟語溫言給撫平了——只要他的冰兒不懷疑就好，其他人的想法就隨他們去吧，反正他問心無愧。

看著她眼中讓他最是熟悉的暖暖溫情和滿滿信任，胤禛將她拉向自己，喃喃地低語：「冰兒……冰兒……」尾音也逐漸消失在她的唇齒之間……

平緩了自己劇烈的心跳，麗珊柔若無骨地倚在他的身上，輕喘著拍開他不大規矩的手，嗔道：「不行。」萬一自己很快就回去了，這個身體的原主該怎麼辦？胤禛已經是強弩之末了，若是被他占了清白，這女孩的一輩子就完了。

胤禛不悅地掐住她的下巴，陰鬱地問道：「為什麼？妳嫌我老了嗎？」有這個可能，她現在的身體才十幾歲，而自己已經……唉。

「呵呵，你這笨蛋。」手指在他的額頭上使勁地一戳，換來他一聲輕佻的「唉喲」。

「你的冰兒是那種人嗎？要是嫌棄你了，我還會讓你認出我來嗎？」噘起了嘴，麗珊的神態有些撒嬌的意味了，看得胤禛心下一蕩——只有她才會給自己這樣的感覺。

他再一次吻住了她的紅唇，卻無論如何也停不了了。

不過，他停不了，不代表麗珊也停不了。她皺著眉推開他。「我還有正經事和你說呢。」

「妳說。」他心不在焉地隨口說了一句，心思還在別的上頭呢。

見他的神態依舊癡迷，麗珊順手抄起桌上的涼茶潑在他的頭上。

「唉喲！」胤禛有了短暫的憤怒，畢竟已經做了十幾年的皇帝，可一看到她眼中的冰冷和不悅，自己的怒氣就一下子不見了。

「呵呵，我有十幾年沒享受過這種待遇了。我的寶貝兒，全天下也就妳敢這麼對我。」他又在她的唇上輕啄了一下，才坐正了身子笑道：「說吧，我聽著呢。」

「嗯？幾號？是十三年十月七號啊。」

受虐狂。麗珊在心裡咕噥了一句，才問：「現在是幾號？」這是關鍵啊。

「什麼?!」麗珊驚呼一聲——十月七號？那就是說，她的胤禛只有一天了！我的天啊，又要分別了嗎？這回恐怕再也見不到了。

「哇」的一聲，她大哭起來，把胤禛嚇了一大跳。「怎麼了？好好的，哭什麼啊？」

搖搖頭，麗珊只是抱著他一個勁兒地流眼淚——想多陪陪他都不能了，老天爺，為什麼這麼殘忍？

「到底是怎麼了？妳說出來，我幫妳。」實在看不了他的寶貝兒哭得這麼肝腸寸斷，哭得他的心都揪在一起了。如今，他是皇上了，整個大清都是他說了算的。

「胤禛……你、你……怕死嗎？」抽抽搭搭地問了一句，麗珊的心也在痛。

「死？」他沈默了。自己怕死嗎？原是不怕的吧？那時太孤單、太寂寞了，可現在……冰兒回來了，他才不要死呢！

「我不是怕，而是捨不得妳啊。」他長嘆了一聲，盯著她的眼睛，深情地說道：「我盼了二十八年，找了二十八年，也等了二十八年，好容易把妳等來了，我才不要死呢。好冰兒，別再走了，就在這兒陪著我吧，陪著我直到我再也不能動了為止，好不好？」

麗珊哽咽著搖了搖頭，悲悽地說道：「現在開始，你不要再說了，聽我說。」

「好。妳說。」胤禛的心裡湧起一陣不安。到底是什麼事讓他的冰兒悲傷至此？

「如果你死了以後可以找我，你去嗎？」

「當然了。可是，妳的意思是說，妳還是要走？」他心慌地攥住她的手，焦急地問道。

「不知道，聽我說完。如果，你能選擇的話，就到三百年後來找我，我叫陶麗珊，住在北京，身分是個俱樂部的老闆，青萍她們和我在一起。我的要求就是如果你能來，就帶著九阿哥他們一起來，否則你就是來了，我也不會見你的。」她不能自私地只顧自己，現在，麗珊越想越覺得自己會回去，而且，說不定他也能來，否則自己怎會在這時候來到他的身邊？那支簪子就是媒介……簪子？

「胤禛，我問你，你送我的那支簪子呢？」她總覺得有什麼不太對勁，就是想不明白。

「簪子？」胤禛還震驚於她的話語，突然聽她問起簪子，愧疚地說道：「對不起，找不到了。妳們走了以後，我就把簪子要了過來，一直貼身帶著，每天都會拿出來看幾遍。可是，康熙六十一年冬天，就是皇阿瑪殯天的那天，我忙著處理諸多的事務，就沒顧上，後來等我想起來時，卻再也找不到了。冰兒，妳怪我嗎？」

「不，不怪你。」麗珊低下頭想了一會兒。「我這次來就是因為有個老頭把那支簪子賣給我，我把它別在頭上，然後就什麼也不知道了，醒來就在這裡了。胤禛，我總覺得冥冥之中有什麼人在操縱著這一切。」

胤禛皺著眉思索道：「照妳說的這樣，是有些奇怪啊。」

「還有……」看了他一眼，麗珊鼓足勇氣說道：「胤禛，我說了，你可別害怕。」

「妳說。」她的臉色好難看。

「還有一天，你……你……」

「我什麼啊？」焦急地看著她欲言又止的樣子，這個表面上沈穩、骨子裡急躁的皇帝也慌了。

「還有一天，你就會死了。」麗珊不敢看他驚愕的樣子，難過地把臉別開了。

怔了一會兒，胤禛突然笑道：「哈哈，就是這個啊？唉——」長長地吁了口氣，他搖搖頭，笑道：「冰兒，我不怕死，何況，死了或許還有機會永遠和妳在一起，那我就更不怕了。只是，萬一我死了以後還是不能找到妳怎麼辦？」他最怕的是這個啊。

「那我就去找你。你不要喝孟婆的湯，在奈何橋上等著我，好不好？」她可憐兮兮地看著他哀求道。

「好，我等妳。等不到妳，我就不走。」堅定地看著她，胤禛緩緩說道：「我，愛新覺羅・胤禛在此發誓，如果不能等到和陶麗珊相見就走過奈何橋，我情願永遠做一個孤魂野鬼，如違此誓，叫我死後落下千古罵名，永世不得翻身，魂飛魄散。」

「胤禛……」抱著他，麗珊感動得無以復加。這就是她傾盡全部心念愛著的人啊！

靜默了一會兒，她又正色道：「我要你帶著九阿哥他們一起來。」

「好的，我答應妳。只要我能去找妳，就一定帶上他們。」原先的怨恨早就隨著時間煙消雲散了，剩下的只有濃濃的愧疚和懊悔。如果可以補償他們，自己是非常願意的，畢竟他們是自己的弟弟啊。

「好，我們等著你們。現在，請皇上帶我去見見十四爺吧。」

「嗯，我們走。我也好久都沒見到他了。」既然就要死了，和十四告個別吧！

兩人手拉手走出了養心殿的大門，旁若無人地說話——

「胤禛，為什麼你不在我面前稱『朕』了？」除了他命令自己不要離開的時候說過以外，他一直都是我啊我的。

胤禛微微一笑，淡淡說道：「在妳面前，我不是皇帝，只是妳的男人。」

「呵呵。」嬌脆的笑聲迴盪在紫禁城裡，久久不能消散。

跟在後頭的高無庸覺得自己大概就要瘋了。這是他的皇上主子嗎？

來到壽皇殿，高無庸老遠就喊了。「皇上駕到。」

壽皇殿裡的宮女太監呼啦啦出來了一堆，趴在地上呼「萬歲」。麗珊看著一地的人，嘴角習慣性地撇了下，卻被一直注意她的胤禛看了個正著。略微緊了緊她的手，他淡漠地對眾人說道：「起來吧。」又轉向壽皇殿的總管太監問道：「你十四爺呢？」

那太監忙磕頭道：「回皇上，十四爺有些不舒服，這會兒正休息著呢。」

「喔？叫太醫瞧了嗎？」皇上的眉頭皺了起來，很懷疑這個奴才的話。

「回皇上，十四爺不准。」太監冷汗涔涔地回道。

「混帳東西！朕養你們是幹麼用的?!啊？你十四爺要是有個好歹，我活剝了你！」陰狠的聲音伴著他冷漠得近乎麻木的神態，把一地的人嚇得都哆嗦起來了。麗珊有些錯愕地看了他一眼——這些年的權力之爭，把他徹頭徹尾地變成了一個無情的人，剛才在養心殿的溫柔是她的錯覺嗎？

察覺到她的不自在，胤禛的臉色僵了一下，儘量放柔了聲音對那太監說：「起來吧，朕去看看再說吧。」

那太監幾乎要喜極而泣了，趕快爬起來給他們領路。

胤禛朝他擺了擺手。「不用了，朕自己進去。冰兒，我們走。」他對她溫柔地一笑，牽著她的手進了門。

高無庸剛要跟過去，麗珊忽然回頭道：「你們在外頭守著，任何人不得靠近。」

高無庸瞠目結舌地看著她的背影，半天沒緩過神。

胤禛「噗哧」一笑，回頭問道：「沒聽見嗎？」

高無庸趕快往後退得老遠，才戰戰兢兢地繼續犯愣去了。

轉過頭，就看見十四阿哥呆愣愣地看著他們，胤禛微微皺眉，問道：「不是不舒服嗎？怎麼還起來了？」

十四阿哥慵懶地一笑。「皇上來了，臣弟怎麼還敢躺在床上高臥呢？」

胤禛的臉一下子沈了下來，麗珊看到他們的情形也知道了個大概。十四必是因為對胤禛極度不滿才故意和他作對。也難怪，八爺他們都死了，自己又被關在這裡不見天日，要是換了她，只怕行刺的心思都有了。

眼看胤禛的臉色越來越難看，十四的眼中又是挑釁，她不禁在心底嘆了一聲。這幾十年的恩怨，哪裡是說沒就沒的啊……

「胤禛。」她有些不悅地叫了他一聲，把胤禛從暴怒的邊緣拉了回來，也把十四嚇了一跳。還有人敢直呼他的名字嗎？這女人是誰？十四把目光從她的臉上轉到她與四哥相握的雙手上，有些迷茫了。這女人不簡單啊，自蘭兒她們走了以後，就沒看見過四哥對哪個女人這麼好過。

蘭兒……一想到這個名字，他的心就痛了起來。他的蘭兒從四十七年的雪夜之後，就徹徹底底地消失了……

看著眼前這個明顯有些老態的十四阿哥，麗珊說不出話了。

他是那個曾經囂張到不可一世的十四阿哥胤禵嗎？是那個整天嘻嘻哈哈的十四爺嗎？是那個為蘭豔牽腸掛肚的男人嗎？原本烏黑的頭髮已有了幾絲白髮，俊朗的臉也顯得很是頹唐，身形也消瘦了不少……

看看那把破椅子把這幾個神仙一般的人都折磨成什麼樣了？

「十四爺，你好。」溫和地對他笑了笑，麗珊伸出右手，看得胤禛和十四都愣了。她有些調皮地對他們笑了笑，說：「這是我們的禮節。」說著就走過去把十四的手握了起來，好笑地看到十四的嘴大得可以塞進一個雞蛋了。

輕咳了一聲，胤禛不悅地把她拉回自己的懷裡。「那也不行，這是大清。」

他們的話讓十四阿哥渾身一震，不可思議地看著麗珊問道：「妳是誰？」他的心跳得好厲害啊！

「你說呢？」麗珊故意不告訴他，卻對他唱道：「穿越紅塵的悲歡惆悵，和你貼心的流浪，刺透遍野的青山和荒涼，有你的夢伴著花香飛翔，今生因你癡狂，此愛天下無雙……」

歌聲中，雍正皇帝和十四阿哥都癡呆了，十四激動地撲過來捉住她的手問道：「妳是冰珊?!對不對？」一定是的，除了她們沒人會唱這個，何況除了她以外，四哥不會對任何女人假以辭色的！

「蘭兒呢？她回來了嗎？她在哪兒？告訴我。」

看著他焦急傷心的面孔，麗珊實在不願，卻不得不告訴他實情。「就只我回來了，而且很快就要走了。」

胤禛的臉色頓時黯淡了，等了近三十年才相見的兩人，卻很快又要分手了。

「冰兒——」難過地緊了緊她的身軀，閉上眼睛，他把所有的不捨和愛戀都鎖在心底。

「不可能的，妳騙我！蘭兒為什麼不來？為什麼？一定是妳們不讓她來見我，對不對？」

他激動地高聲咆哮，使勁地攥住麗珊的胳膊搖晃著。

麗珊忍著疼痛說道：「你別激動啊。」

胤禛惱怒地打開他的手，把麗珊圈在懷裡。「疼不疼？」又看向十四斥道：「你要瘋了嗎？

啊？」

「是，我是瘋了，早在蘭兒走的時候，在皇阿瑪殯天的時候，在八哥和九哥死的時候，在我被你關起來的時候，我就瘋了！」

十四神色悲哀地瞪著他一字一句地說著，說得雍正好不尷尬，繼而就是一陣憤怒。

「若不是你和老八他們做得太過，冰兒她們怎麼會走？若不是你們在我登基以後還繼續暗中搗鬼，我又怎麼會打擊你們？現在你倒怪起我來了，啊？怎麼不好好反省反省自己呢？」

「反省？哈哈，說得好，想來四哥在夜深人靜的時候就經常反省吧？」譏誚的話語使得雍正勃然大怒。

「混帳！你這是在和朕說話嗎？」他的神情愈加狠厲了，看得麗珊心驚不已。她的胤禛如今好可怕啊，他不會在一怒之下殺了十四吧？

可無論她怎樣好言相勸都不管用，這兩人就和鬥雞似地沒完沒了，氣得她把桌子上的瓷器全都掃到了地上，大聲嚷道：「都住口！再吵我就走了，永遠也不來了，永遠也不見你們了！胤禛，你忘了你答應我什麼了嗎？還有你，你不想再見嬌蘭了嗎？再吵我就讓你們後悔一輩子！」說完，她一腳踹開大門，昂首而去。

胤禛和十四趕緊追過來，一左一右地拉住她，同時說道：「我們不吵了。」看得門外的一干宮女太監都傻了眼。這小丫頭是誰啊？怎麼皇上和十四爺都那麼緊張她？難道是……

「哼，不吵了？」麗珊左右瞟了他們一眼，賭氣地甩開他們的手，對著底下看熱鬧的宮人們冷道：「看什麼看？沒見過啊！都滾得遠遠的。高無庸，帶著他們到牆外頭站著去，再讓我看見我就踹你。」

憤怒之下的她猶如瘟神一般，把所有人都嚇呆了。高無庸覺得自己的心就要停止跳動了。這丫頭今天簡直就像是換了一個人似的，全身散發著一股懾人的氣勢，比之皇上毫不遜色。但憑她是誰也不能這麼大膽啊！他沈下臉，就想要訓斥她——不管她和皇上如何，現在可仍是個小宮女。

麗珊見他仍然不動，還瞪大了眼睛看著自己，頓時就來氣，隨手拽下胤禛腰間的玉珮扔了過去。「還不滾？」

「啊?!」

「天啊！」

此起彼伏的驚叫響徹整個院子。這女人的膽子可真大，居然把皇上身上的玉珮都敢拽下來摔碎了！

胤禛和十四兩人對望了一眼，先是驚呆，然後同時放聲大笑起來——普天之下就只有她敢這麼做了，哈哈，還真是親切啊！

所有人都看傻了。皇上居然沒有生氣，還和十四爺同時大笑?!再都把目光轉向那個小宮女——這女人是誰啊？

十四阿哥笑著說道：「四哥，她的膽子可是越來越大了啊，哈哈。」好久沒看見這麼痛快的場面了，真是讓他覺得解氣得很。四哥白登基後，還沒受過這樣的待遇呢，呵呵，冰珊就是冰珊，是唯一能讓四哥沒脾氣的人。

胤禛忍著笑摟住麗珊，問道：「真的生氣了啊？呵呵，發這麼大的脾氣。」

「哼。」送他兩枚久違的白眼，麗珊甩開他轉身進屋去了。

胤禛朝底下眾人揮了揮手。「還不快滾？」

「啊？是。」高無庸捧著自己可憐的心，領著一干宮人乖乖地退到了院外。這姑奶奶的脾氣可真不小，他回頭看了看地上的碎玉——這可是皇上最喜歡的玉珮了。

十四邊笑邊把門帶上，對麗珊笑問道：「冰珊啊，妳的火爆脾氣幾時才能改改啊？就不怕四哥怪罪妳嗎？」

她哼了一聲算是回答了，胤禛哭笑不得地看著她說：「我的名聲算是被妳給徹底毀了。」

「你很委屈嗎？」她話裡有話地問了一句。

「呵呵，不敢。」他就是愛看她肆無忌憚地把自己當作普通人看待的態度，和她毫不畏懼的神色，想來自己也是夠賤的了。

「那就得了，誰讓你們跟鬥雞似的了？都鬥了幾十年了，不累啊你們？」她皺眉盯著兩人。「要不是你們總是爭來鬥去的，我們怎麼會莫名其妙地回去了？還鬥？都一把年紀了也不害臊。」一氣憤之餘，她的話越發難聽，說得兩兄弟都尷尬地低下頭。

見他們不說話了，麗珊嘆了口氣說道：「我還是把實情的來龍去脈再和你們說一遍吧。」接著就把她們是如何來的、來自哪裡、如今幾人的情況，和自己又回來的經過大致講了一遍。

末了，她看著十四說道：「胤禛答應我，如果有機會就會帶著你們一起去找我們，現在我想知道的是你的想法。」

怔怔地呆了半天，十四阿哥才面帶痛苦地說道：「我當然願意了。如果死了就能見到蘭兒，我馬上就死，現在就死，反正我如今也和死了差不多了。」

胤禎的臉紅了一下，愧疚地說道：「是我的錯。」

十四灑脫地一笑道：「得了四哥，都過去了，還提它做什麼？只是，九哥和十三早就……還能找得到他們嗎？」

胤禎堅定地說道：「找不到也要找，這輩子我已經對不起你們了，雖然也是你們咎由自取……」十四忍不住翻了個白眼，麗珊則抵著嘴輕笑了聲。「可我畢竟做得有些過了，如果可以補償你們，哪怕只有一線希望，我也絕不放棄。」他看了看麗珊，對十四淡淡地說道：「十四弟，我的大限就要到了。」

「什麼?!」十四驚愕地看著他問道。「您說什麼？什麼大限到了？」兩兄弟鬥了一輩子，眼看就要冰釋前嫌了，他卻說什麼大限到了。

麗珊點點頭，淒然一笑道：「就是明天。禛，你怕嗎？」

「不怕。死對我來說是一種解脫，何況死了之後還能見到妳，對我來說簡直就和升仙一樣了，呵呵。」

「四哥……」十四的眼眶有些濕潤了。這也是他想說的，對於他們來說，死有時候就是解脫，這是常人無法理解的，是身為皇族的悲哀。

「胤禎。」麗珊埋在他的懷裡哭了起來。

一定要來找她們啊，她們要給這幾個一生不幸的男人一個美好的未來。

「那我呢？」十四忍不住問道。

「你還要再活很多年的。」說完，就見他一臉不樂意，麗珊和胤禛兩人不覺好笑起來——還有人為了能長壽而不樂意的呢，呵呵。

「來吧，我們在三百年後等著你們。」緩緩地伸出兩隻手，麗珊緊緊地握住了兩個男人，她含著淚微笑道：「我們會給你們一個完全不一樣的人生，完全幸福的未來。」

「好。」兄弟倆堅定地同時吐出了同一個字，相視一笑。

這輩子的恩怨，就讓它隨風而逝吧！

第三十九章　地府

晚上，兩人相擁著坐在一起，低聲訴說別後的思念，直到深夜，麗珊才問道：「你累不累？」

搖搖頭，胤禛輕聲笑道：「習慣了，一夜未睡也是常事啊。」

那輕鬆的語氣卻讓麗珊紅了眼眶，心疼地捧住他的臉，抵著他的額頭說道：「苦了你了。胤禛，快來找我吧，我要給你最幸福快樂的人生，再也不讓你為了公事煩惱了，我要讓你成為這世上最幸福的男人。」

「好，我要等著看妳怎樣給我一個幸福快樂的人生……」越來越低的聲音預示著新一輪的纏綿又要開始了。

「冰兒，和我說說妳們那裡的事吧。」再不找個話題，他就忍不住了，近三十年的等待，讓思念像洪水一樣把他的理智幾乎全部淹沒了。

「呵呵。」麗珊了然地微笑了下——他緊繃的身體和急促的呼吸早把他給出賣了。

「對了，如果我走了，你記得要他們善待這個紫雲啊。」若是自己一直都在，自是不怕的，可萬一要是走了，胤禛又行將就木，這個紫雲的下場恐怕就……

「嗯，妳放心吧，我會安排的。冰兒，我捨不得妳走，等了妳近三十年才等到妳，轉眼又要分別，妳叫我情何以堪？」

「你忘了我們有約定的嗎？無論如何我們都會再見的，你不來找我，我就去找你，我們再也不分開了，好不好？」

「嗯，好。」緩慢而堅定地說出了這個「好」字，胤禛閉上眼睛，摟著懷裡這個讓他魂牽夢縈的女人，享受著這片刻的安寧和幸福。

此生，遇到她是自己最大的快樂，來生，還要和她一起享有更幸福快樂的人生——

早上，紫雲驚慌地發現自己居然睡在皇上的身邊，忙爬下來跪在地上磕頭。

胤禛愣愣地看著地上不住磕頭的紫雲，心裡湧起一陣悲涼。他的冰兒又走了。這回大概再也回不來了……唉，算了，眼看自己就要死了，她還回來做什麼？

他默默地擺了擺手。「下去吧，不關妳的事。」自己還有許多事要做呢。「高無庸。」

「奴才在。」高無庸急急忙忙地進了屋。

「紫雲侍候朕有功，朕特許她提前出宮，你讓內務府給她二百兩銀子，不許難為她。」

主子這是啥意思啊？看了看跪在地上的紫雲，高無庸更糊塗了。若是皇上臨幸了她，就不該放她出宮，若是沒有，也不必如此費心地為她打算啊？怪事。

心裡是這麼想的，可嘴上還是恭謹地答應著把紫雲領了出去。

「等等，你把上書房的大臣，還有寶親王和弘晝都叫來。」該吩咐後事了。

「是。」高無庸領旨而去，留下雍正皇帝獨自在養心殿裡沈思著。

「珊——」

耳邊傳來齋藤俊急切的呼喚，麗珊睜開眼睛看了看四周——又回來了。

這在作夢嗎？淚水慢慢地流了下來，她的胤禛啊……

就這樣和他分別了。記得兩人都是極力避免睡著，可終究還是睡了，這一睡，就又睡回來了。

「珊，妳怎麼了？哭什麼啊？作惡夢了嗎？」齋藤俊驚慌失措地看著淚流滿面的小妹，這可是他第一次看到她哭。

「俊……」此時的麗珊急需安慰，忍不住撲到齋藤俊的懷裡大哭起來。「俊，我見到他了，嗚嗚……可是，他馬上就要死了，雖然他說會來找我，可萬一來不了怎麼辦……我才和他說了一會兒的話，就這麼回來了。胤禛……」

齋藤俊愕然地抱著麗珊不住顫動的身體，心裡仔細思索她的話——小妹戀愛了，可是，那個男人要死了？來找她？怎麼找？死了還能來嗎？胤禛？這名字好耳熟啊，在哪裡聽到過呢？

「珊，先別哭了，他得的是絕症嗎？有沒有希望治癒？」若是有希望，就是花再多的錢也行啊，只要他的小妹不再傷心就好。從小到大，麗珊從來沒流過眼淚，何況是哭得這麼肝腸寸斷了。那個叫胤禛的男人是誰？能讓自己這個目高於頂的妹妹如此掛心？

搖搖頭，麗珊從他的懷裡退了出來。「沒用的，那是歷史，誰也改變不了。」要是能改的話，她們也不會……

「什麼歷史？那個男人和歷史有什麼關係？」齋藤俊一頭霧水，覺得麗珊大概是中邪了。

「沒什麼，謝謝你。大哥。」

一聲大哥讓齋藤俊頓時傻眼了。千代居然叫他大哥了？天，這是什麼狀況啊？

有些難為情地看著呆愣的齋藤俊，麗珊紅著臉斥道：「怎麼？我不配嗎？」

「不是，不是。」齋藤俊搖著雙手。「我是太……太激動了。」能不激動嗎？相處了快二十年，她才叫他一聲大哥，呵呵，看來真要謝謝那個叫胤禛的傢伙。

要是梓恒那小子知道了，準被氣死，哈哈哈……齋藤俊得意地笑了起來。

「笑什麼？」看他那一臉的傻笑。

「喔，沒什麼，沒什麼。珊珊，妳想吃什麼？大哥給妳做。」他的廚藝可棒了呢。

見麗珊搖頭，他又問：「要不，大哥陪妳上街去逛逛吧？我看妳也該買些衣服飾品之類的，女孩子就要打扮得漂亮一些。當然，妳已經是世間少有的美人了，可那也要多添一些衣物用品什麼的，以備不時之需啊。」齋藤俊興奮地對著麗珊比手畫腳地說了一堆，把麗珊弄得哭笑不得。

這也太離譜了吧？不就是叫他一聲大哥嗎？

她忍著笑揮了揮手。「不用了，我還有事，俊，你先出去吧。」

就見剛才還一臉興奮的男人立刻垮下臉，嘴裡嘟囔著：「又是俊？多叫兩聲就不行嗎？真是的。」

「什麼？」麗珊的眼睛瞇了起來。

「喔，不，沒什麼，我這就走。」齋藤俊連忙邊說邊轉身走到門口，忽然又回頭對她微笑道：「珊，有些事，還是要想開一些的。」

「嗯。」感動地點點頭，麗珊看著即將關上的房門，柔聲說道：「我知道了，謝謝你，大哥。」

「咚」的一聲，緊接著，外頭就傳來齋藤俊的悶哼。「唉喲……」

「哈哈哈哈……」麗珊忍不住倒在床上大笑了起來。

笑完了，她趕緊給青萍她們打電話。

「青萍，妳們快來，我有重要的事要和妳們說。」

「什麼事？俱樂部今天還有不少事呢。」青萍在那邊回道。

「我回去了。」

「什麼呀？回去哪兒了？」青萍不甚在意地問道。

「大清。」投下一枚炸彈，麗珊壞笑地掛了電話。呵呵，看看錶，嗯，大概半個小時後就能見到她們了。

那邊的青萍夾著電話。「嗯，喔……啊？什麼？大清?!我的天啊！」她一下跳了起來，把她的秘書嚇得差點趴在地上——老闆要發瘋了嗎？

「所有事等我回來再說！」她拿起皮包和車鑰匙就跑了出去，秘書就目瞪口呆地看著上司像風一樣地消失了。

「白骨精、小辣椒，快給我滾出來！」青萍的聲音在俱樂部裡迴盪著，把聽到的人都嚇得半死。

「死狐狸！妳發什麼瘋啊妳？」蘭豔氣急敗壞地從辦公室裡奔了出來。「想挨揍啊？」

秀眉也拉開門，懶懶地說道：「妳最好有很重要的事，否則我就掐死妳。」可惡的傢伙，害她做了一半的報表忘了存。

「哼，愛去不去，珊珊打電話說……」左右看看沒人，她才低聲說道：「她說她回去了！回大清了！」

「天！」

「真的?!」

兩人馬上精神百倍。

「她是這麼說的，我們快走吧！」青萍拉著兩人飛奔至電梯口。「她就說了這麼多，然後就掛了。」

「那我們快走吧！」蘭豔焦急地看著電梯門邊的數字一個一個地跳。「怎麼那麼慢啊？急死人了！」

若是珊能回去，她們是不是也可以回去？

飛車趕至麗珊的家，蘭豔使勁地敲門。「珊，快開門！」

門一開，就見阿德有禮貌地站在門口說道：「各位小姐好。」

蘭豔哪有工夫和他哈拉，推開他逕自往樓梯跑去，青萍緊隨其後，秀眉有些抱歉地看著已經暈頭轉向的阿德說：「對不起了。」

三人如旋風一般颳上了樓梯，把客廳裡的齋藤俊，以及才回來不久、正在聽齋藤俊講話的羅梓恒看得目瞪口呆。

小妹的朋友都這麼慓悍啊？看看門口頭昏腦脹的阿德，羅梓恒「噗哧」一聲笑道：「阿德，你可真倒楣啊。呵呵。」

阿德委屈地說道：「謝二少爺關心。」嗚嗚……

齋藤俊卻皺眉想著麗珊反常的舉動，從她醒來後，就和以前不大一樣了，冰冷的眼中帶著濃得化不開的哀愁，是因為那個叫胤禛的男人嗎？

「梓恒，你聽說過一個叫胤禛的人嗎？」總覺得這個名字熟悉得很，就是想不起來。

「胤禛？沒聽過。」羅梓恒聳了聳肩，問道：「怎麼了？」

「小妹戀愛了。」

「啥？你說什麼？」羅梓恒不敢相信地掏了掏耳朵。小妹談戀愛了?!聽起來和火星撞地球差不多驚人。在日本時，不知道有多少男人追過小妹呢，不過，下場都很淒慘，現在還有幾個不死心的老是向他打聽呢！

「嗯，應該是，那個男人就叫胤禛。」齋藤俊點點頭，繼續在大腦裡挖掘有關「胤禛」的資料。

「胤禛？嘖——」羅梓恒捏著下巴沈思了起來。這個名字可真怪啊，百家姓裡有姓「胤」的嗎？

樓上，青萍她們聽完了麗珊的陳述都哭了起來。

蘭豔捂著臉說道：「胤禩居然那麼老了?!珊，妳有沒有看到弘明？」

「沒有。」搖了搖頭，麗珊苦澀地說道。「我只在那兒待了一個下午，夜裡就回來了。這會兒，他大概也死了吧？」她難過地閉上眼睛，心在抽搐。

青萍呆呆地說：「胤禟早就死了嗎？不會的，我還想回去給他生兒子呢……呵，老天啊，為什麼要這麼折磨我們？」

秀眉早就泣不成聲了，哽咽了半天才說道：「那我們怎麼辦？他們都死了，我們就是回去了也沒用了。嗚嗚……胤祥……」

屋裡除了她們的哭聲沒有別的了，好不容易大家的情緒都穩定了些，麗珊才說：「我覺得我們還會再見的。」

「為什麼？」蘭豔疑惑地問道。

麗珊就把自己的猜測說了一遍。「這支簪子回到我手裡的情形太詭異了，我不知道該怎麼說，可就是很懷疑，這一切似乎都是被誰操縱著似的。」

「若真如妳所說，我們就還有希望，可是，我們要等到什麼時候呢？」青萍問了一個最實際的問題。

「嗯……」思索了一會兒，秀眉忽然說道：「我知道了。」

「快說。」三人立刻抓住她焦急地詢問。

「妳們瞧，我們在大清活了六年，在這裡就昏迷了六天，回來後到現在大概有一個月了，四四那裡卻過了三十年，也就是說我們這裡的一天，就是他們那邊的一年。」

幾人思索了一會兒都興奮起來，蘭豔說：「照妳說的，胤禩還要活二十年，那麼，我們再等二十天就好了。」

「前提是他們能夠過來。」青萍冷靜地說道。

麗珊點點頭。「妳說得對，不過，如果胤禛不能來，我就去找他。他說了，要在奈何橋等我。」說到最後一句的時候，她的眼中全是笑意。

青萍她們有些羨慕地看著她臉上的幸福和微笑，暗自下定決心，如果他們真的不能回來了，自己也去找他們好了。

就這樣，在等待和盼望、興奮和擔憂中過了二十多天，依然沒有任何消息。

四人開始緊張了。難道他們真的不能來了嗎？不要啊，千萬不要啊……

胤禛飄飄蕩蕩地從圓明園裡飛了出來。回想著剛才在屋裡的狀況，他也很是辛酸，可一想到就要和他的冰兒見面了，又覺得輕鬆起來。

死了才知道活著時候的自己太過執著了，如果可以重來一次，他會做得更好。唉——總算是能給皇阿瑪一個交代了，自己雖然做得不是很好，可也還是個勤勉的皇上了。

「愛新覺羅・胤禛。」一個陰森森的聲音響了起來。

胤禛四下望了一下，就見前面來了兩個人——是人嗎？

一個渾身白袍，臉色也蒼白得嚇人，頭上戴著一個高高的尖頂帽子，另一個身著黑袍，臉色倒也是白的，頭上也戴著尖帽。這是黑白無常。

他鎮定地「飄」了過去——真不習慣這樣的行動方式。

「朕是。」他冷淡地應了一句。除了他的冰兒，誰也不配他的溫言好語。

「哼。」白無常冷哼了一聲。

胤禛的嘴角一抽，也跟著冷哼了一聲。

白無常納悶地問道：「你哼什麼？」

胤禛冷笑道：「那你又哼什麼？」和朕鬥？也不看看朕是誰！

愣了一下，白無常順口答道：「我是看你太囂張才哼的。」

「同理。」胤禛嘲笑地回敬了他一句，果然就見白無常在抽氣，哼哼。

「好了，別和他廢話了。」黑無常不耐地打斷他們的戰爭。「跟我們走吧。」說著就要拿鍊子鎖他。

胤禛往旁邊一閃，不悅地說道：「朕不用這個。」開玩笑，他可是皇上耶。

「哼哼，這可由不得你了。」白無常得意地撇了撇嘴，接過黑無常手裡的鍊子就照著胤禛兜頭蓋臉地甩了過來。胤禛就左躲右閃地不肯合作，害得黑白無常累得滿頭大汗，最後還是黑無常唸了個咒語把他定住了，才算完成。

胤禛畢竟是個凡人，哪裡掙得過他們？只好任他們給自己套上了鎖鍊。

兩無常對望了一眼，心想，這幾個傢伙可真夠難搞的啊，沒一個肯乖乖就範的。

上次收那個怡親王比這個還費勁呢，按說他死的時候都動不了了，可誰知死了以後身手倒靈活了，讓自己兩人在怡親王府整整折騰了兩時辰。

再往前數就是廉親王了，那傢伙看上去像是無害，可為了拖延時間，硬是和他們聊了一個時辰的詩詞歌賦、治國方略。他們做鬼吏的知道那些有什麼用？

再往前是九阿哥，那小子更囂張，把他們狠狠奚落了一頓，什麼衣服太寒酸啦、帽子太難看啦、長得太寒磣啦……

他奶奶的，老子是勾魂使者，又不是賣唱的優伶！長得好看給誰看啊？老大就是怕他們長得太好看了，自己老婆會被勾引走，所以地府裡的大小官吏沒一個長得是順眼的。

兩無常滿懷怨氣地瞪了胤禛一眼，心想，都是你小子惹的禍，如今那幾個都在地府裡長住了，非得等到他不可；要不是上頭有話，他們老大也用不著這麼費勁了。

他們連拉帶拽地把胤禛拖到了地府，胤禛看著一路上飄飄蕩蕩的鬼魂，和四處陰森恐怖的環境，心裡終於有了害怕。

好不容易來到了第一殿秦廣王處，胤禛鬆了口氣，這裡看著還正常一點。

被帶進大殿，就見高處端然穩坐著一個頭戴王冠、身穿蟒袍的男子，想必他就是秦廣王了，長相倒是斯文得很，只是眉宇間隱隱有一絲狠戾之氣。

「回王爺，愛新覺羅‧胤禛帶到。」黑白無常恭恭敬敬地跪在地上說道。

「嗯，知道了。」淡淡的、不帶一絲情緒的聲音傳了過來。「你就是愛新覺羅‧胤禛？」

「正是朕。」胤禛傲然地看著殿上的秦廣王，緩緩說道。

「嗯，很好，雍正，你生前所造的業障不少啊。」自己這邊有一大疊告他的狀紙，隨手翻了翻——他兄弟的、他母親的、大臣的——嗯？居然還有他老婆的？這小子可夠強的啦，連枕邊人都恨他。不過，大致看看也沒什麼大罪惡，無非都是一些作為帝王常常會犯的錯誤。再說了，他活著的時候對百姓也算是愛護有加了，攤丁入畝，火耗歸公，取消賤籍等等，兩相比較，倒也勉強算得上是功過相抵了，何況……算了。

只是一想到這小子還要在這裡待上一段時間才能轉世，心裡就不大舒服。都是被紫微這老頭害的，他自己愧疚，幹麼要把他也拖下水啊？現在可好，那幾個最難搞的都賴在自己這兒不走了，尤其是那個老八！

一提起他，秦廣王就咬牙切齒。自己也是個風流人物，可一和他比就差了不止一個檔次，如今，自己的王妃每天都泡在他那兒聽他吟詩作對，瞧他彈琴畫畫。

再加上老九和那個十三……我的玉帝唉，真怕哪天一個不小心，她就給自己弄頂綠帽子戴。

想到這兒，他就沒好氣地瞪了臺階下的胤禛一眼，冷哼道：「來呀，把雍正給我帶到聚靈閣去，等候發落。」讓他們幾個自己吵去吧，哼！都怪這幾個傢伙，要不是他們，自己何必如此擔心?!

胤禛糊裡糊塗地被小鬼押到了聚靈閣，心裡琢磨這個閻王要幹麼？怎麼也不問也不罰地就把自己弄到這兒來了？還沒和他說去找冰兒的事呢！

來到聚靈閣的門外，老遠就聽見一陣悠揚的琴聲——是老八！這個認知讓他的心顫了一下。他們兄弟雖然不和，可是對彼此之間還很了解的，老八是個文武全才的人物，若論機智權謀，原也不在自己之下，只是……唉，不提也罷，現在的關鍵是他怎麼也在這兒？還有，他若在這兒，那老九、老十和十三呢？是不是也在這兒？

懷著忐忑不安的心情，胤禛邁步進了大門。

開門的聲音使得琴聲戛然而止，一屋子的人都驚異地看著他，半晌，八阿哥胤禩微笑道：「四哥，您終於來了。」

旁邊的九阿哥胤禟嘿嘿冷笑起來。

胤禛頓覺心一沈，神色複雜地看著兩人，他們之間的恩怨不可謂不深啊。

「四哥，我和九弟在這兒等了您好久了，呵呵。」八爺喜怒莫辨地撫過琴弦，溫和地看著胤禛笑道。

九阿哥卻冷森森地哼了一聲。「四哥，雍正皇帝……哈哈，原來就算是貴為天子的您，也會在死後和我們這些亂臣賊子關到一處啊？」

胤禛的臉些微地紅了一下，才問道：「就你們倆嗎？大哥、二哥他們呢？還有十三呢？」

「四哥最關心的還是十三弟啊。」胤禩站起來飄到胤禛的身邊，用手撣了撣他身上的龍袍，嘲諷地笑道：「四哥這衣服穿得好舒服啊。」

「不，一點都不舒服。八弟，以前的事就不要再提了好不好？我們都是身不由己。」

九阿哥冷笑道：「呵呵，四哥可真會說笑啊。身不由己?!哼，難道我們兄弟受的苦就讓您這四個字一筆帶過了？」

第四十章 冰釋

「九哥，您不要欺人太甚了。」胤祥的聲音忽然自門外響起。

胤禛驚喜地轉身叫道：「十三弟！」星目中淚光閃動——他的十三果然在這兒啊，唉，好幾年沒見他了。

看著胤祥蒼白的面色，胤禛的嘴唇顫了起來。他的十三啊，為了幫他坐穩江山，竟然被活活累死了，他對不起胤祥啊……

「四哥。」十三阿哥滿眼含淚地撲過來，緊緊地攥住他的胳膊。「想死我啦，四哥、四哥……」

胤禛又哭又笑地晃著十三的胳膊說道：「四哥也想你啊。十三弟，你還好嗎？」

「嗯，好，我好。四哥，您呢？」

「我也好，也好。」

兩兄弟抱在一起痛哭失聲，一旁的八阿哥和九阿哥的臉色卻難看得很。

「四哥，您也太偏心了，難道就十三是您的弟弟，我們都不是嗎？」八阿哥冷淡地看著相擁在一起的兩人，涼涼說道。

「哼。八哥，您又不是不知道，四哥的眼裡一向只有十三才是他的兄弟，我們都是亂臣賊子。」九阿哥垂著頭、撚著手指嘲諷道。

「八哥、九哥，你們就不要再說了，好不好？我們兄弟都鬥了一輩子了，難道死了以後還要繼續鬥下去嗎？」十三阿哥痛心地問道。

「八弟、九弟，以前是我的不是，四哥在這兒給你們賠不是了。」胤禛真誠地朝兩人作了個揖，看得其他三人都呆住了。

這是那個曾經狠心逼死他們的四阿哥嗎？是那個永遠都自以為是的雍正皇帝嗎？

三人不禁對望了一眼，十三阿哥疑惑地問道：「您……四哥……您沒事吧？」

胤禛的臉微微一紅，低聲說道：「我沒事，只是真的很愧疚。八弟、九弟，以前是四哥做得太過分了，你們能原諒我嗎？」

八阿哥和九阿哥張口結舌地看著一臉愧色的四阿哥，久久無法成言。

半晌，八阿哥才艱難地問道：「你是四哥嗎？」

胤禛的神色愈加尷尬了。十三見他有些惱羞成怒了，就打了個圓場。「八哥，我想四哥是真的很、很……」很了半天也沒說出來。怎麼說才能既不讓四哥生氣，又能讓八哥他們相信呢？其實，他自己也很懷疑這個四哥。

九阿哥愣了半天，才狐疑地問道：「四哥，您到底是什麼意思？」比起他現在的樣子，自己寧願看到那個暴跳如雷、陰狠無情的雍正，這樣低姿態的四阿哥太詭異了，太讓人毛骨悚然了。

胤禛咳了一聲，壓住心底的不快，淡淡地說道：「就是你們聽到的意思。」看了他們一眼，他又說：「我是真的很後悔啊，你們不知道，你們都走了以後，紫禁城就空蕩蕩的像座牢籠了。唉，我甚至不知道自己還有什麼事情可以做，沒有朋友，沒有敵人，沒有兄弟也沒有愛人，直到冰兒——」

「什麼？你說什麼？冰兒?!」八阿哥立刻驚叫起來。「你是說珊兒回來了?!她在哪兒？」老天，她回來了嗎？那現在……他們都死了，要她一人怎麼辦？

「回來過，又走了。」雖然對老八如此稱呼他的冰兒心存不滿，可胤禛還是把麗珊回來的經過講了一遍。末了，他說：「我答應她，如果可以就帶著你們一起去找她們。」他看了看一旁呆愣愣的老九和滿臉痛苦的十三。「她說她和青萍、白玉還有嬌蘭會等著我們的。」

「真的嗎？」九阿哥黯淡的眼中忽然閃現耀眼的光芒。他的小狐狸還活著啊，還在等著他啊……

太好了，天啊，他等了這麼多年終於有了她的消息。自己死後就來到了這裡，還曾和八哥一起打聽了許久，可是全無一點頭緒。為了套消息，八哥還特意接近那個什麼秦廣王的王妃，希望可以從那女人的嘴裡知道一點情況，可那女人的嘴巴很緊，只要是和他們有關的一切都三緘其口，什麼也問不出來，甚至他們為什麼不像其他人那樣死後就投胎，而是待在這裡都問不出來。

當然，也是因為他們想要等到雍正，和他算算帳的，可是，作為掌管人類生死的閻王似乎沒必要依著他們的意思來吧？

如今，雍正倒是來了，可看樣子，他們還會待在這兒，這是為什麼呢？

胤禛微笑道：「是的，冰兒是這樣說的。九弟，你願意和我去找她嗎？」

「願意。」九阿哥脫口而出，可馬上又黯然道：「這能由得我們嗎？」是啊，他們都是一些孤魂野鬼了，如何再去找自己的愛人啊？難道就這樣飄著去嗎？造化弄人啊！

八阿哥咳了一聲，看向雍正道：「四哥，您真的覺得對我們很愧疚嗎？」還是不能相信啊，一個人的本性怎麼能說改就改。

「八弟還是不相信我啊……」長嘆了一聲，胤禛低聲說道：「你們不會了解我的苦衷的。為了大清的江山，我每日的睡眠不足三個時辰，有時甚至整天都不合眼。皇阿瑪殯天時，曾拉著我的手說：『難為你了。』可我當時還志得意滿地沈浸在榮登大寶的興奮之中，後來，你們開始處處和我作對、讓我為難，我的心思也就全部集中在你們的身上了。待到準噶爾叛亂，又只顧想辦法調錢糧、籌軍餉，忙得手腳朝天。好不容易打了勝仗，接著又是年羹堯和隆科多的事，然後，你們就把那幾個骯髒的鐵帽子王弄來搞什麼八王議政，眼見不能得手後，又挑唆弘時和弘曆爭儲。八弟，你知道你四哥為什麼這麼狠戾地打擊你們嗎？不是因為你們處處和我作對，也不是因為你們搞什麼八王議政，而是因為你們把我們的恩怨、痛苦轉嫁到了弘時和弘曆的身上……」說到這兒，胤禛的眼圈紅了。「弘時也是我的骨肉啊，你在臨死前要我做菩薩保佑你的弘旺，可誰又來保佑我的弘時呢？他死的時候才多大啊？你們就那麼狠心嗎？」閉了閉眼睛，他腦海裡出現弘時小時候在身邊撒嬌的樣子，想起他每次闖了禍，在自己跟前戰戰兢兢的小臉，還有他臨死前抱著自己大腿痛哭失聲的面容。自己的子嗣本就不多，活到成年的就只有這三個，可是……

八爺、九爺以及十三阿哥都沈默了。

「唉，繼位幾年，我就沒睡過一個好覺，連偶爾作夢都是這些事。八弟，你們怨我薄恩寡情，可如果你做了皇帝，我和老十三也這樣和你作對，你會怎樣？」

好半天，八阿哥才嘆道：「是啊，若是換了位置，就難說了。」看了看胤禛，他又說道：

「四哥，對不起。」

九阿哥驚奇地看著八阿哥，不敢相信八哥就這麼原諒老四了。難道，他們這麼多年的苦就白受了不成？

「八哥您……」九阿哥吶吶地不能成言。

八阿哥拍了拍他的肩膀。「十三弟說的對，我們都鬥了一輩子了，現在人都死了，難道還要鬥嗎？我累了，真的累了。唉，但願來生再不會托生在帝王家了。」他感慨萬分地長嘆道。

九阿哥不再說話了。是啊，若不是老是和太子、老四他們爭來鬥去的，小狐狸也不會走了……他的萍兒啊，若說這輩子最恨的是四阿哥，那麼最愛的就是青萍了，如今，佳人芳蹤何處都不知道……想到這兒，他的臉色又黯然了。

十三阿哥看向胤禛問道：「四哥，您說，咱們該如何去找她們？」

此言一出，八阿哥和九阿哥都看向雍正，這才是他們目前最關心的問題。

胤禛思索了一會兒道：「我覺得還是有轉機的，你們想想，別的人死了以後都會投胎轉世，我們卻被關在這裡，你們說這是為什麼？」

八阿哥低頭沈思了一會兒，說道：「四哥說的有道理。依我看，那個秦廣王一定有什麼事瞞著我們。」

「嗯，八哥說的是。」十三阿哥也皺著眉道。「我來的時候，那老小子就陰陽怪氣的，說我一生光明磊落，是個好人，可又不讓我轉世投胎，還把我送到這裡，不過也幸好他把我送來了，否則，我哪裡見得到四哥？」

九阿哥的嘴角一撇。「十三，你就想見四哥嗎？我和八哥就不是你哥哥了？」幾十年的恩怨竟在眨眼之間就這麼煙消雲散了，還真是不習慣，彷彿生命的重心一下子沒了似的。

十三阿哥微笑道：「是，九哥責備的是，是我說錯了。我這就給八哥和九哥賠個不是好了。八哥、九哥，還望兩位哥哥原諒十三口沒遮攔、說錯了話。」說著就彎了腰作了個揖，倒把三人逗得笑了起來。

十三阿哥朗笑著站直了身子，對三個哥哥說道：「這樣才像親兄弟啊。」

四人同時大笑起來，八阿哥笑說：「要是老十和十四也在就好了。」

胤禛苦笑道：「冰兒說十四弟還有二十年的陽壽呢，倒是老十，怕是過不了幾年就會來了。」

「什麼?!」三人都有些吃驚，九阿哥皺眉問道：「她怎麼會知道？」

胤禛笑了笑說：「她說她們是來自三百年後的人。」看著八阿哥和九阿哥一臉震驚，他又說：「她來的時候說我第二天就會死，我原是不大相信的，可是……」真的被她說中了，自己果然就在第二天的夜裡死了。

「真的嗎？」九阿哥不敢置信地盯著胤禛問道。

胤禛點點頭說：「應該不會錯的，冰兒和白玉曾經透露過一些。後來，她們離奇失蹤，這回冰兒又莫名其妙地藉由別人的身體回來，我覺得這一切都是真的。」

十三阿哥也把之前盤問白玉的事和二人說了，八阿哥和九阿哥才將信將疑地點點頭，畢竟這種事也太匪夷所思了。

愣了半天，十三阿哥躊躇地問道：「八哥，我有一事不省，還望八哥坦言相告。」胤祥對自己被囚之事一直耿耿於懷，自從來到這裡，因為和他們一直不和，也就未曾問過，如今幾人已然和好，問出來自然也就不打緊了。

八阿哥點點頭道：「你要問的我知道，可那確實不是我們所為。據我們後來猜想，皇阿瑪本來是不大相信的，可是……唉，也是我們做得不對，不該落井下石。」當時，他們見康熙震怒，就順著他的話說，使得康熙一怒之下，下旨將十三和太子、大阿哥一起圈了起來。

不過，看後來康熙的態度，還真讓他們摸不著頭腦，說是不相信十三吧，卻又把他放出來了，說是相信吧，卻在這之後對他諸多指責。五十一年二廢太子後，對他就更加嚴厲了，時常對他橫加指責，這與四十七年之前對他的態度可謂是天壤之別。

胤祥也糊塗了。自己到死都想不明白皇阿瑪為何那麼絕情，對自己問都不問就定了罪。

就這樣渾渾噩噩地過了一段時間，因為地府裡感覺不到白天和黑夜，幾人待得很無聊，曾經想過要去找秦廣王問問，究竟他們為什麼會被押在這兒的原因，可又無法如願。似乎是除非他想見他們，否則，他們也沒辦法找到這個傢伙，而那個王妃最近也不來了，弄得幾人鬱悶之極，直到十阿哥胤䄉來了。

老十也是莫名其妙地被帶到這裡的，他火大地一腳踹開了大門，罵罵咧咧地進來了。

「媽的，敢把爺丟到這兒來，還說什麼是我的造化，呸！八哥?!」待他看見屋裡的四人後也傻眼了，只見雍正和九哥正在一處閒聊，八哥和十三兩人卻在窗下的棋桌下棋。

看見他進來，四人都笑了。胤禛說：「十弟，可算是等到你了。」

八阿哥也笑說：「是啊，就差十四弟了。」

九阿哥卻迎過去給了他一個擁抱。「老十，想死你九哥了。」

十三阿哥也笑咪咪地說：「十哥好啊，十三給您見禮了。」

十阿哥目瞪口呆地任九爺抱了個滿懷，好半天也沒回過神來。為什麼八哥和九哥看上去和老四他們很好呢？

「九哥，你們……」這太詭異了，完全超出了他能接受的範圍。

「呵呵。」九阿哥了然地看著他笑道：「老十，我們和四哥、十三和好了。大家兄弟一場，鬥了一輩子了，死了還鬥，未免也太累了。」

「是啊。」胤禛感慨地說道。「鬥了半天卻沒有一個是真正的贏家。你們輸了江山，我卻除了江山輸了一切，這樣的爭鬥我再也沒興趣了。」

八阿哥點點頭。「嗯，四哥說得有理，怪只怪我們生於帝王之家，很多事都是騎虎難下，身不由己啊。」

十三阿哥也嘆道：「來生就是窮死、苦死，也不要再托生於皇家了。」

十阿哥大張著嘴巴，一時之間無法消化他們說的話，也難以接受他們現在這樣和平相處的方式——似乎這樣的相處，從來就不曾在他們之間出現過。

「那個、那個……你們和好了？」見四人點頭微笑，他又懊惱地說道：「那我卯足了勁要和誰去算帳啊？」

胤禛淡然地一笑。「要是你無法釋懷就朝我來吧，畢竟是我做得太過分了。」

十阿哥呆愣愣地看了他半天，才嘟囔道：「怎麼朝你來啊？死都死了，還折騰個屁啊？算了，爺大人大量，既然八哥和九哥都不計較了，我也就不再追究了。」他沒精打采地飄到一旁默然不語了。

十三阿哥微笑道：「十哥要是有氣要發洩，不如和我打一架好了。在這裡都快悶死了，四哥和八哥、九哥都不和我打，鬼吏們見到我就跑，好不容易十哥來了，咱們就切磋一下得了。」

「好啊，我正想找人打一架呢。十三，咱們可先說好了，要是失手傷了你，可別怪我啊。」

「噗哧」一聲，幾人都笑了，八阿哥好笑地說：「大家都只剩魂魄了，又無實體，哪裡去受傷啊？」老十畢竟是剛來，對這樣的生活方式還是不能適應啊。

十阿哥愣了一下，咧開嘴大笑道：「八哥說的是，呵呵，那就更好了。十三，走，咱倆外頭打去。」

兩人飄到了門外，屋裡三人相視一笑——老十一來，可就熱鬧了。

日子就這麼繼續著，五人在聚靈閣無所事事，閒得發昏，好不容易熬到了十四阿哥的到來，事情終於有了轉機。

十四阿哥來的時候，五人正在商量如何解決他們的問題，也就是怎麼跟秦廣王談條件。

根據幾人不斷推測，得出一個結論，就是秦廣王絕對會答應他們的條件。因為從他的態度來看，似乎有什麼人在幕後操縱此事，畢竟秦廣王對他們「遷就」得很。

比如，早在胤禛來之前，秦廣王的王妃就老是黏著八阿哥，秦廣王卻沒有說什麼或是對八阿哥怎麼樣，若說不知情也不對，地府裡都嚷嚷遍了，他不可能不知道。若說他大度，就更不可能了。根據一些小鬼無意透露的情況來看，這位秦廣王十分善妒，那麼他縱容八阿哥就沒道理了。唯一的解釋就是他在忍，而能讓他隱忍的原因就是此事的關鍵。

十四阿哥一進門，就看見五人坐在一處親親熱熱地說話，饒是他見慣了風浪也不禁一愣。雖說四哥臨死前和他已經冰釋前嫌，可……可是看見他和八哥他們如此親熱地聊天說話，還是很不習慣。

看見他進來，五人不禁拊掌大笑。老十飄過來笑道：「十四，你可是來了啊，哥哥們等你等得好苦啊！」

十四阿哥苦笑道：「我也是沒法子啊，閻王爺就是不來傳我，我就只能在上面耗著唄。」說得大家都笑了。

胤禛對他笑道：「可是來了，我們都等你好久了啊。」

八阿哥也笑道：「嗯，十四，這回咱們兄弟可就齊全了。」

「是啊。」九阿哥拿著他的招牌道具——扇子，飄過來說道：「咱們又在一處了。」

十三阿哥撲上來就是一拳。「十四，想死我了！」

十四阿哥含淚笑道：「我也想您啊十三哥，還有四哥、八哥、九哥和十哥。你們都走了，就剩我一人了，真是孤單啊……」他嘆了口氣道。「我現在才了解到四哥所說的苦衷是什麼了——寂寞，那才是最苦最難熬的啊，沒人和你一條心，也沒人和你鬥，就只有自己孤獨地面對一切……」說到後面，他的語氣愈加苦澀，回想起四哥死後的這二十年，特別是後來十哥也沒了，彷彿天底下就剩他一個人了，再也沒有人在意他的想法，甚至沒人再提防他了，被忽視的滋味比被監視的滋味還難受。

八阿哥哭笑不得地說道：「聽你一說，倒是我和九弟最快樂了。」搖了搖頭，他又笑道：「你們聽聽，他這個活得最久的人反倒抱怨得最多，有這個道理嗎？」

六人聽著都笑了，還沒笑夠，就見外頭一個小鬼進來說道：「你們六個聽著，王爺有令，傳你們去大殿。」

六人相視一笑，心想，這就來了，終於要知道原因和結果了。

胤禎冷冷一笑道：「你下去吧，我們這就過去。」

說得那小鬼一愣。這傢伙夠狂的啊！

十三阿哥不耐地瞪著小鬼。「還不快滾？還等著爺給你賞錢啊？」

十四阿哥則直接給了他一腳，罵道：「鬼東西，再不滾，爺就把你拆著吃了！」這幫王八蛋，剛才拘他的時候竟敢拿鍊子鎖他，還纏著他要錢，呸，也不看看爺是誰?!

那小鬼被踹得一機伶。秦廣王本來是派白無常來的，可他就是不來，反倒以權謀私叫他過來受氣，又不是他招惹他們了，幹麼拿我出氣啊？嗚嗚……欺負他是小鬼啊？倒楣透了！

見那小鬼哭喪著臉走了，六人斂了笑意，低聲商議起來。

許久之後，六人才滿意地起身，換好了衣服往大殿走去。經過奈何橋的時候，六人都站住了，看著來來往往的鬼魂都難免要喝一碗孟婆湯，心裡俱是一驚——若是喝了這湯，將來就是轉世，又該如何去找她們？

胤禛回頭說道：「你們看……」

「呵呵，爺可不喝那玩意兒。」十三阿哥傲然地說道。「爺還要找我的玉玉去呢！」

九阿哥和十四阿哥也點頭道：「是，我們也不喝。」

八阿哥淡淡一笑道：「我也不喝，若是喝了，就把你們都忘了。」

老十嚷道：「誰要敢叫爺喝那玩意兒，爺就劈了他！」

胤禛舒心地一笑道：「好，這才是我的好兄弟，想不到咱們兄弟居然在這地獄裡化干戈為玉帛了。」接著，他又漫聲吟道：「前塵往事一夢遙。」

九阿哥微笑道：「須與便至奈何橋。」

十三阿哥笑道：「是非恩怨隨風逝。」

八阿哥感慨道：「愛恨情仇轉眼消。」

十阿哥大聲道：「若使來生能重聚。」

十四阿哥大笑道：「擎杯把盞喜相邀。」

胤禛看著八阿哥，笑說：「兄弟齊心金玉斷。」

八阿哥會心地一笑說：「神愁鬼怕再逍遙。」

六個人的雙手相互握在一起，暢快地朗聲大笑起來，笑得四周的孤魂野鬼膽戰心驚的。

這六人在幹麼？還從沒見過在地獄裡笑得這麼高興的哩……

第四十一章　轉世

六人來到大殿，只見兩側站著一些鬼吏，如最有名的判官、牛頭馬面和黑白無常，還有一些叫不出名字的鬼吏。

秦廣王高居首座，神態威然，一副藐視眾生的樣子。看見幾人進來，牛頭大聲說道：「爾等還不快跪下？」

胤禛淡淡說道：「朕生前是天子，這幾個也是王爺貝勒，除了天地君親師不跪他人。」

「你——」牛頭立刻惱怒起來。

「哼！」白無常陰陽怪氣地說道：「你也知道那是生前啊？既然知道了還囉嗦什麼？這裡是地府，可不是大清朝。再說了，我王也是神仙啊！」

「是嗎？就算他是，也不在我四哥所說之列啊。」八阿哥涼涼說道。「請問秦廣王，您是天是地？是君是親還是師？」

殿上的所有鬼吏，包括秦廣王本人都呆住了。

秦廣王心想，是啊，我是什麼？天？呃，要是讓玉帝知道了……是地？似乎地藏王比我大吧？君？嘖，勉強可以挨得上邊，可是我還得管玉帝叫陛下哩。親？還是算了吧，給這幾塊料做爹，還不如死了得了呢，光看紫微那老傢伙每日長吁短嘆的樣子就夠了，簡直就是生不如死啊。師？太離譜了吧?!唉，鬧了半天，本王什麼也不是，嗚嗚……

見秦廣王默然不語，六人會心一笑。

胤禛看向八阿哥。八弟，好口才。

八阿哥淡淡一笑。呵呵，四哥過獎了。

秦廣王羞惱地看著底下六人眉來眼去地交流，心想，就快滾蛋了，本王終於可以過幾天舒心日子了！哼，下回再來，可沒這麼好的待遇了。

「嗯哼，你們聽著，本王決定要你們在今日轉世投胎了。」

六人皺起眉頭。他們還有事情沒弄明白呢，怎麼這就走了嗎？

胤禛想了想問道：「請問王爺，我阿瑪在嗎？」就是不在，他這裡也應該有答案的。

秦廣王冷哼了一聲。「他在又如何？不在又如何？他不在你們就不投胎了嗎？」

胤禩微微一笑道：「話不是這麼說的，我們想找皇阿瑪問些事情，如果王爺的確不能辦到，我們兄弟也不為難您了。只是，要我們轉世投胎的話……」

「怎樣？」秦廣王追問道。

九阿哥嘲諷地說道：「要我們投胎轉世也可以，但是我們有幾個條件。」

「什麼條件？」秦廣王覺得自己的頭隱隱有些作痛。這幾個傢伙沒一個是省油的燈，如今湊在一起又和好如初了，更加難對付了。

「也沒什麼大不了的。」十四阿哥淡淡地說。「第一，我們要去三百年後。」

「第二，我們還做兄弟。」八阿哥看了看幾個兄弟微笑道。

「第三，要保證我們能夠找到萍兒她們。」九阿哥搖了搖扇子——他的小狐狸啊，爺這就去找妳了！

「第四，我們要變得年輕一些，長得最好還是我們自己的樣子。」十三阿哥忍著笑說道。要是自己現在這個樣子去見玉玉，她還不被嚇跑了？

「第五，我們要和自己喜愛的人白頭到老。」胤禛淡淡地說道。

「第六，爺還要過逍遙自在的日子。」老十大刺刺地說道。

秦廣王的臉隨著他們的話越拉越長，臉色也越來越難看——這幾個傢伙還真是狡猾，難道他們知道了什麼嗎？不會啊，這是怎麼回事？

他還沒想明白，就聽胤禛又補充道：「最重要的是我們不喝孟婆湯，還有別把我們弄得太年輕了，和冰兒她們一樣就行了。」不說清楚只怕這傢伙搞鬼。

秦廣王咬牙切齒地說道：「你們當這兒是什麼地方啊？大清朝的乾清宮還是養心殿？還敢和本王提條件？簡直就是不知死活！惹惱了我，現在就把你們投到畜牲道去！」他站起來在上頭大呼小叫地咆哮，嚇得底下的鬼吏膽戰心驚——老大發火了，這幾個傢伙的膽子還真大。

與秦廣王暴怒的樣子相反的是六人的悠閒和波瀾不興的神態。十三微笑道：「哥哥們，我覺得這地府住得還挺舒服啊，你們覺得呢？」

十阿哥咧嘴一笑。「是啊，我也覺得很好呢，又不愁吃穿，又不用費神，逍遙自在的好不快活啊。」

九阿哥點點頭笑道：「嗯，你們說的正如我所想，真想就這麼待下去了，呵呵。」

十四阿哥故意問道：「真的嗎？既然如此，我也不去投胎了。投胎有什麼好的，還不是再受一次苦？倒不如在這兒逍遙快活呢！」

秦廣王氣得直翻白眼，難怪連紫微那老傢伙都被氣死了。

說到紫微，他就一肚子氣，都是他惹的禍，還要假裝仁慈地給他們一次選擇的機會。這可好，全推到我這兒來了，連那幾個丫頭的去留都得本王親自操心，活見鬼了！

胤禛冷道：「如果秦廣王果真可以把我們隨意處置的話，還用把我們留到現在嗎？」當他幾十年都白活了啊？哼。

「你……你們……」秦廣王氣得都說不出話來了。簡直就是自己找罪受嘛！

胤祺眼見秦廣王要發瘋了，軟言說道：「王爺大可不必如此生氣，我們也是無奈啊，前生所受之苦太多了，若能投胎，當然希望由王爺您作主，給我們一個好的人生。」他看了看秦廣王右側身後的紗簾，露出一個顛倒眾生的迷人笑容。「是吧，王妃？」

「嗯？」所有人的目光都轉向那邊，只見紗簾後走出一個宮裝麗人——秦廣王的王妃。她娉娉婷婷地自簾後逶迤而出，眉梢眼角風情盡顯，黛眉如畫，杏眼含情，瓊鼻瑤柱，菱嘴微彎，身形婀娜多姿，行動時宛如弱柳扶風。

她朝胤祺溫柔一笑，又掃了掃其他幾人，就這麼大大方方地飄了出來。

她的飄可不同於鬼魂的那種飄，而是走得如凌波微步一般，再加之神采非凡、顧盼生姿，看上去就像仙女渡雲而來一樣。

她的出現使得剛才還劍拔弩張的大殿頓時安靜下來，胤禛幾人不禁在心下暗嘆，難怪秦廣王會如此緊張了，要是自己有這麼個老婆，大概連門都不讓她出了，何況，那秦廣王長得又如此、如此……特別，豹眼獅鼻，絡腮長鬚，雖然是個掌管生殺大權的人物，可與八爺胤禩一比就……

王妃走近玉階，朝上面滿臉緊張的秦廣王笑了笑，說道：「王爺就別為難他們了，紫微大帝還在後殿等著他們呢。」

秦廣王忙陪笑道：「是，王妃說好就好。」他抬頭對底下的六人說道：「你們聽見了吧，不是要見你們的老爹嗎？去後殿吧！馬面，你領他們去。愛妃，我們走吧。」說著就走下寶座，小心翼翼地挽起王妃的手臂往偏殿去了。

大家看得目瞪口呆的。這閻王爺也太……那個了吧！

剛要和馬面走的八爺忽然發現王妃趁秦廣王不注意時，朝他嫣然一笑，不禁暗自好笑。難怪秦廣王對自己從來就沒好臉色，呵呵。

朝她溫和地笑了笑，見她紅了雙頰，他便瀟灑地轉身昂然而去了。看得殿上的眾人都傻眼了，秦廣王也似乎發現了什麼，滿臉黑線地瞪了眾人一眼，又委屈地看了看他的親親王妃——啥時候才能讓他放心啊？唉……

六人跟隨馬面來到偏殿，老遠就看見一個人背對他們站著，六人狐疑地相互看了一眼。這背影不是皇阿瑪啊！

那人察覺到他們的到來，慢慢地轉過身來，眾人只覺眼前一亮。

此人生得實在是太好了，只見他頭戴紫金王冠，身穿玄色蟒袍，長相超凡脫俗，面色溫潤如玉，神態有如謫仙一般，真個是仙風道骨啊。這人是誰？

胤禛皺眉問道：「你是誰？」

馬面瞪了他一眼，對那人恭敬地作揖道：「小神給大帝見禮了，六人俱已帶到，大帝如無其他吩咐，小神就告退了。」

那人微笑道：「下去吧，煩勞你了。」聲音有如金珠落玉盤似的，煞是好聽，兄弟六人都覺心裡很是舒服，像被人溫柔地撫過一般。

「呵呵。」那人溫和地一笑道。「我這副面孔，你們自是不認得了，那這樣呢？」只見他原地轉了一圈，再轉過來的時候，變成了另外一副模樣，頭戴朝冠，項掛東珠，身穿皇袍，腰圍玉帶，腳蹬朝靴，面色白淨，在兩頰上隱隱有幾點麻子，略顯稀疏的眉毛微微地皺著，鼻直口方，神色淡然，頗具威儀。這是……

「皇阿瑪！」幾人異口同聲地驚叫起來。

此人正是康熙皇帝——愛新覺羅·玄燁。

六人立刻跪倒在地，匍匐著爬到他的腳邊哭了起來。

胤禛哭道：「皇阿瑪，兒子可是見到你了啊……皇阿瑪。」

其他人也大哭不止，唯有十三阿哥呆愣愣地看著康熙默然不語，康熙溫和地問道：「怎麼，胤祥不認識阿瑪了嗎？」

胤祥這才緩過神來，撲到他跟前大聲哭道：「皇阿瑪啊皇阿瑪……您的十三不孝啊，竟然沒能見到您最後一面……皇阿瑪啊，想死兒臣了啊……嗚嗚……」憋了多年的委屈和辛酸都在這一刻噴湧而出，他的模樣讓大家更是難過了。

康熙長嘆一聲道：「都起來吧，朕慢慢和你們說。」六人聞言趕緊爬起來，站到了兩邊，等著康熙訓話。

康熙微笑道：「都坐吧，別說這裡不是乾清宮，就真是在乾清宮裡，咱們父子說話也不用這麼規矩啊。」

六人恭敬地答應了，各自找了椅子坐下，胤禛忽地想起一事來——既然皇阿瑪在，他就不能再著天子裝束了，於是，他起身將身上的皇袍脫下，放在一邊才敢坐下。

康熙含笑看著他，點了點頭，道：「還是老四明白啊，只是，你大可不必如此謹慎小心了。」然後他又看了其他人一眼，微笑著說：「朕本是天上的紫微大帝，為昌盛我華夏國運才下界為人的。你們知道，大清開國之時殺戮過重，以至於民怨沸騰，大部分漢人都對大清心懷不滿，為了使我華夏子孫少受戰亂之苦，朕就決定托生於帝王之家，改革吏制，提倡滿漢一家，為的就是能使華夏大地得到一個休養生息的機會，而不致災禍頻發，民不聊生。可是，朕只顧江山社稷，卻對你們兄弟關心不夠，才導致日後的九龍奪嫡，禍起蕭牆啊！」說到這兒，他看了看胤禛道：「四阿哥，作為皇帝，你是個很不錯的帝王，刷新吏制，不畏流言，勤勉執政，克己律人。可作為兄長和弟弟，你就有欠公允了。老八他們固然有錯，你也不該如此趕盡殺絕；還有老三、老五、老七和十二，他們並未過多地妨礙到你啊，怎麼也一併處置了呢？所以，要朕說，你是一個好皇帝，可你不是一個好兒子、好弟弟、好哥哥。朕這麼說，你服氣嗎？」

胤禛羞愧地低下頭回道：「是，皇阿瑪教訓的是，都是兒臣不好。」

「嗯。」康熙搖了搖頭道：「也不全是你的錯，朕也做得不好啊，沒能給你留下一個相對穩定的朝局，以至於你登基後就要面對來自各方的壓力。」

「皇阿瑪——」胤禎聽到這裡，不禁失聲痛哭起來，只有皇阿瑪了解他的苦衷啊。

康熙安慰似地對他點了點頭，轉向八阿哥道：「胤禩，你一定很奇怪為什麼你會輸給你四哥吧？」

「兒臣不敢。」八阿哥忙不迭地起身說道。

「呵呵，你呀，這個口是心非的毛病幾時才能改啊？」康熙好笑地看著他，問得八阿哥俊臉一紅，低下頭不敢言語了。

康熙淡淡地說道：「你才德過人，又兼之在朝臣之中口碑甚好，脾氣稟性又和朕很是接近，你心裡一定覺得自己才是最合適繼位的人選吧？」說著就瞥了他一眼。「可是你卻忘了，朕在晚年的時候多次提出要整飭吏制，改變官場上的頹敗之風，因而一直不斷派你們兄弟出去辦差、歷練，為的就是擇一賢能之人繼位。可惜你和老九他們只是一味地怕得罪人，怕被別人戳脊梁骨，很多看似有風險、其實是最考驗人的差事都讓給了老四，而朕對你也漸漸失望了。朕要的是可以大刀闊斧改革創新的皇帝，是可以不畏後世評論的皇帝，是可以開建大清盛世的皇帝，可不是和朕這般心慈手軟的帝王。」

一番話把所有人都驚呆了。八阿哥艱難地嚥了嚥口水，囁嚅地說道：「皇阿瑪……」

「可惜，」康熙擺了擺手說：「你的野心使你最後的理智也跟著消失殆盡了，在老四登基後，你一次又一次地和他作對，終於招致他的嫉恨而將你罷官奪爵，甚至逐出宗族。」

四阿哥和八阿哥被說得紅了臉，低著頭一言不發，心裡對自己以往的行為也是後悔不已。如果他們那時像現在這樣該多好啊，唉，往事已矣。

康熙又看向九阿哥說道：「胤禟。」

九阿哥連忙答應了一聲，將身子往前欠了欠。

「你的額娘是朕的寵妃，你生下來的時候，朕喜歡得不得了。宜妃是個心高氣傲的人，為人雖說有些驕傲，對朕倒是一心一意的。老九，你的缺點就是私心太重。你和老八私下約定，若是他登基，將奉宜妃為皇太后，對不對？」

九阿哥尷尬地點了點頭。「是，兒子癡心妄想了。」

「嗯，你明白就好，還有，你不僅要將八阿哥捧上這寶座，實際上你自己也有稱帝的野心，朕說得對嗎？」

九阿哥冷汗涔涔地看著五個兄弟震驚的眼光，不好意思地說道：「是，兒臣曾有過此念，可是，兒臣自知才德比不過其他兄弟，就息了這個念頭了。」要不是康熙在座，他真想使勁地搧扇子。

康熙又看向老十說道：「胤䄉。」

十阿哥一聽叫到自己了，頓時就抖了一下——老爺子要開罵了。

「呵呵，朕不罵你。」康熙好笑地搖了搖頭。「你這孩子其實最是實心眼的，雖說文不成武不就的，倒也不失為一個孝子。可就是因為你凡事不上心，做事又著三不著兩的才會走到這一步。」

十阿哥嘆服地說道：「皇阿瑪教訓的是，兒臣受教了。」

康熙看向十三的時候，愣了一會兒才嘆道：「胤祥啊，你一直在奇怪為什麼朕對你會那麼嚴厲吧？」

十三阿哥恭謹地答道：「兒臣不敢，只是一直不明白四十七年一廢太子時，那封手札到底是何人所為。」

其他人也都看向康熙，等著他的回答。康熙莫測高深地一笑道：「是朕。」

「啊？」

「什麼？」

「皇阿瑪?!」

「天！」

「怎麼會呢?!」

幾人都驚呆了，胤祥的臉色最為複雜，他疑惑地看著康熙問道：「是您？可、可、可是，您為什麼要……」

康熙微一擺手道：「聽朕說完，朕之所以這麼做，為的就是想要保護你啊。」看了看底下的幾人，他又說道：「還記得朕曾幾次讓你單獨去祭泰山的事嗎？」

胤祥點了點頭。「記得。」

「知道朕為什麼要你單獨去嗎？這可是儲君才有的殊榮啊。」

「兒臣不知。」胤祥老老實實地說道。

「朕曾想要你克繼承大統的。」

康熙淡淡的話語卻在兄弟六人心裡掀起了軒然大波。

皇上曾經屬意於十三?!這、這……

康熙淡然地說道：「可朕曾經試探過你幾回，發現你一無野心，二無狠心，作為帝王，沒有這二心是不行的啊，你四哥就比你要強得多了，就是有些過了。」瞟了一眼怔愣的胤禛，康熙緩緩地說道。

胤祥驚異地說道：「皇阿瑪明鑑，兒臣自知不及四哥的德才兼備，可四哥也不是……」

「行了，你們的為人，朕還不知道嗎?接著說吧，朕回來刻意地疏遠你，甚至再三地對你多加斥責，就是想讓你遠離奪嫡的是非，想不到卻害你患上了絕症，唉，世事難兩全啊。」他嘆息著搖了搖頭。「胤禵，你的事朕就不多說了，想必這些年你自己也想明白了，難得你和老四能在活著的時候冰釋前嫌，朕對這點還是深感欣慰的。」

六人都說不出話了，康熙的話字字誅心，句句都打在了他們的要害之上，怎不教他們膽戰心驚呢？

康熙笑了笑說：「好在你們如今已經和好如初了，朕也就放心了。現在，朕要說的是關於你們今後的事。朕很內疚沒有好好地教導你們，使得你們兄弟鬩牆，手足相殘，為了補償你們，朕特意奏請了玉帝，准你們在死後自己選擇來世，這就是你們一直滯留在此地的原因了。朕知道你們中的幾人和那幾個來自三百年後的小丫頭姻緣未斷，所以，只要你們願意，就可以選擇轉世到三百年後去。」

六人一聽頓時大喜過望，連忙趴到地上連連磕頭。

康熙微笑道：「其實，若不是你們自己已經冰釋前嫌，朕也不會如此了。都起來吧，朕還有事，不能在此地久留。」

「皇阿瑪，兒臣們捨不得您啊！」胤禛哭著抱住康熙的大腿嚎啕不止，八阿哥和九阿哥幾人也是痛哭流淚。

康熙的臉上現出一絲苦澀，可馬上就被從容和淡然代替了。他是紫微大帝，若不是為了和這幾個在塵世的兒子緣分未斷，也不會和他們說這麼多了。往事如煙，終會煙消雲散啊……

不知他使了什麼法術，六個人都抓不住他了，只見他微一轉身又恢復了先前的仙人打扮，灑然一笑。「前緣已了，萬事皆空，哈哈哈哈……」說罷便悄然而去，六人這才能夠活動，跪著爬到門口，看著他消失的地方大哭不已。

哭了良久，六人才勉強停住。胤禛唏噓著說道：「阿瑪的話讓我們全都明白了，唉，都是我們不好啊，害他老人家位列仙班都不能放心。」

八阿哥點頭道：「是啊，若不是我們一味地胡鬧，他老人家也不會……唉，四哥，您還怪我嗎？」

胤禛真誠地笑說：「不怪不怪，若說怪，第一個就該怪我，是我不好啊。」

十四阿哥不耐地說道：「得了，四哥、八哥，你們倆的事以後再說吧，咱們現在當務之急是要和秦廣王談談轉世投胎的事啊。」

九阿哥和十三阿哥也點頭稱是，十阿哥嚷道：「我不管，反正我要和你們在一起！」

「嗯。」八阿哥看向胤禛問道：「四哥，您還願意帶著我們嗎？」

「呵，說的什麼話？要是不能在一起，我寧願不去投胎轉世。」

「好！」十三阿哥大聲叫道：「就讓我們兄弟來生還在一起，永不分離！」

「對，十三哥說的對！」十四阿哥兩手一拍，激動地看著大家。

六人的手再一次握到了一起，志得意滿地回了大殿。

大殿上，秦廣王正一臉不耐地聽著鬼吏報告，看見六人昂首挺胸地走了進來，不禁暗自呻吟了一聲，又來了，紫微那老傢伙就會玩這手，自己瀟瀟灑灑地完事走人了，留下這幫傢伙都來煩他，哼！老東西，改明兒可別想上我這兒來蹭酒喝了。

「嗯哼。」秦廣王威嚴地揮退了鬼吏，看向六人問道：「都明白了嗎？」見幾人點頭，他又道：「那你們就準備投胎吧。牛頭——」

「慢著。」胤禛抬手阻止了牛頭，看著秦廣王問道：「我們的條件不知王爺可能答應？」

秦廣王忍著氣說道：「那麼多的條件怎能一一做到？就拿你們要做兄弟來說，三百年後的人已經不再生那麼多的孩子了，教本王上哪兒找去？」

八阿哥淡淡地笑道：「無妨，那我們只好繼續在此地叨擾王爺了。」哼。和我們鬥?!

秦廣王的面孔有些扭曲了。再讓他們待在這兒，本王的地府就要翻天了。聚靈閣如今就沒人——喔，不，是沒鬼敢住了，說那裡怨氣太重、煞氣太濃云云。

正僵持著，判官忽然走到他的身旁，在他耳邊低語了幾句，就見秦廣王的臉上漸漸現出笑容。

「好，你們的條件，本王答應了，正好有六兄弟陽壽到頭了，你們這就去吧。」嘿嘿，讓你們跟本王作對，等你們醒了就知道了。不是想追那幾個丫頭嘛，好，本王就讓你們如願，只是……嘿嘿嘿！

六兄弟你看看我、我看看你，都有些納悶。胤禛狐疑地問道：「我們還是親兄弟？」

「嗯。」很親很親的兄弟，呵呵。

「那我們去的是蘭兒她們所在的年代？」十四不放心地問道。

「是。」

「我們不老？」十三阿哥也有些懷疑。

「不老。」真囉嗦，怎麼和唐僧似的？

西天如來處，金禪長老的眉毛一抖。秦廣王又在說我的壞話了？

「我們能夠和她們白頭偕老？」九阿哥皺眉問。

「嗯。我說你們走不走啊？再不走，那幾人就死透了，你們也別想去了！」快滾吧，再不滾本王就要瘋了！

六人一聽就急了，十阿哥白了秦廣王一眼，說道：「知道來不及，還和爺廢話?!」

「牛頭馬面、黑白無常，快給本王把這幾個傢伙帶走，別讓我再看見他們了！」一群禍害！

六人終於被帶出了大殿，卻沒走奈何橋，而是來到一扇門前。

幾人奇怪地問道：「這是哪裡？」該不會那傢伙公報私仇，想害他們吧?!

白無常的嘴角一抽。「我家王爺哪有你們想的那麼齷齪？快走吧，再不走就真的來不及了。」

六人只好走到門前，十四阿哥推開門一看——那邊白茫茫的一片，什麼也看不見，回頭問道：「為什麼我們不走奈何橋？」

黑無常不耐地答道：「因為你們不是投胎，是借屍還魂。」

「那這裡是——」十三的話還沒問完，就被身後的四個鬼吏給踹進去了。

接著，四鬼又以迅雷不及掩耳之勢將幾人都踹進了門，然後，四鬼賊賊地一笑道：「可是滾蛋了，哈哈。」

牛頭說：「走，回去放炮驅鬼去。」

白無常冷笑道：「驅鬼？連你自己也驅嗎？白癡。」

「哼。」黑無常冷冷地瞧了他一眼，轉身走了，白無常緊隨其後。「老黑，一會兒咱哥兒倆上哪兒樂呵樂呵啊？」

黑無常沈默了一會兒，說：「還是得月樓吧。」

「哈哈哈哈……」二鬼神經兮兮地大笑著走了。

剩下牛頭馬面面面相覷——他們要去得月樓？嘿，咱倆也去瞧瞧熱鬧得了。

「哈哈……」這二鬼也勾肩搭背地走了。

再說，胤禛六人眼前一黑，就什麼都不知道了，當他們再次醒來的時候——

「嘿嘿嘿……」秦廣王狡猾奸詐的笑聲在已經昏迷了的六人腦海裡迴盪著。

第四十二章　重逢

麗珊和青萍坐在酒會的角落裡，無聊地喝悶酒。

「都這麼多天了，他們怎麼還不來啊？會不會……」青萍擔憂地問道。

「我也不知道。」麗珊皺著眉說。「我都快瘋了，唉……」

「混蛋！」嬌蘭怒氣沖沖地走過來罵道：「這個王八蛋！惹火了我，我滅了他！」

秀眉隨後跟過來勸道：「得了，小辣椒，別理他就是了。」

「怎麼了？」青萍狐疑地問道。

「還不是那個什麼高官的公子看上蘭豔了，一晚上都色迷迷地圍著她轉，還想藉機揩油。」秀眉無奈地說道。

「哼，再招惹我，我就掐死他！也不看看他那德行，長得跟ET似的，還敢往我面前湊。」蘭豔已經瀕臨失控了，抄起一杯伏特加就灌了下去。

青萍和麗珊歪頭看了看，哪有她說的那麼恐怖啊？長得挺帥的嘛，不過，再帥也比不上她們的那幾位爺啊。

「算了，再坐一會兒就走吧，我也累了。」麗珊把杯中的酒喝淨了，就要起身，忽然，她的電話響了。

「喂？」

「小姐，不、不好了，我們出車禍了！」那邊傳來阿德焦急的聲音。
「什麼？你說什麼？俊和梓恒沒事吧？」麗珊立刻緊張起來。
「少爺他們沒什麼事，只是……」阿德猶豫地說。「只是對方好像情況不大好。」
「天。死了嗎？」
「還沒有，就是都昏了。」阿德戰戰兢兢地回答。
麗珊不禁用日語說了起來。青萍三人面面相覷，還是頭一次聽她說日語呢。電話那邊傳來阿德的聲音，她的臉色越來越難看了，然後，那邊又嘰哩咕嚕了一陣，她皺著眉掛了電話，沈著臉說道：「俊他們出車禍了。」
秀眉問道：「你們剛才說的是什麼？」
麗珊答道：「我罵他混蛋，問他們在哪兒，他說在人民醫院。走吧，我要趕快去看看。」說完就快步走向門口，青萍三人也緊隨其後。
四人以最快的速度來到醫院，就見阿德站在走廊上，頭上纏著一圈紗布。看見她們來了，馬上給麗珊來了個立正。
「對不起，大小姐，是我的錯。」
「誰的責任？」麗珊不耐地問道。「俊他們呢？」
「是我不小心的。少爺他們在那邊檢查呢，只是皮肉傷。」
「嗯，對方呢？」
「全在搶救呢。」

「全？」青萍狐疑地問道。「幾個人啊？」

「六個。他們坐的是商務車，因為閃避我們就翻車了。」阿德愧疚地說道。

「天……警察來了嗎？」麗珊呻吟了一聲。居然一次撞了六個？

「來了，做完筆錄就走了。」

麗珊點點頭說：「先帶我去看看俊和梓恒。」

「是，小姐請。」阿德往旁邊一側身，讓麗珊她們先走。

來到急診處，就看見齋藤俊和羅梓恒都在那兒包紮。

「千代！」齋藤俊驚喜地看著麗珊。「我們沒事，就是對方……對不起了。」

羅梓恒咧著嘴抱怨道：「都是阿德，沒事非和人家較勁……唉喲，妳輕點行嗎？」他瞪著小護士說道。

麗珊皺著眉說道：「算了，別說這些沒用的，你們先待在這兒，我去看看傷者的情況。」說完她走向手術室，青萍她們也跟了過去。

來到手術室的門口，剛好看見幾張床被推了出來。推床的護士說道：「奇怪，剛才明明都沒呼吸了，居然又活了？」

另一個護士答道：「別說了，妳想挨罵啊？」

「喔。」幾人不再說話，把床推到了電梯旁。麗珊走過去問道：「請問，這幾位是剛才車禍的傷患嗎？」

小護士看了她們一眼，有些驚訝地問道：「妳們是他們的家屬嗎？」

麗珊搖搖頭道：「不是，我是肇事者的家人。」

幾個護士都愣了——傷患的家屬沒來，肇事者的家屬倒是來得挺快的。

「他們怎樣了？」青萍眼見麗珊的臉色難看起來，趕忙開口詢問道。

「喔，沒事了，很快就會醒了。」說到這個才奇怪，明明已經斷氣了，可一眨眼又好了，而且脈搏和呼吸也正常了。

「嗯，知道了，謝謝妳。」青萍對護士點點頭，轉身對麗珊說道：「我們等等吧，看看他們的情況再走。」麗珊微一頷首，盯著幾張床被推進了兩座電梯裡。

「我們先去看看俊和梓恒吧。」回過身往外科走，才走了幾步，她就看見齋藤俊和羅梓恒迎了過來，身後還跟著沒精打采的阿德。

長嘆一聲，麗珊有些疲憊地說道：「你們先回去吧，阿德，開我的車吧，小心些。」

「那妳——」齋藤俊問。

「我一會兒再走。」

「喔，好吧。千代，對不起，給妳添麻煩了。」齋藤俊不好意思地說道。

麗珊的嘴角抽了一下，說道：「沒事，人不是好好的嗎？賠償金我會從你們三人的戶頭裡扣的。」

麗珊不再看他們，按下了電梯按鈕。齋藤俊和羅梓恒三人只好往樓梯走去——這會兒和她搭同一台電梯會死得很慘。

來到七樓的病房門前，麗珊站了一會兒，又轉身走向護理站。

她要先了解一下這幾人的傷勢到底如何，也好想想對策。

胤禛艱難地睜開眼睛——這是什麼地方？白色的房頂，白色的牆，白色的……都是白色的，靈堂嗎？他掙扎著坐起來。

「嘶——」好疼啊，渾身跟散架了似的，他低頭看看，天啊，怎麼……身上穿著樣式奇怪的衣服，手上包得跟饅頭似的，腿也被夾得緊緊的。這是什麼狀況？老八他們呢？記得上一刻他們還在地府裡啊，難道……

「八弟？九弟？十三弟？十四……」自己的聲音好像不同了？

「我在。」一個陌生的聲音響了起來，語氣倒是很像八阿哥。

看向旁邊床上的人，胤禛問道：「你是八弟？」

「嗯，是我，四哥。」胤禩呻吟了一聲。「這是哪兒啊？我怎麼渾身都疼？」

胤禛皺眉道：「不知道，大概是靈堂。」秦廣王不是說那幾人快死透了嗎？

「靈堂?!天。」八爺哀叫了一聲。「我們是從靈堂上活過來的嗎？」

「什麼靈堂啊？」又一個陌生的聲音響了起來。

八阿哥問道：「你是誰？老九？老十？十三還是十四？」不一樣的聲音和樣貌讓他不敢認了。

「我是胤祥。」那人坐了起來。「我的額娘啊！這是哪兒？」十三阿哥失聲驚叫起來。

「靈堂。」胤禛淡淡說道，轉頭看了一眼，立刻傻眼了。

老八和老十三居然長得一樣，天……

「你、你們……」他指著兩人，就是說不出來。

八爺也覺得有些不對，怎麼似乎四哥和十三長得一樣呢？那自己……

「唉喲喂，疼死爺了……」不用問了，這準是十阿哥胤䄉了。

「十弟。」

「老十。」

「十哥。」

這倒是省得問了，十阿哥坐起來的第一句話也是——

「這是哪兒啊？」

十三阿哥笑說：「靈堂。」

「呸，真晦氣！怎麼跑到靈堂來了？」十阿哥不高興地抱怨道。

「呵呵，得了十哥，能活就不錯了，還管他什麼靈堂不靈堂的。」十三阿哥笑著說道。

「哼，這個秦廣王，真不是個東西。」十阿哥嘟嘟囔囔地罵道。

「嘶——」又一位醒了。「這是哪兒啊？」

「靈堂。」四人異口同聲地回答。

「靈堂？我又死了嗎？不對啊，秦廣王不是讓我們活了嗎？爺的扇子呢？」這是九阿哥了，只有他才老是找扇子。

「九弟，你還好吧？」八爺擔心地問道。怎麼老九也……

九爺還沒說話，就聽——

「天啊，這是哪兒啊？」

「靈堂。」這回是五個人一起說的。

「啊?!靈堂？爺怎麼到這兒來了？」這是十四了，因為已經沒疑問了。

胤禛皺眉說道：「我們來的地方和時間對嗎？還有，我們要怎麼找她們啊？」

八阿哥搖搖頭說：「不知道。」然後他想起自己心底的疑問，開口說道：「四哥，咱們的長相……」

胤禛剛要說話，就見那扇白色的門開了，陸續進來四個人。

壞了，流鼻血了。

不能怪他們會失態，實在是他們從來沒見過如此裝束的女人。

第一個穿的是白色長袍，只是胳膊和肩膀都露在外面，只有一條細帶子吊在脖子上，而且她轉身的時候，他們看見她的後背居然是全裸的。

第二個是一身黑色連身短裙，短得幾乎整條大腿都露出來了，照舊露著肩膀和胳膊，而且領口開得好低，低得他們都快看見……

第三個穿著天藍色的低胸短裙，上身的布料大概比大清女人的肚兜用得還少。

第四個人一身火紅裙裝，同樣是暴露到不行的那種。

這樣的裝束能不讓幾位爺流鼻血嗎？他們甚至不好意思看人家的臉了。

這幾個是……是妓女嗎？

了。

蘭豔嘲諷地看了他們一眼，慵懶地靠在門上說道：「狐狸，我知道我們是美女……」

秀眉忍著笑說：「可也沒有美到讓六個一模一樣的帥哥同時流鼻血的地步吧？」

青萍翻了個白眼，道：「白癡。」

只有麗珊的表情正常一點，冷冷地打量他們——居然是六胞胎，他們的老爹實在是太厲害了。

青萍和麗珊對望了一眼，均在對方的眼中看到了戲謔的光芒。

聽到她們的話，十四頓時抬起頭，震驚地看著她。「蘭兒？妳是蘭兒嗎？」

蘭豔渾身一震，手裡的皮包掉在地上。這個世上只有一個人會這樣叫她，就是她的胤禵。

「胤禵？」不敢相信地喊出這個名字，她不知所措地看了看同樣震驚的三人。

「老天！是我，蘭兒，我的蘭兒……」胤禵的眼睛模糊了。他的福晉，他的蘭兒，終於又見到她了。他張開雙臂……

「嘶——」疼死了！十四阿哥懊惱地看著自己被包得恐怖的雙臂。

「不會吧？」青萍驚異地說道：「這也太、太離譜了吧？」她看著六張一模一樣的臉——這是誰和誰啊？

麗珊拽住要撲過去的蘭豔，看向六人問道：「你們都是誰？自己報上名來。」胤禛在嗎？

「冰兒，我是胤禛。」四爺首先微笑起來。找到她們了，居然一來就見到她們了，呵呵，太好了！

「胤禛?!」是她的胤禛，只有他才有那樣的眼神、那樣的神態，冷冷的、淡淡的，卻在看著她的時候暖暖的、柔柔的。

「是我。冰兒，我來找妳了。」胤禛欣喜地看著他的寶貝一步一步地走了過來，走到床前，走到他的身邊，也重新走進他的生命裡。

「那妳們？」青萍指著其他五人問道。

「萍兒。」九阿哥首先叫了出來，他的小狐狸啊……

「我是胤祥，玉玉。」他的玉玉和走的時候差不多啊！

接下來的場面有些混亂，四個女人抱著自己的愛人痛哭不已，六個男人則是三種神態。

胤禛和胤禟四個自是又哭又笑的，十阿哥已經呆滯了，八阿哥則是滿臉苦澀。

冰珊的眼裡，永遠都只有四哥。

哭夠了，青萍皺眉問道：「你們怎麼會長成一個模樣了？」

胤禛沈下臉說：「都是秦廣王搞的鬼。」

「秦廣王？是誰？」麗珊疑惑地問道，順便把他的枕頭墊到他背後。看看他都傷成什麼樣了？

「嗯……他是地府裡的閻王。」

接著，六人就把在地府裡的情況說了一遍，聽得麗珊她們瞠目結舌。

「還真有地府啊?!」秀眉咋舌道。

「是啊，我們就是從那兒來的。」胤祥溫柔地看著他的玉玉，現在就只能看著了，手腳都不能動呢，真鬱悶。

「呵呵，有趣。」青萍捂著嘴笑了起來。

九阿哥不悅地看著他親親福晉的衣服問道：「幹麼穿成這樣？」讓他看見也就罷了，可這兒還有別人呢。

「怎麼了？今天參加酒會去了，自然要穿得正式一點啊。」青萍一時沒緩過神來，順口說了一句。

「正式?!正式的都這樣了，那不正式的還不得——」九爺說不下去了，正式的衣服都露成這樣了，那不正式的會不會……天，他的心臟啊！算了，還是先顧他的鼻子吧，又流血了，因為小狐狸彎身的時候，把胸前的春光送得他滿眼都是。

「嗯哼。哈哈哈哈……」青萍忍不住大笑起來，她的禟禟居然在流鼻血，呵呵。

她這一笑不要緊，惹得麗珊和秀眉也笑了起來。

這六人是從大清朝直接過來的，自然對現代的裝扮難以接受，可是，要是他們老這樣的話，以後她們就要多備些補血的保健食品了。

被她們笑得有些惱怒了，六個男人的臉色都黑了。

胤禛生氣地說道：「以後不要穿這個了，簡直就是傷風敗俗。」

十三和十四也點頭稱是，老十倒是不大在意——養眼得很啊，不過，他可不敢說，免得被那幾個打死。

八爺皺眉道：「妳們的裝束太過、太過……驚世駭俗了。」想了半天才勉強想出這麼一個不大傷人的辭彙，其實他是想說：「妳們穿的根本就不叫衣服。」

「呿——大驚小怪。」蘭豔翻了個白眼。「這在現代很正常的，這兒可不是大清朝，你們最好有心理準備。」

「準備什麼？」老十連忙問道，要是讓他看美女的話，就不用準備了，他的適應能力很強的。

「就是這裡的一切都和你們所處的時代不一樣了，你們要有接受新事物、新身分的準備。」青萍淡淡說道。「在這裡，女人和男人一樣獨立自主，有自己的事業和社會角色，不再依靠男人生活了。還有，現在沒有皇帝，也沒有那些封建制度了，所有人都是平等的。」

胤禛點了點頭。麗珊和他說過一些的，可其他人就……

「那我大清的天下呢？」八爺馬上就急了。

「滅亡了。」麗珊淡淡地回答他。「早就滅亡了，任何阻礙社會發展和進步的制度，都會逐漸被新制度和政權所替代。封建制度早就過時了，現在掌管國家政權的都是由人民、也就是老百姓選舉出來的。如果他不能讓這個國家進步富強，百姓就會讓他下臺。」簡單地替他們解釋一下，麗珊看著幾人不以為然的神色，嘲諷地說道：「你們想想，如果社會不進步，那麼我們很可能還處在茹毛飲血的蠻荒時代。」

「可、可是，我大清還在鼎盛時期啊！」胤禩忍不住反駁道。

「那是三百年前好嗎？」蘭豔忍不住瞪了他一眼。「你可別忘了，現在是二十一世紀，可不是十七世紀。」

「可我還是覺得難以接受。」十三也鬱悶地說道。

「呵呵，胤祥不鬱悶喔，有我在啊，回來我給你慢慢地講啊。」秀眉笑咪咪地把水杯端到他的嘴邊，溫柔地餵了他一口。「乖喔，等你好了，我們就回家啊。」看他喝了一口，秀眉又溫柔地給他擦了擦嘴角。「真乖，胤祥好棒喔。」

「噗」的一聲，就見怡親王把好不容易才喝進去的水又吐出來了。

他死的時候都四十多了，用得著這麼跟他說話嗎？

「噗哧。」其他八人都笑了，這個白骨精可真是和原來一樣啊，永遠都長不大。

大家都笑起來，只有胤祥的臉色發黑。爺的一世英名啊……

秀眉則不高興地說道：「有什麼好笑的？」可惜，大家都忙著笑了，根本就沒人理她。

「喂，你們安靜點，這是醫院，你們這麼大吵大叫的，別的病人怎麼休息啊？」小護士推開門就是一頓訓斥，麗珊幾人連忙道歉，保證不會再大聲說話了，才把那位「晚娘」打發走。

八爺狐疑地問道：「醫院是什麼啊？這裡不是靈堂嗎？」

四人愣了一會兒才想明白他的話，不禁又笑了出來，怕聲音太大了會把那位「晚娘」招回來，只好趴在他們的被子裡悶笑。

「怎麼了？這裡不是靈堂嗎？」胤祥納悶地問道。

「靈堂?!老天。珊，妳和他們說，我受不了了，哈哈——唔。」青萍才笑了兩聲又趕緊把嘴捂上了，實在是太好笑了。哈哈哈哈……

麗珊忍著笑給他們解釋了一遍，又和青萍她們不厭其煩地回答了不少的問題，終於，十個人都睏得不行了，天也快亮了，病房內終於安靜下來了。

五天後，六個傷患終於可以出院了。

一大早，麗珊就和青萍她們開車來接人。這幾天裡，她們知道了這六人的身分。六兄弟是留美華僑的兒子，他們的爸媽可夠強悍的，一次就生了六個，此次回國一是來玩，二是要在國內發展，出事的那天，他們剛和一家企業談妥一個合作計劃，可還沒等回到飯店慶祝就全體玩完了，若不是胤禛他們正好出現，可以預見這六兄弟的父母一定會肝腸寸斷的。

現在當然不用再住飯店了，麗珊四人決定先把他們接回自己家再作打算，誰要她的房子最大呢？

還沒走到停車場，四爺等人已經是目不暇給了。這裡的一切對他們來說都是新鮮和陌生的，沒有一樣是他們熟悉的，六人隱隱覺得自己所知的、所會的都派不上用場了，不安充斥著幾人的心裡。

今天，為了接他們出院，麗珊特意把俱樂部的那輛商務車開了出來，而且，青萍和蘭豔也開了車來，只有秀眉沒開——她的技術實在是太糟了，路考考了十多回都過不了，考到教練一見她就說肚子痛，連報名處的人都裝作看不見她。

各自上了車，當然是胤禩坐蘭豔的，九爺坐青萍的，其他人則全都上了麗珊的車。

路上……唉，一言難盡啊！

第四十三章　新生

往車上一坐，四人的眼睛就不夠用了，看看這兒摸摸那兒，新鮮得不得了。四爺和八爺還好，可老十和十三就跟兩隻猴子似的。

秀眉調侃道：「我說你們兩個也老大不小的了，怎麼跟個孩子似的？」

十三阿哥有些不好意思，就端端正正地坐直了身子，不再亂動了。老十卻撇嘴道：「說什麼呢？爺沒見過，不行啊?!」

說得幾人都覺好笑，秀眉忍笑道：「是是是，您繼續，您繼續啊！哈哈。」四爺和八爺也忍俊不禁，抿著嘴笑了。

麗珊回頭看了看。「坐穩了，我要開車了。」說完就一轉鑰匙，迅速地發動車子。

「啊——」四聲的驚叫同時響起，嚇得麗珊緊急煞車。

「砰！」四爺的頭又撞在擋風玻璃上了。「唉喲——」

四爺捂著腦袋，哀怨地看著麗珊說道：「妳就不能慢點嗎？」

麗珊抱歉地說道：「對不起，我聽你們嚷，以為出事了呢。」回頭一看，她就笑了。

只見八阿哥整個人都歪在椅子上，十三一頭栽進了秀眉的懷裡，老十……哈哈，他趴在地板上呢。

「哈哈哈哈……」麗珊忍不住大笑起來。這個老十，可真是服了他了！

十阿哥惱怒地爬起來說道：「妳想把爺摔死啊?!」

「呵呵，誰要你們亂叫的，活該。」麗珊眼一翻。「還不坐好？再摔，我可不管了啊。還有你，」她看向四爺。「把安全帶繫好。」說著就幫他拉出安全帶繫在身前，又回頭要秀眉幫那幾個也弄好了，才重新發動車子。

開了一會兒，就聽後頭的秀眉嚷道：「齋藤千代！妳給我開慢點，妳當這是妳的寶馬啊？」

麗珊的臉色一變。「白骨精，妳敢再叫一次？信不信我把妳踹下去？」

「喔，我錯了，可是，妳看看他們幾個都快昏倒了。」秀眉委屈地一邊給胤祥按摩胸口，一邊小聲地說道。

看看她的胤祥，臉都白了。

「喔。」麗珊有些抱歉地看了一眼旁邊臉色煞白的胤禎，柔聲說道：「對不起，我習慣了。」說著她放慢了速度，這才聽見四人的喘息聲。

老十捂著嘴，含混不清地說：「呃……我要吐了。」

麗珊的臉色立刻黑了。「你要是敢吐在我的車上，我就讓你原樣吃回去。」

「呵呵。」除了他倆，別人都樂了，想起了在夢園的時候，老十被銀子逼得含著冰塊的樣子了。這回可好，換了個殺傷力更大的了。

老十委屈地看了看眾人。「可、可我忍不住了。」

「秀眉，給他一個袋子。」麗珊嫌惡地說道。她最怕髒了。

「喔，好的，給你。」秀眉從椅背後的袋子裡拿出個紙袋遞給老十，然後就聽見——

「噁——噁——噁——噁——」

車上其他人的臉孔都扭曲得不行。這個老十也太讓人……噁心了。

好不容易到了住處，麗珊一甩車門就氣呼呼地出來。「阿德，出來，給我把車好好洗一遍！」氣死她了，車裡都是那種難聞又噁心的味道。

阿德一路小跑地過來說道：「大小姐，車不是昨天才洗的嗎？怎麼又洗啊？」

「要你洗，你就洗。要不，開到洗車行去吧，回來我找你還有事呢。」

「喔，好的。」阿德急忙跑到車前，傻眼了，車上的男人是誰啊？

胤禛皺眉看著自己身上的帶子，琢磨著如何解開，後面的秀眉在幫那三人依次解開安全帶。

麗珊見阿德發呆，不悅地走過來問道：「還不快去？」

「喔，是，大小姐。可、可那位先生……」幹麼老瞪著安全帶啊？

「嗯？」麗珊順著他的手指一看，呵呵，她的胤禛正跟安全帶較勁呢。她走過去幫他把安全帶解開，扶他從車上下來，又回頭看了看已然下車的四人，對阿德說道：「你先去吧。」然後就攙著腳步發虛的胤禛往大門走去。

一進門，就見齋藤俊和羅梓恒正在客廳的沙發上看電視，瞧他們進來，羅梓恒就起身。

「珊，回來——」咦？掛在他小妹身上的男人是誰啊？回頭看了看同樣一頭霧水的齋藤俊，狐疑地問道：「珊，這幾位是……」怎麼長得一樣啊？

「這些是我的朋友，從美國來的，最近就住在這裡了。」麗珊淡淡地說道。「秀眉，讓他們快進來吧，梓恒，你幫忙給他們泡幾杯茶吧。俊，麻煩你給餐廳打個電話，讓他們送桌飯菜來，嗯，加上你和梓恒、阿德，總共十三個人。」

齋藤俊和羅梓恒面面相覷地互看一眼——這幾個長得一模一樣的傢伙和小妹是什麼關係？居然能勞動他們家姑奶奶親自關心。

「快去啊。」麗珊不悅地責備，她的胤禛臉色還是白的呢。

好笑地搖了搖頭，齋藤俊走到胤禛跟前，溫和地笑道：「你好，我是千——喔，是麗珊的大哥齋藤俊，這位是她的二哥羅梓恒，很高興認識你們。」說著就伸出了右手。

胤禛納悶地看了他一眼，又看向麗珊。她哥哥和她不是一個姓氏？

麗珊面無表情地點點頭。

胤禛的眼神閃了一下，也伸出右手——上回麗珊回去的時候，她就和自己還有十四握過手了，只是，很不習慣罷了。

「你好，我是——」這具身體的主人叫什麼來的？

「他是邵家英，你叫他胤禛就行了。」麗珊趕緊替他解了圍。

「胤禛?!」

齋藤俊和羅梓恒都驚叫起來，惹得四爺他們一陣發愣。難道他們知道自己的身分？

「小妹，他就是那個讓妳哭得肝腸寸斷的胤禛？」羅梓恒嘴快地問道。結果就是險些得到一個超級大的黑眼圈。

「幹麼啊？又打我。」羅梓恒委屈地跳到齋藤俊的身後控訴道。

麗珊紅著臉斥道：「再多嘴，我就把你踹回日本去！」

「喔，知道啦。」羅梓恒黑著臉走去廚房泡茶了。

齋藤俊上下打量起胤禛——這個男人長相不俗，氣質沈穩，眉宇之間隱隱帶著三分凌厲和七分霸氣，是個人物，難怪會讓小妹茶飯不思了。不過，他真的患了絕症嗎？嗯，有可能喔，看看他的臉色——青白交錯，連走路都要他家公主扶著，唉，可憐的小妹啊，第一次動心居然愛上了一個將不久於人世的傢伙……

後面的八爺三人驚訝地看著麗珊和哥哥之間的互動，對她很是好奇。老十則對屋裡的一切擺設都驚奇不已。「咦？這是什麼啊？」他走到電視之前，用手指頭戳了戳螢幕，剛好鏡頭切換，只見剛才還巧笑倩兮的美女立刻變成滿臉皺紋的大媽。嚇得老十嚷道：「妖怪！」

四爺和八爺還有十三聞言嚇了一跳，忙朝他看過來，齋藤俊的臉色則怪異得很，忍著笑說道：「邵先生真幽默啊。」

麗珊怕他看出什麼，就推著他說道：「俊，你去放洗澡水，再拿來六套乾淨的衣服。」實在受不了他們身上的消毒水味了。

「喔，啊？我去放水?!」齋藤俊指著自己的鼻子說道。

「你去不去？」麗珊的臉沈了下來。

「去，我這就去。」有了愛人就不要哥哥了，呿。

齋藤俊嘟嘟囔囔地走了，羅梓恒卻轉了回來，端著一個托盤笑道：「茶好了。」這年頭還有人喝茶嗎？而且還是從美國回來的人？

麗珊接過盤子，給胤禛他們依次上了茶，又笑著問秀眉道：「白骨精，妳喝什麼？」

「我要可樂，加冰的。」然後就笑咪咪地看著羅梓恒一臉不甘地回廚房去，不一會兒，又拿出一罐可樂。「喝吧喝吧，小心喝成胖妹，沒人要妳。」

胤祥的臉頓時就沈了下來。「你說什麼呢？啊？」敢說他的玉玉沒人要？還反了他了？

「啊？我？我沒說什麼啊！」羅梓恒納悶地看著一臉狠厲的十三。這小子不會正好是白骨精的男人吧？

屋裡的氣氛頓時有些尷尬，正在此時，青萍和蘭豔領著九阿哥和十四進來了。一進門，青萍就抱怨道：「珊，妳上輩子是不是F1的賽車手啊？」

「哈哈，不說妳們的技術不好，還賴人家開得快。」秀眉幸災樂禍地說道。

「死人骨頭，妳欠揍啊？」蘭豔一把甩開旁邊的十四，走到秀眉跟前就想揍她。秀眉忙不迭地躲到胤祥身後，說道：「胤祥，你弟妹又要打我了。」

十三阿哥的嘴角抽了一下，雖然他也對玉玉這種惹是生非的習慣很是不滿，可畢竟和她幾十年都沒見了，哪裡捨得讓人打她？就張開雙臂對十四說道：「十四，還不把你的小辣椒拽回去？」

十四阿哥懶懶地說道：「爺身上沒勁。」笑話，坐車坐得頭都暈了。

麗珊淡淡地開口道：「得了，要打架的到外頭去，想在我屋裡鬧的最好有挨揍的準備。」她看向依然在研究電視的老十。「一會兒再研究吧，水大概也放好了，你們先去洗澡吧。胤禛，你和我上樓。青萍，妳們管好妳們各自老公，梓恒，你負責這兩人。」指了指八阿哥和十阿哥，然後也不管大家各異的臉色和羅梓恒的抱怨，拉著胤禛的手就上樓了。

羅梓恒目瞪口呆地看著麗珊拉著那個男人的手往樓上走，嘴裡嘟囔著：「什麼嘛……小妹幾時這麼開放了啊？真是的。」他看了看呆愣愣的八阿哥和十阿哥，不耐地說道：「走吧，兩位大爺。」

八阿哥微微一笑道：「有勞了。」想來珊珊這樣安排，必是因為這裡頭有他們弄不明白的地方，因而就大大方方地跟在羅梓恒的身後往浴室走去。

十阿哥卻不高興地說道：「什麼兩位大爺啊?!那是我八哥，要叫八爺，我是你十爺。」

羅梓恒聞言轉過身來，驚異地看著他，嘴巴大得快能塞進雞蛋了。八爺？十爺？天啊，這都什麼和什麼啊？

青萍三人卻忍不住笑了起來。呵呵，這可太有趣了！

樓上，麗珊領著胤禛走到自己的臥室，從櫃子裡給他找出睡衣——這是她早就準備好的，好在這個邵家英的身材和他很接近，倒是還能穿。

才把櫃子的門關上，人就被他從背後抱住了。

閉上眼睛，她柔聲說道：「禛——」

「嗯，冰兒，想死我了。」說著他就扳正她的身子，霸道地吻上了她的唇。

良久，麗珊才推開他，嗔道：「先去洗澡，難聞死了。」眉眼間滿是嬌慵，看得胤禛心神一蕩，又摟住她低聲笑道：「妳陪我。」

「你——」自己的臉好燙啊，她有些難為情地拉著他走進浴室，把水溫調好，對他說道：「你自己洗吧，我還有事呢。」她告訴他那些瓶瓶罐罐的都是做什麼用的，說完了才轉身要走，又被他一把拉住了。

「我記不住，妳幫我。」他黝黑的眼睛裡隱約跳動著兩簇火苗。

「冰兒，我想妳想得好苦啊，陪陪我吧，好不好？別再離開我了，冰兒……」這些細碎的呢喃隨著他的靠近而逐漸消失了。

「不行。」麗珊努力為自己爭取到一個說話的機會。

「為什麼？」他不高興地問道。

「這個身體不是你的，我覺得彆扭。」感覺就好像在和別人偷情似的。

四爺無語了。難道要他把那具早已作古的身體帶過來？且說那根本不可能，就是能，他也不要。都那麼老了，誰知道他的冰兒會不會嫌棄他？畢竟是想和她生活一輩子的，原來的愛新覺羅・胤禛已經是油盡燈枯了，怎麼配得上這個尚在妙齡的美人呢？不過，老實說，他也很彆扭。

「胤禛，你先洗澡，樓下還有那麼多的人等著我們呢，你想讓他們看笑話嗎？」

「笑話?!誰敢笑話？妳是朕的女人，誰敢廢話，朕宰了他。」某人張牙舞爪地發牢騷。

「唉，冰兒，說實話，我很迷茫，覺得自己一下子變成沒用的人，沒有人需要我了，我不再是一國之君，只是個一無所成的百姓了。」沮喪的神情和懊惱的語氣讓麗珊的心瞬間軟了下來。「胤禛，別瞎想了，車到山前必有路，我相信你一定還是最棒的。」

「可是，我連洗澡這種最簡單的事都做不好。」他很哀怨、很哀怨地看著她。

「喔，那、那我幫你吧。」也是，他哪裡自己做過這些事啊？

「嗯，好吧。冰兒，妳會不會覺得我很沒用？」

「說什麼？再胡說就不理你了。」麗珊一邊給他寬衣一邊說道，卻沒注意某人眼中一閃而過奸計得逞的笑意。

「可是我……」他需要進一步擴大戰果。

「好了，進去吧。」扶著他坐進寬大的浴缸，她打開按摩浴池的開關，對他柔聲說道：「閉上眼睛，我幫你洗頭。」

她在手心裡倒上了一些洗髮精，輕柔地為他洗頭髮。

「胤禎，在宮裡誰給你洗澡啊？」

「啊？喔……是太監……」

「嗯？就太監嗎？」當她傻啊？

「喔，還有宮女。」怎麼可能是太監給洗的嘛。

「哼。」她不悅地揪了揪他的頭髮。「色貓。」

「唉喲——呵呵。」他的寶貝兒吃醋了。

「冰兒，妳能和我說說妳家的情況嗎？為什麼妳哥哥和妳不是同一個姓氏？還有，妳大哥的姓氏很像東瀛人啊。」

「嗯，可以啊。」麗珊不甚在意地和他說起了自己的身世。

樓下，羅梓恒火大地坐在客廳的沙發上咆哮。「太過分了！居然要我給他們洗澡，哼，我是傭人嗎?!」

青萍好笑地問道：「老十要你給他洗澡嗎？」

「哼，這個傢伙，爺這個、爺那個，他是誰爺啊他?!」梓恒氣呼呼地說道。「還要我侍候他洗澡，呸，洗澡還讓人侍候，他以為自己是誰啊？皇帝啊?!」

九阿哥懶懶地說道：「他不是皇帝，是皇——唔。」他還沒說完，就被青萍捂住嘴了。

九阿哥不悅地拉下她的手。「幹麼？不讓我說話啊?!」

「你給我閉嘴。」青萍朝他凶惡地瞇了瞇眼睛。「多看少開口。」

九阿哥目瞪口呆地看著自己的福晉，這小狐狸的火力可越來越強大了，不過，他也意識到自己說溜嘴了，因此也就不言語了。

十三和秀眉兩人湊在一處竊竊私語，十四和蘭豔則窩在一塊兒研究蘭豔的手機。終於，八阿哥和十阿哥神清氣爽地走出來了，卻沒穿睡衣。他們覺得那衣服彆扭，穿的還是來時的那身。

羅梓恒一見老十出來就哼了一聲，十阿哥也毫不示弱地回了他一個白眼。八阿哥好笑地搖了搖頭。這兩人倒是有趣，在浴室的時候就跟兩隻鬥雞似的，害他險些沒洗成。

接下來輪到九阿哥了，他拉著青萍樂呵呵地往浴室去了。

齋藤俊皺著眉看著幾人，若有所思地問道：「你們是留美華僑嗎？」

八爺微微一愣，一時也不知該如何回答。老十和十三、十四三人也沒有說話，都看向蘭豔和秀眉。

蘭豔淡淡地說道：「如果你有疑問就問珊好了，我們不負責解答你的問題。」

齋藤俊和羅梓恒頓時變啞巴了——這幾個丫頭都不是好惹的，說出的話都跟刀子似的。

八爺他們則感激地望了一眼蘭豔，否則還真要出醜了呢！

等到樓下的五人都洗完了，也沒見樓上的兩位出現。齋藤俊有些彆扭地頻頻往樓上看。小妹和那個邵家英……不會已經……

羅梓恒卻有些抱怨地說道：「還不下來啊？我都餓了，大哥，你給我下碗麵吧。」

齋藤俊給他兩個白眼。小妹要是想吃還差不多呢！

麗珊和胤禛下樓的時候彷彿閱兵似的，兩人是在大家的注目禮中出場的。

齋藤俊——果然，小妹的衣服都換過了，天啊……

羅梓恒——厲害，居然把我們家姑奶奶給拿下了！我要盡快向老爺子報告去。

青萍——自己家就是方便啊，哼。

蘭豔——真夠可以的，都兩個多小時了，四四會不會虛脫啊？嘻嘻。

秀眉——我要趕快帶胤祥回家去……

八爺——她還一樣不是我的啊，算了吧，唉。

九爺——哼，老四的手腳倒是快得很，難怪會在奪嫡之戰中大獲全勝了。

十爺——爺要盡快找個姑娘去，否則天天看他們幾個卿卿我我的，早晚得氣死。

十三——玉玉，我們回家吧！

十四——四哥寶刀未老啊，呵呵。

四爺和麗珊的臉色有些紅潤，不用猜都知道他們做了什麼。

麗珊白了胤禛一眼。都是你。

胤禛得意地一笑。妳不也願意嗎？

曖昧的氣氛在阿德進門的時候終於結束了，然後就是餐廳送來飯菜，再然後就是一場可怕的餐桌大戰。

吃完了飯，大家看著一桌狼藉都懶得動了，麗珊四下看了看，說道：「我和青萍她們負責收拾，你們把客廳打掃一下，然後我有事和大家說。」接著就和青萍她們一起把餐桌收拾乾淨了，又重新泡了壺茶，回到客廳的時候，就見阿德正在整理，其他人則完全沒理會地坐在沙發上閒聊著。

見她們出來了，大家都看向麗珊。「有什麼事啊？」

麗珊皺眉看了看幾人，說道：「第一，就是關於你們的住宿問題。青萍她們自己有房子，所以你們三個就不用在這兒了。」她指了指九爺和十三、十四，然後又說：「胤禛跟我住樓上，至於八爺和十爺也暫時住這兒吧。梓恒，你和俊住一間屋，騰出這間給他們住。」

八阿哥溫和地笑道：「麻煩妳了。」

麗珊微笑道：「沒事的，看見你們和好了，我們就高興了。休息一會兒我們去買東西，你們要添置一些衣服和盥洗用品，另外就是要去飯店把帳結了。」

羅梓恒立刻跳起來。「為什麼要我和大哥擠在一起啊？他們為什麼不住飯店？我們可是妳的親哥哥啊！」

麗珊皮笑肉不笑地說道：「很簡單，他們是我請來的，你是自己跑來的。明白了嗎？你要是不願意的話，就立刻滾回日本去。」

說得羅梓恒立刻就弱了，齋藤俊的臉也有些扭曲了，青萍她們則忍著笑看向了一邊，四爺等人卻有些忍不住，但礙於畢竟他們是麗珊的哥哥，也不好太過囂張，只好全體低頭喝茶。

抗議無效後，羅梓恒就只好換房間了。收拾好了以後，大家就出發了。

到了購物中心，一行十三個人就跟聚光燈似的，立刻引起了轟動。俊男美女，還這麼多，可是這幫俊男美女夠古怪，尤其是那六個長得一模一樣的帥哥，就跟傻子似地東瞧瞧、西摸摸，好像什麼也沒見過似的。

感覺到大家的眼光很是怪異，而幾位爺的怒氣也在直線上升，麗珊她們決定速戰速決，不顧六人的意見迅速地選好了要買的東西，逃難似地出了商場。

四人暗下決心，一定要讓他們在短期之內變成現代人，否則再也不讓他們出門。

坐在車上，十三阿哥不高興地問道：「是不是嫌我們給妳們丟臉了啊？」

麗珊忙說：「不是這樣的，是怕你們難堪，你們才來，很多東西都不明白，可你們都是要面子的人，我怕再待一會兒，你們就會生氣了。」你們要是生氣了，我們的錢包可能就要遭殃了，萬一打壞了什麼可就完蛋了。

胤禛皺眉說道：「妳說的也有理，好，回去以後，妳們就立刻開始教我們吧！」不在他掌握之內的東西太多了，他不喜歡，更不願意成為麗珊的累贅。

「好。」麗珊溫柔地笑了笑，便開車直奔飯店去結帳了。

後邊的十三也有著和四阿哥同樣的感覺，他曾是康熙朝的拚命十三郎、雍正朝的和碩怡親王，可現在的情況是他什麼也不懂，什麼也不明白。看著羅梓恒那小子眼裡時不時出現的諷刺，就讓他恨不得翻桌揍人。可是，也不能怪人家看不起他們，確實是他們什麼都不懂。所以他要學，而且馬上就要學，只有處處比別人強才能做人上人，這就是他在大清活了一輩子明白的道理。

而弱者，永遠只能被踩在腳下。

第四十四章　日本

回到家裡，麗珊馬上宣佈要給六人進行惡補。

除了齋藤俊、羅梓恒兩人和一頭霧水的阿德外，其他人都沒意見。

羅梓恒納悶地問道：「他們不是華僑嗎？幹麼還補英語？」

麗珊淡淡地說道：「讓你教你就教，哪那麼多的廢話啊？」

「喔。」就會欺負人。

「還有，電腦也歸你負責。」

「啊？怎麼還是我啊？大哥呢？他管什麼？」

「俊負責日語和日常禮儀，要不你和他換？」

「不，還是算了吧。」讓他教禮儀還不如殺了他呢。

麗珊白了他一眼，就帶著胤禛上樓換衣服去了。剩下的幾位也都拿著衣服回房間換了。齋藤俊和羅梓恒你看看我、我看看你，都是莫名其妙。

齋藤俊若有所思地看著他們的背影問道：「梓恒，你不覺得這六兄弟很怪異嗎？」

「簡直就跟外星人似的。」羅梓恒誇張地搖了搖頭。「什麼都沒見過，什麼都不懂，他們是從美國來的嗎？我看倒像是從深山老林裡出來的原始人。」

「呵呵。」齋藤俊被他說得一笑。「他們的氣質可不像是原始人啊，舉手投足都透著一股貴氣。你說，會不會是我們把他們撞傻了啊？」

「哈，有可能喔。大哥，你聽聽他們之間的稱呼，明明只有六人，卻偏偏叫十三和十四。」真是一群怪人。

「嗯，還有小妹和青萍她們，以及他們彼此的稱呼也很怪，不叫名字，卻什麼胤禛、胤祥地亂叫——這兩個名字很耳熟啊，梓恒，你想想看有誰叫這個名字的。」

羅梓恒想了一會兒道：「似乎……啊！」他驚叫起來。「胤禛?!愛新覺羅・胤禛？康熙第四子，雍正皇帝——我的天啊，不會吧？」

羅梓恒的臉色難看得很。再想想其餘幾人的名字——胤禟、胤祥、胤禩……讓他死了吧！

「快，我們回屋。」齋藤俊拉著他就往屋裡跑，趕快上網查。

等到二人查完電腦，全都傻眼了。這六人可真夠嚇人的啊，雍正、廉親王、九貝子、敦郡王、怡親王，還有個大將軍王，媽呀！

「不行，我要問問清楚，我不相信，一定是他們胡說的。」羅梓恒氣憤地站起身說道。

「我看不一定，上次小妹就隱約說過這個胤禛似乎和歷史有關，只是我當時並未在意。你想想她那天從外頭回來時是什麼樣子？很高興吧，可是，當我再去樓上找她的時候，她就抱著我哭了，說是那人就要死了。我問是不是得了重病，如果是，我們可以想想辦法治。但她說，沒用的，他們不能改變歷史——」齋藤俊說到這兒就停住了。「但這件事太詭異了啊，幾百年前的人怎麼會在現代出現呢？」

「那我們就問珊好了。」

羅梓恒是個行動派的，說了就馬上要做，卻被齋藤俊一把拉住。
「不行，現在人太多了，晚上吧。」這時候問總是有些不妥的。
「好吧。」羅梓恒只好答應。這種事的確很難問出口。雍正?!天啊，小妹愛上古人了，他不會是殭屍吧？
某人腦子裡出現了電影裡那種兩手平伸、全身僵直地跳著前進的殭屍……
晚上，麗珊到樓下倒水，被齋藤俊兩人攔住了。
「珊，我們要和妳談談。」齋藤俊神色複雜地說道。
「嗯？談什麼啊？」四爺還在樓上等著她哩。
「跟我們回房裡去說。」羅梓恒一反常態地拉住麗珊的手往房間走。
麗珊吃驚地看著他的手，皺眉道：「羅梓恒，你想找死啊？」
「等我們問完了，妳說清楚了，再打我也不遲。」羅梓恒腦子裡全是那個胤禛變身殭屍的景象。
這回，麗珊也糊塗了。他們從來都沒有這樣過啊，難道是……有可能喔，畢竟胤禛他們太過奇怪了。
進了房，羅梓恒劈頭就問：「妳說，他們到底是什麼人？為什麼妳們從來不叫他們的名字？為什麼他們什麼也不懂？為什麼他們會叫那麼古怪的暱稱？為什麼——」
「閉嘴，你十萬個為什麼啊你?!」麗珊勃然變色地嚷了起來。

「珊，妳冷靜點，梓恒，你少說幾句，你這麼問讓她怎麼回答啊？」齋藤俊連忙攔在兩人中間，生怕一不小心就打起來。

「哼。」羅梓恒悻悻地轉過頭。

麗珊也不耐地坐到一邊。「你們想知道什麼？」早晚都會穿幫的，唉。

「珊，妳能坦白告訴我，他們到底是誰嗎？」齋藤俊小心翼翼地問道。

「你究竟想知道什麼，就直說好了，我不耐煩和人打啞謎。」

「直說？好，我問妳，他們的名字為什麼和康熙的兒子是一樣的？」羅梓恒氣勢洶洶地追問。

「呵呵，就這個啊？我說他們就是康熙的兒子，你們信嗎？」麗珊面帶嘲諷地問道。

「果然是。大哥，他們真的是——」

「是什麼？」麗珊喝了口水問道。

「珊，離開他們吧，如果妳說的是真的，那麼他們很可能就是、就是……」羅梓恒跑到她面前，蹲下身認真地勸，可「殭屍」二字無論如何就是說不出來。

「是什麼啊？」

「是殭屍。」

「噗——」麗珊忍不住咳嗽起來。「咳咳咳……殭屍?!老天！哈哈哈哈……這是我聽到過的最好笑的笑話了，殭屍?!哈哈哈……」要是胤禛他們聽到了，表情一定很豐富，哈哈，梓恒真是天才。

「別笑了！」羅梓恒狼狽地把臉上的水都擦乾淨了，才生氣地喊道。

「好，我不笑了。俊、梓恒，我告訴你們吧，他們的靈魂真的是大清的人。還記得我在車禍後昏迷了六天嗎？那時候，我的魂魄在大清朝過了六年，我是胤禛的側福晉，年羹堯的妹妹年冰珊。青萍是九阿哥的嫡福晉棟鄂・青萍，蘭豔是十四的嫡福晉完顏・嬌蘭，秀眉是十三的嫡福晉兆佳・白玉。這是真的，我不會騙你們的，想來你們也是很懷疑的，否則就不會問了。」

麗珊微笑著把她們的奇遇和與幾人的糾纏都說了，末了，她笑說：「你們是我的親人，也是我最信任的人，所以我才會告訴你們，希望你們為我保守秘密。」從小玩到大，他們是怎樣的人，她最清楚，何況，現在還要讓他們幫忙教授胤禛他們新的知識呢。

「天啊……」羅梓恒狠狠地掐了自己一下。「我在作夢嗎？可為什麼會疼啊？我的老天，我妹妹和雍正皇帝談戀愛，和雍正皇帝耶——」停了一下，他突然古怪地一笑道：「那我就是皇上的大舅子了？嘿嘿，我是國舅爺了。唉喲——」

「白癡。」麗珊給了他一巴掌，齋藤俊也踹了他一腳。「我才是大舅子。」

麗珊的頭有些疼了。這兩個簡直就是活寶。

「親愛的妹妹啊，咱們妹夫啥時回大清啊？帶我一起去？」羅梓恒滿臉堆笑地問道。

撇了撇嘴，麗珊皮笑肉不笑地說道：「很抱歉，就是回去了，也不是他當政了，現在是乾隆。雍正已經死了，否則又怎麼回來呢？」

「喔，那……那就算了。唉，還以為能回去旅遊呢。」

「你們相信了?!」麗珊不敢置信地問道。

「事實上，我和梓恒下午就研究過了，妳說的可能性的確很大。只是……唉，這也太過離奇了。」齋藤俊已經是無話可說了。

「那你們要幫我們保守秘密，還有，不要去問他們。」麗珊擔憂地看著兩人，羅梓恒拍拍她的肩膀說道：「放心吧，我們不會說的，可是我們總可以和未來妹夫溝通一下吧？」要雍正給個簽名啥的，不就發了嗎？嘿嘿。

「哼哼，我勸你最好不要有這個念頭。歷史上對雍正的評價，你不會不知道吧？」麗珊淡淡說道。「要是不怕的話，就請便吧。」

這個嘛，似乎需要考慮一下……嘖！

回到屋裡，麗珊把剛才的事說了一遍。

「胤禛，你怪我嗎？」

「怎麼會呢？我們的行為早就惹他們懷疑了，下午的時候，八弟和十三弟還跟我說過，只是不知道妳們的意見。我無所謂，就算是他說出去，只要我們不承認，誰也沒辦法。」他清冷地一笑。「我們幾個看上去很老實嗎？」

麗珊輕聲笑了起來。她的胤禛就是不一樣啊。

「禛，明天開始，你們就要學習新的事物了，我相信你們會做得很好的。」

「嗯，放心吧，妳家爺可是皇帝啊，老八他們也不是等閒之輩啊。」

「好的，那我就放心了。」麗珊滿足地靠在他的懷裡嘆息。「你終於只屬於我一個人了。」

在大清的時候，她就常常被他的妻妾們攪得渾身醋味，儘管嘴上不說，可心裡還是很在意的。

「呵呵，冰兒吃醋了呢，我還以為妳不會呢。」他吻著她的臉頰笑道。

「哼，那不是沒辦法嗎？要不然，我……算了，只要你現在和以後是我一人的就好。」她微笑著摟住他的脖子，將自己的唇送了上去……

雖然羅梓恒他們答應了不問，可最終還是說漏了嘴。真相大白以後，麗珊、青萍和四爺他們倒是都鬆了口氣——天天說謊可是很難受的啊。

接下來就是緊張的學習了，好在幾人都聰明得很，學起來也快得多。但才樂了幾天，麗珊就接到了來自日本的長途電話，要她和齋藤俊他們趕快回日本，準備今年的會議。

在三票反對、九票贊成的情況下，青萍三人和六兄弟一起跟麗珊他們去日本了。臨行前，他們又加了一人，就是麗珊姨媽的女兒佟曉月。

佟曉月比麗珊小八歲，今年才十八，是個開朗熱情的小姑娘，長相也和麗珊有三分相似，鬼靈精怪的和青萍她們有得一拚。她一來就和老十槓上了，處處捉弄他，氣得老十簡直就要發瘋，再加上羅梓恒這個活寶，三人幾乎沒把麗珊的別墅給掀了。

終於上了飛機，麗珊才長嘆一聲。「總算是離開我家了，否則我就考慮把你們都轟出去了。」十多個人天天泡在她家吃飯不說，還整日吵吵鬧鬧的，她的頭都要大了。

最讓她尷尬的是六人一模一樣的長相。

有一次，她因俱樂部有事，回來得晚了，進門就看見胤禛在客廳裡看電視，於是陶大小姐衝上去就是一個擁抱。

那人驚訝地看了她半天，才賊賊地笑道：「對於妳如此的熱情，我是不介意的，可我怕四哥會介意。」

天！他是八阿哥！就在麗珊羞愧地想找地洞的時候，小月衝出來喊道：「姊夫，我教你上網啊。」上帝，她也認錯了！

「呵呵，看來我比四哥更合適妳也說不定。」八爺戲謔地看著姊妹二人調侃道。

麗珊咬牙切齒地衝上樓，在樓梯拐角正好看見滿臉黑線的四爺。

結果就是她費了半宿的口舌後，終於把她那個醋桶老公給搞定了。

從第二天起，每當六人都在場的時候，麗珊就會實行點名制。認錯老公可是很丟人的啊，她可被青萍和梓恒他們笑了好久呢！

都是秦廣王的錯！

飛機對於六人來說還是很新奇的玩意兒，好在經過幾天的集訓之後，六人倒也沒有表現出過多的好奇。

到達東京的成田機場後，一行人浩浩蕩蕩地坐上齋藤老爺子派來接機的專車。

東京是個繁華城市，高樓林立，人也多得嚇人。不只是胤禛他們，就是青萍三人也好奇不已，一路上嘰嘰喳喳地說個不停。

因為麗珊的身分特殊，所以她是獨自坐一輛車，而齋藤俊和羅梓恒則選擇和大家坐在一起，負責導遊和解說。

橫原組的總部設在神奈川。到了齋藤家的宅子，麗珊就像換了個人似的，不苟言笑，胤禛他們對於她變臉之迅速、神色之恐怖也嚇了一跳。

她不好意思地朝幾人點了點頭，就領頭進了屋子。

齋藤老爺子已經七十多歲了，長得不是好看，倒也不難看就是了，神色中帶著三分嚴厲，看到麗珊後卻馬上堆出一臉的笑容。他嘰哩咕嚕地說了一大堆日語，聽得青萍他們一頭霧水，四爺他們雖然已經開始學習了，可對於真正的日語還是掌握不了。

四爺看了看一臉淡然的麗珊和對面激動不已的老頭，有些同情地笑了笑。冰兒的性子可真是難以琢磨啊，看這老人對她是真心喜愛，可為什麼她老是不給人家好臉色呢？還有一旁坐著的那個中年人——他就是冰兒的父親吧？其實，冰兒的眉眼還是和他很像。

其他人也在看著這兩老一少之間的情形。八爺和九爺對望了一眼——這個麗珊不簡單啊，那老頭就是齋藤俊的外公了，看起來很疼她的，可再瞧瞧她的神情，比四哥當年還難看呢。

正思量著，就見麗珊朝他們招了招手，說：「我替你們介紹一下，這位是齋藤先生，俊和梓恒的外公。這位羅嘯峰先生，他是俊和梓恒的父親。」

才說完，就見齋藤老頭開始吹鬍子瞪眼了。「齋藤千代，有妳這樣介紹爺爺和父親的嗎？」

「我不是齋藤千代，和齋藤家一點關係也沒有。」看了一眼旁邊的羅嘯峰，她諷刺地一笑。「而且，我姓陶。」霎時，場面立刻尷尬起來，眾人有些不知所措。她大小姐的性子也太那個了吧，才進門就搞得滿屋子都充滿了火藥味。

出乎眾人意料的是，齋藤老頭卻大笑起來，連一旁的羅嘯峰都在淺笑。這，這是什麼狀況？

「哈哈哈哈……好，這才是我齋藤家的孫女。千代，這些是妳的朋友嗎？我聽梓恒說妳的愛人也在，是哪個啊？」怎麼都長得一個模樣啊？不同的是他們的氣質，冷漠的、溫和的、邪佞的、豪爽的、穩重的和傲慢的，這裡頭到底誰才是千代的心上人？

「胤禛。」麗珊走到他跟前，挽住他的胳膊微笑。「他就是。」

胤禛微笑地瞧了她一眼，淡淡對那兩位已經被他家冰兒嚇得目瞪口呆的人說：「你們好，我是邵家英，麗珊的老——男友。」可惡，明明是她老公的，卻要降級為男友了。

「噗哧。」幾聲竊笑自身後傳來，青萍等人互相使眼色。哈哈，四四成了珊珊的老男友了！哈哈哈哈……連八爺他們都忍不住想笑。四哥可真是委屈啊，明明是自己的老婆卻不能說，還要被別人笑，嘿嘿。

羅嘯峰上下打量著眼前的年輕人，嗯，舉止和氣質都是一流的，舉手投足之間處處流露一股渾然天成的氣勢，目空一切，霸道而狠戾。嘖，這人還真是不錯呢。他不禁和岳父對望了一眼，果然，岳父大人也看中他了。呵，麗珊的眼光真是不錯呢。

之後就是混亂的介紹、問候場面，再接著就是安排住宿了。當麗珊提出要和胤禛住在一起的時候，大家明顯地聽到了齋藤老頭和羅嘯峰的抽氣聲。

第二天起，麗珊就不見人影了，齋藤俊和羅梓恒倒是每天陪著大家遊山玩水。就這樣過了三天之後，胤禛終於忍不住了，強烈要求要和麗珊一起參加會議。

笑話，想當初，他連金鑾殿上的「大會」都主持過，難道這種蠻夷之地一個小小的幫派會議倒不能參加了嗎？

無奈之下，麗珊只好答應他的要求。可第二天走的時候，她就嚇呆了，那幾個「拖油瓶」居然也要去。

看了四爺一眼，她冷笑著問道：「如今學會跟我玩心眼了？」

胤禛淡淡一笑道：「我們兄弟今生是絕對不會再分開了。」

心底忽然覺得有些痠痛呢……呼了口氣，麗珊微笑著對大家說：「那就走吧。」

羅梓恒卻小聲在幾位大爺耳邊問道：「你們真的再也不分開了嗎？幹什麼都不分開嗎？」

九阿哥斜他一眼道：「是又如何？」

「嘿嘿，我是奇怪，如果你們兄弟結婚的時候怎麼辦啊？難道集體洞房嗎？嘿嘿嘿。」某人不知死活地笑了起來。

然後，就見此人被十多個男男女女按在地上暴揍了一頓。等他爬起來的時候，大家早就走得沒影了，連齋藤俊都不見了——剛才他也出手了，不打白不打嘛。

齋藤一男和羅嘯峰樂呵呵地看著羅梓恒鼻青臉腫地站在院子裡大嚷大叫，心裡同時讚賞。打得好！誰教這小子平時不認真學武，活該！

到了橫原組的總部，麗珊他們就在注目禮中進了會場，一進門，就看見黑壓壓的一屋子人都站起身，低頭喊：「大小姐好。」最奇特的是他們居然說的都是中文。這還不是陶麗珊的主意？她當權就要全體組員學習中文，和她對話的時候也不准說日文。

青萍三人暗自咋舌——原來黑社會老大如此威風啊，看來還是做老大好啊。
可等她們聽了一會兒以後，就覺得還是不要做老大了。
看，什麼這個分組的業績出問題了，那個分組裡的兄弟又有幹壞事的了等等等等，真是頭大！
幾位爺對這種場面也很新鮮。他們都是天皇貴胄，上朝議事倒是見得多了，可像這樣另類的會議還真沒見過，好奇之餘便都支著耳朵使勁地聽，可惜聽了半天也沒聽明白，直到麗珊有些冷厲地斥責一個女人——
「幸子，不要以為妳是女人我就不會罰妳。」說著還回頭瞟了一眼八爺。
八阿哥不禁一愣。和我有什麼關係啊？
那個叫幸子的女人立刻站了起來。「對不起，大小姐，是我錯了。」
由於剛才麗珊的回頭一瞥，倒使幾人不約而同地看向這個女人。
長得還真是漂亮呢，此時，她的眼睛還在不住地看向八阿哥。
胤禩心裡一動。她看我做什麼？莫非……呵呵，他好笑地搖了搖頭。原來自己還是魅力不減啊？

第四十五章　溫泉

終於，繁瑣的會議結束了，一行人又前往北海道。

北海道位於日本列島的最北端，一年四季都有美麗的風景。春天，漫山遍野是盛開的鮮花，夏天，青山碧海涼爽宜人，薰衣草盛放讓人眼前一亮，秋天則是滿山火紅、美不勝收，冬天展現的是一片銀白，流冰、丹頂鶴和白天鵝構成了大自然的優美景色。

北海道有三大溫泉：定山溪、洞爺湖和登別，其中，登別溫泉因泉水中具有十一種不同的泉質而聞名，所以，一行人就到登別溫泉泡溫泉去了。

考慮到四爺他們的接受度，幾個女人決定還是男女分開的好——要是讓他們的鼻血把人家的溫泉染紅就不好了。

饒是如此，在看到幾個女人身著比基尼出現的時候，他們的臉還是黑了。四大塊毛巾當頭就把四人蓋得嚴嚴實實了。而十爺的眼睛則一眨不眨地盯著身著粉紅色比基尼的佟曉月，眼珠都快黏在人家身上了，逗得曉月哈哈大笑，眾人也不禁暗自搖頭。

八爺的臉憋得通紅——穿著黃色泳衣的幸子笑吟吟地站在他面前，得意地對他嬌笑。他在忍無可忍的情況下，只好把毛巾披在她的身上。這女人也太……太……太那個了。

和男人們的窘迫形成鮮明對比的是，女人們個個笑靨如花，尤其是青萍她們，呵呵，光看著自己老公那恨不得宰了別人的眼光，就覺得虛榮心得到了極大的滿足。

齋藤俊和羅梓恒忍笑忍得實在辛苦。讓六個三百年前的古人欣賞比基尼？哈哈，夠絕的，要是讓他們看到男女混浴，他們會不會就此昏倒啊？

自從這次洗過溫泉之後，四爺他們就堅決不再去了。

開玩笑，要是自己的老婆穿得衣不蔽體的被人看見了，讓他們的臉往哪兒放啊？

晚上，一回到住所，四位爺就拉著自己的老婆直奔房間了。

「要是妳敢再穿那個東西，我就不讓妳出門了！」在挑戰他的忍耐力嗎？

麗珊好笑地看著胤禛。「洗溫泉本來就這樣啊，我們還沒讓你們去男女混浴呢。」

「啊?!還男女混浴?!這也太過分了吧！不要臉了嗎？哼！」他氣呼呼地白了她一眼，又問：「妳洗過嗎？」

「沒有。」自己又不是日本人。

「嗯。」這還差不多。要不然，自己這會兒恐怕要被氣死了。「反正，以後不許妳再穿那個玩意兒。」便宜了自己倒也罷了，旁邊還有別人呢！

「呵呵，那我要是去游泳的時候穿什麼？」真是的，看來還需要繼續學習喔。

「我不管，要是讓我知道妳再穿那個，我就打妳了。」他臉色黑得和外頭的天色似的了。

「好吧，我盡力。」可憐的古人……

「盡力?!哼哼，妳和我槓上是吧？看我怎麼收拾妳！」說著他就撲過來，咬牙切齒地問道：「說，聽不聽話，嗯？」兩隻大手在她的腋下不停地搔癢，惹得麗珊大笑不已。

「哈哈哈……你別鬧了……哈哈，我不敢了行嗎？哈哈，快放手啊……」見他還是不依不撓，麗珊瞅準了機會抓住他的雙手，把他摔到地上。

「唉喲……」可憐的四爺、雍正皇帝——在舒舒服服地過了那麼多年的老大日子之後，再一次被他的女人摔倒在地，而且又被她用膝蓋按住了。

「哈哈，誰要你和我動手？」麗珊邊笑邊把臉色難看的四爺扶了起來。「我不穿就是了，別生氣了，啊？」

「哼。」某人極不高興地爬起來走到床邊坐下。「過來，給妳家四爺揉揉。」死丫頭，快把爺摔散了，幸虧現在這副身子還算結實，要是原來做皇帝的那個，大概就一命嗚呼了。

麗珊忍著笑走到他跟前，慢慢為他按摩，房間裡的氣氛也漸漸變得溫馨了……

「死狐狸，給爺滾過來！」竟敢穿著兩片布就出來了，簡直就是找打。

「幹麼？」青萍抱著肩站在門口斜睨著他。

「妳說呢？就算爺現在沒錢了，妳也不用就穿那麼點東西出來吧，啊?!」九爺大聲質問道。

「呵呵，那是泳衣啊，我又沒光著。」青萍好笑地說道。

「呸，那和光著有什麼區別啊?!」白嫩的脖子、圓滑的雙肩、光滑的背、細緻的手臂、柔細的柳腰、修長的玉腿、美麗的天足，除了關鍵部位，她把能露的都露出來了，喔……不能想了，一想就覺得眼前發黑，鼻子發脹，腦袋發懵。

「可是泡溫泉就要那樣啊，你在那邊洗的時候不會還穿著衣服吧？」

「廢話，爺是男人！嗯？妳的意思是說，妳們在洗的時候也……」看著他的小狐狸點頭，他呻吟了一聲道：「以後，妳就給爺在家洗，要是再到外頭洗去，爺就宰了妳！」

「可咱家沒溫泉啊。」她忍笑忍得實在是辛苦啊。

「唔……那妳就湊合點兒吧妳。」還想著怎麼樣啊她?!

「可是……」

「沒有可是，再廢話就揍妳了。」九爺黑著臉說道。

「嗯，嗯，嗯，哈哈哈哈……」青萍笑得前仰後合的，指著他說不出話來。

「還笑?!再笑?!我讓妳再笑。」九爺氣勢洶洶地走過來，把他的嫡福晉打橫抱起來摔到床上，惡狠狠地說道：「我看再笑一個！」

「哈哈……」青萍不知死活地朝他咧了咧嘴，給他看自己的牙有多白。

「哼。」九爺倒是不鬧她了，只是氣呼呼地坐在床邊生悶氣。

青萍湊過去柔聲說道：「好禟禟，我答應就是了，你別氣了喔，生氣會長皺紋的。」

「唉，萍兒，我總覺得自己來到這裡就一無是處了，而且不僅是我，四哥、八哥他們都這樣想。我們肩不能扛，手不能提，什麼都不懂，什麼都不會，唉，要是妳哪天看不上我了，一紙休書我還得走人。」

「呵呵，才不會呢，我的禟禟最好了，誰也比不上。放心吧，等你們再學一段時間，我們再商量你們的生活問題。現在，我親愛的九爺，你家福晉我想你了。」說著就妖媚地朝他眨了眨眼睛，將他慢慢地拉倒在床上。

「妳……死狐狸。」九阿哥還是被他家狐狸輕易搞定了，彷彿是前生欠她似的，或者是前前生，再前前生，再再……

「玉兒，以後不要穿那個了，好不好？」

「好啊。」秀眉乾脆地回答，又笑問道：「那我游泳的時候穿什麼？難道不穿嗎？」

怡親王的頭又開始疼了。為什麼是又呢？在大清的時候，她在半夜爬上房頂唱歌，在這兒倒是不用愁這個，原因有三，第一是沒人和她搶了，第二是怕被警察抓走，最後一點，也是最主要的一點——樓太高了，她爬不上去。

可她老是想出一些歪點子來整他，比如做飯。想他堂堂的怡親王，還是鐵帽子的，居然讓他去廚房做飯。這也罷了，她還不正經教他，只丟給他一疊書就算了事。結果就是十三爺險些把她的廚房燒了。

之後她又讓他學洗衣服、學收拾屋子、學給她按摩——就這事情他喜歡。總之，十三阿哥打從住進秀眉的公寓就沒一天閒著，從大腦到手腳、從裡到外都忙，比他當軍機大臣還累呢。

唉，誰讓自己愛她呢？就這麼甘之如飴地被她欺壓和剝削——這些新鮮詞兒可都是最近學的。為什麼他的玉玉就不能乖點呢？為什麼呢？唉。

「無論如何，妳也不能再穿那個了，不僅是那個，所有暴露的衣服都不許穿。雖說這兒不是大清朝了，可也不能不守禮法，男女有別嘛！」胤祥嘟著嘴說道。

「好吧，我的十三爺，我不穿就是了，什麼大不了的啊？以後，您讓我往東，我絕不往西，您讓我打狗，我絕不罵雞，得了吧？」秀眉的眼中閃著算計的光芒。

「嗯，這才乖呢。」十三爺樂呵呵地摟著他的福晉往浴室走去。

「喔，爺，您自個兒洗吧，男女有別，我就去另一間浴室了啊，呵呵。」

秀眉給了十三一個飛吻，抱著自己的睡衣迅速地跑進另一間浴室，關門、上鎖、大笑。

「兆佳・白玉！妳給爺滾出來——」整幢房子都迴盪著怡王爺的大吼。

「蘭兒，別再穿那個了，好不好？」實在是受不了她就那麼一絲不掛地走出來……喔，也不算是一絲不掛，身上就那麼兩片布，還沒她以前在自己府裡穿的肚兜用料多呢。

「可是，我的身材這麼好，不秀秀多可惜啊。」某蘭嘖嘖有聲地說道。

「可惜?!」十四爺的臉又黑了。「讓別人看光了就不可惜了是吧？哼，妳皮癢了啊?!」

「你敢再說一遍？」蘭豔瞇起眼睛，沈聲問道。

「說就說，妳簡直就是不知羞恥，居然還理直氣壯的，簡直就是豈有此理！」十四阿哥咆哮著怒吼道。

「你混蛋！我不知羞恥？是你老古董才對，自己接受不了新事物就拿別人出氣，你要是有本事就給我爭氣點，別讓人笑話我老公是個土包子！」蘭豔口不擇言地罵道。

「妳、妳、妳——這才是妳的想法是吧？嫌我給妳丟臉了？好啊，我這就走，妳去找個不讓妳丟臉的男人來吧！」十四阿哥被她說得一陣傷心，自己要死要活地跑到這裡來為的是什麼？自己的努力她沒看到嗎？為什麼要這樣傷他的心？想想自己對她幾十年的思念，居然變得如此可笑……天，為什麼要讓他到這兒來？就為了讓他看看他心愛的女人是如何鄙視自己的嗎？

見他真的要走了，蘭豔後悔得要死。吵架嘛，難免會胡說八道，可自己的話確實太傷人了，他的努力自己不是沒有看見，可是，唉，都怪自己非得和他較勁，現在可好，他真的生氣了……

「胤禩，我錯了，你別生氣好不好？我再也不說了，那是我氣糊塗了瞎說的。我知道你很努力了，也為你感到驕傲，我不是那個意思的，胤禩……原諒我一次好不好？」抱著他的胳膊，蘭豔愧疚地說著。「都是我的錯，以後我再也不穿那個了，而且，只要是你不喜歡的，我都不做，好不好？好胤禩，好不容易把你等來了，要是你再走了，我怎麼辦？弘明又不在了，我也再不能看見他了……嗚嗚……我的兒子……」

說到兒子，兩人都傷感起來。十四嘆了口氣道：「他很好的，沒事，妳不用擔心他。」

「他有沒有發現他的額娘換人了？那個完顏‧嬌蘭對他好不好？對你好不好？」憋了好久的問題終於問了出來——這是她心底的傷痛。她的兒子，多可愛的小寶貝啊，可是……

「嗯……弘明跟她還算可以吧，起初的時候，弘明很難過，老是說額娘不愛他了……」他的聲音有些哽咽了，想起那些事情他就傷心。

「後來，我告訴她，無論她怎麼想的，要是讓我知道她對弘明不好，我一定不饒她。她倒也機伶，漸漸地對弘明也不再那麼排斥了。」

「都是我不好，我要是還在就好了。弘明……額娘對不起你啊，哇——」再也忍不住對兒子的思念，蘭豔撲到他的懷裡痛哭起來。

「好了，蘭兒別哭了啊，弘明過得很好的。蘭兒，別哭了。」他心酸地摟著她低聲安慰。這世上無可奈何的事太多了，多得讓人喘不過氣。

哭了好一陣子，蘭豔才漸漸平息下來，抽抽搭搭地伏在他懷裡。思子之痛讓她覺得撕心裂肺地難受，若是自己一直守著他該有多好啊……

「蘭兒，再給爺生個兒子好不好？」十四爺柔聲地問道。

「嗯，好，還是叫弘明吧？」蘭豔的眼圈又紅了。

「行，妳說好就好。」低聲地和她絮叨著情話，兩人的戰爭終於宣告結束了。

溫泉風波終於告一段落了，不過，可別忘了還有八爺和那個幸子呢。幸子小姐倒是殷勤得很，不停約八爺出去玩，可惜，八爺就是不為所動。

四爺和九爺他們私下問過，八爺淡淡地一笑道：「曾經滄海難為水，除卻巫山不是雲。」說得九爺他們尷尬無比，四爺滿臉黑線。

自那之後，四爺就緊緊地守著麗珊，只要是有老八在場的地方，就準能找到雍正大人。

田中幸子在努力未果的情況下也放棄了，八爺又開始過他的逍遙日子了。每日看著那幾對打打鬧鬧的，沒事的時候就和齋藤一男下下棋，和羅嘯峰聊聊天什麼的，再不就是看著老十和佟曉月這對新出爐的戀人上演精彩的世界大戰，出門的時候盡情享受一下現代美女大膽熱烈的注視和愛慕，不過，他才不要異國女人呢，好歹自己也是皇家血脈，就算是不能找個滿人做妻子，好歹也要是漢人吧？所以，他才會那麼堅決地拒絕了田中幸子。其實，那女人也不錯，自己可是好不容易才可以對自己的婚事作主了，何必著急？

唉，真是悠閒啊，自己上輩子怎麼就那麼傻呢？爭那破玩意兒幹麼？像這樣逍遙自在的有多好啊，唉……

年底的時候，大家總算是要回國了。齋藤一男依依不捨地把麗珊他們送上了飛機，又再三囑咐四爺要好好對待他家千代，四爺吶吶地答應了。

這老爺子對麗珊實在是好得沒話說，就是麗珊的倔脾氣讓人傷腦筋。

回到家裡，麗珊長長地吐了口氣。還是這兒的感覺好啊，再加上齋藤俊和羅梓恒沒跟來，她的家就更可愛了，要是再把老八、老十和佟曉月也趕出去就更好了。

她家四爺和她想的一樣，一看見老八，就想起那小子說的什麼「除卻巫山不是雲了」。

休息了兩天之後，麗珊和青萍她們開始忙碌的工作，而四爺和八爺他們也開始報名學習各種知識了。

忙了將近一年，麗珊突然發現自己懷孕了，青萍她們似乎也中獎了。她們可真是好朋友，連懷孕都湊在一起了。

於是，俱樂部的事情徹底交給幾個男人——連大清國都治理得了，何況是這麼個小企業？四爺他們欠缺的就是對現代社會的了解，其他的可有過之而無不及。

八爺似乎對教書的工作更感興趣，他淵博的學識受到了一位大學校長的賞識，已經準備聘用他為學校的講師了。

老九和老十正興致勃勃地商量開一間古玩店——這可是他們的強項。

四爺準備接受橫原組的改造工作了，估計那些日本人又要哭爹叫娘了。

俱樂部則交給十三和十四了，畢竟總要有人管，雖然十三爺更願意當個賽車手，無奈他老婆死活都不同意，只好作罷了，等他們的孩子出世了再說吧。

十四阿哥喜歡上了高科技，一心要開軟體公司——當然，資金還是要靠他老婆和嫂子幫忙。

還有就是四人都有了身孕，自然就要籌備婚禮了。齋藤一男和羅嘯峰帶著齋藤俊和羅梓恒從日本飛了過來，麗珊的姨媽一家也全都來了，她第一次覺得自己的別墅還是不夠大啊，好幾十口人擠在一起可真夠難受的，好在羅嘯峰看出了女兒的不耐，就和齋藤一男他們住到飯店去了。

可惜，四位準媽媽和她們的老公都不願意現在舉行婚禮，非要湊齊了六對、十二人不可。至於孩子，先生下來再說唄。

老十倒還好說，他和佟曉月已經進展得很順利了，可八爺……他八字還沒一撇呢！

這回，四位女主角的家人都受不了了，天天逼著老八相親，簡直像皇帝選秀。

四爺和九爺都在私底下說：「八阿哥雖然沒有皇帝命，倒是有皇帝的待遇了。這選秀的事居然還讓他趕上了。」說得八爺唏噓不已，不到天黑不敢進門——只要一進門就被各位熱心人士拉去赴宴，相親宴吃得他都快吐了。

這天，八爺又被麗珊的姨媽帶走了，來到飯店，看著對面羞澀地低著頭的女人，不禁暗自翻了個白眼。這兩個月來，自己見過的女人簡直能裝一火車了，燕瘦環肥，開朗的、內向的、大方的、羞澀的，幾乎女人可以有的性格他都領略遍了。可惜，都不如她啊……唉，雖然不再對她癡迷，可在心底卻情不自禁地把每個女人都和她比較一番，結果就是沒有一個人像珊兒，像她的美麗，像她的癡情，像她的冰冷，像她的熱情……既然如此，自己又如何能夠接受呢？

那株一直開在他心底的傲雪紅梅——

敷衍著和對方說了幾句話，他就開始神遊太虛了。

眼睛無聊地在四周掃視，忽然——距離他兩張桌子的座位上，一個神色冰冷的女孩引起了他的注意。

只見她不耐地瞅著對面的男人，聽著他不斷嘮叨。由於他練過功夫，耳力比常人要好，斷斷續續地聽到一些，似乎那個男人向她道歉，說什麼再也不敢了，那個女人不過是他逢場作戲罷了等等。他搖搖頭，可真是無聊的橋段啊，這裡可不同於大清朝，男人們三妻四妾的是常事，在這裡，要是男人這麼做了，很有可能就會被踹的。

才想到這兒，果見那女孩猛地站了起來，抄起桌上的酒杯就砸了過去，還順帶把盤子裡的菜也倒在那人身上。

胤禩不禁輕聲笑了起來，他這一笑不要緊，自己對面的羞澀女生嚇了一跳，忙抬起頭看著他。胤禩心覺愧疚，忙對她說：「我碰到了一個朋友，今天就不能陪妳了，很抱歉。」

羞澀女生搖了搖頭。「沒關係，下次吧，我不打擾你了，再見。」希望他還會再約自己，這個男人真是太優秀了，丰神俊朗、儒雅溫文，再加上還是個歸國華僑——可真是個金龜婿啊！

可惜，人家卻沒看上她。

送對方出了大門，給她招了一輛計程車，胤禩又回到了飯店的大廳，驚異地發現那男人居然和那女孩動手，女孩雪白的臉上已經出現了一個紅紅的掌印。

這可讓他忍不住了。男人怎麼可以打女人呢？就是自己當年的嫡福晉那麼潑辣刁鑽的性子，自己都沒和她大吵過，當然也是沒必要了。

沈著臉，他走到那男人跟前，拉住他的手。「你若還算是個男人，就不要和女人動手。」

那人先是一愣，繼而罵道：「關你什麼屁事?!是她不識抬舉，竟敢和我動手，我要是不教訓教訓她，她還反了呢！你算哪根蔥，老子的事不用你管，滾！」

胤禩看著他，淡淡地說道：「我可是聽見你一直在求她原諒，再說了，無論如何也不能動手打女人，再鬧我可要報警了。」

飯店的保全也都趕過來了，圍著那個男人一邊勸一邊威脅。

那男人一愣，然後咬牙切齒地說道：「好，你好樣的，給我等著！還有妳，」他指著那女孩說道：「別落在老子手裡，否則有妳好看的！哼。」掙脫了胤禩的手，他氣呼呼地就要走。

「等等，把帳結了。」真沒風度。胤禩看看那個挨打的女孩，臉上依然是冷冰冰的，眼睛也倔強地不肯流出一滴眼淚，真是個倔丫頭。

那男人無奈地結完帳，狠狠地瞪了兩人一眼，才轉身走了。

等大家都走了，胤禩才叫來服務生把自己那桌也結了，然後問那女孩道：「需不需要我送妳去醫院看看？」

那女孩默然地瞅了他一眼，淡淡地說道：「不用了，謝謝你。」說完就轉身走了。

胤禩看著她昂然而去，不覺想起一句話——揮揮手不帶走一片雲彩。

呵呵，他好笑地搖搖頭，人家可是連手都沒揮呢！

第四十六章　結局

胤禩在前一天看見的那個女孩，第二天居然又碰上了。

她是他執教的那所學校的學生，大四，還是班花。

胤禩教的是和歷史相關的課程，上午最後一節課的時候，他才走進教室，就感覺到有人在看他，視線隨意地一掃，很快就發現目標——是她?!

他心底驀地湧出一股莫名的感覺，那清亮而稍帶疑惑的眼神像一隻小手，撓得他的心一陣癢。這可奇怪了，自己居然也會有這樣的感覺？呵呵。

搖了搖頭，他莫測高深地瞧了她一眼，淡然地走到講臺前開始點名。

她叫任靜懿？好淡雅的名字。

下了課，他特意慢慢地收拾教材和教具，等著她來。

果然，任靜懿也留到最後。她的心裡真的是很好奇。這就是那個還沒開始教課，就被全校女同胞讚揚的超級帥哥老師嗎？果然是與眾不同，高貴的氣質，儒雅的外表，俊逸的身形和他臉上那永恆不變的微笑，此時的他和昨天的他不大一樣。昨天的他，從裡到外都散發著一股迫人的氣勢，眸光也帶著一絲狠戾。截然不同的兩種性格居然在他身上融合，而且還不突兀，太不可思議了。

她於情於理都該和他打個招呼的，何況上課的時候，他的眼睛還時不時地關注她。雖然是不著痕跡地掃視，可還是被她發現了，也許是因為她也在注視他吧……

任靜懿走到他跟前，落落大方地說道：「謝謝您，邵老師。」

微微一笑，胤禩笑道：「些許小事，何足掛齒？」這女孩還真是和珊兒有些像呢，只是眉眼間不似她那般冷漠……唉，難道自己這輩子還要陷在她的身上嗎？不，她永遠都不是自己的，既然如此，就不必再執著了。好不容易才有這樣一個自在逍遙的人生，他可不想再自討苦吃了。

「嗯。好吧，那我走了，再見。」一時也想不出還能和他說什麼，昨天若不是他出面解圍，自己怕是要受更大的罪呢。

「等等。」見她要走，胤禩忽然出聲叫住了她。「妳有時間嗎？我請妳吃飯。」天，兩輩子了，這還是他頭一次請女人吃飯，可別說不啊，要是說了，他的臉就沒地方擱了。

「啊？喔，好的。」任靜懿的心忽地一跳。他居然會約她?!說不清是期盼還是緊張的感受充斥了她所有的感官神經。

兩人慢慢走出教室，又悠然地踱出校園，在學校附近的一間餐廳坐了下來。點好餐點，二人卻都沈默了。

胤禩不知該如何開口，靜懿不知該說什麼，直到餐點都上齊了，他才微笑道：「請吧，我的邀請很冒昧吧？」

靜懿愣了一下。這人怎麼這樣有禮貌啊？「沒有，論理應該我請你才對。」

「呵呵，我是男人嘛。」胤禩看見她笑了，也覺得輕鬆了。「我能叫妳靜懿嗎？或者是任小姐？」

「任小姐？呵，不用的，就叫我靜懿好了。名字本就是讓人叫的啊，要是都叫小姐、先生的還取名字做什麼？」這人可真是……真是禮貌得讓人想笑。

「嗯，說得有理。」胤禩淡淡地一笑，看著她，緩慢柔和地叫道：「靜懿。」

任靜懿短暫地怔愣，自己的名字從他的嘴裡喊出來真好聽，溫潤的聲音加上他和煦的表情，自己的心突地跳了一下，這樣的感覺從來沒有過，彷彿很久以前，他就是這樣叫她的一般……

「嗯。」她低聲答應，垂下頭佯裝用餐，臉上卻飛上了兩抹紅暈。

沒有錯過她臉上淡淡的紅暈，胤禩得意地一笑，開始安靜地吃午飯了——他可沒有吃飯的時候說話的習慣。

用過餐，胤禩猶豫地問道：「昨天那個男人是妳朋友嗎？」怎麼捨得打她呢？

「嗯，以前是。」提起那個混蛋，她就一肚子氣，跟別的女人不清不楚的也就罷了，居然還想腳踏兩條船?!

「不要生氣了。」看出她正在生氣，胤禩溫柔地一笑。「下一個會更好。」

任靜懿徹底無語了。這人怎麼那麼有意思啊？居然能面不改色地說出這一句。

「下一個？哼，還不是一樣嗎？」真是讓她傷心，她和杜奇峰交往兩年了，居然現在才發現他原來是個花心大蘿蔔，自己真是失敗……對於這份感情，自己雖說投入得不是很多，可也是苦心經營。兩年，七百多天哪，就這麼煙消雲散了……

「靜懿，我們出去走走吧。」看她的神色很是淒苦，胤禩提出請求。時間是癒合傷口最好的藥物，再來就是一段新的感情了。

點點頭，靜懿順從地站起身，跟他一起走出餐廳的大門，兩人漫無目的地在街上溜達。

胤禩忽然問道：「妳下午有課嗎？」

搖搖頭，任靜懿笑說：「今天沒有了。對了，學校裡的女生似乎都很喜歡你。」

胤禩皺了皺眉頭，淡然一笑道：「是嗎？我不知道，那和我沒關係。」

妳呢？是不是也喜歡我呢？這想法讓他很吃驚——希望她是，還是希望她不是？

靜懿偷偷打量著他，兩道英挺的劍眉，一雙大而明亮的眼，高挺的鼻梁和總是微微上翹的嘴，他長得真的很帥，再加上儒雅的氣度和不同於常人的高貴氣質，給人一種舒服和安全的感覺。這樣一個男人可算是人間極品了，他的女朋友一定很漂亮吧？

不知為什麼，一想到他可能已經有了女友，靜懿的心有些不舒服。

心不在焉的結果就是她險些被飛馳而來的汽車撞上——

「靜懿——」胤禩緊張地拉住她的手，一把將她帶至懷中，一股淡淡的幽香隨著飄進他的鼻端，讓他不由自主地想起在額娘寢宮的一幕——珊兒的身上也總是有一股香氣，不同的是，珊兒身上的氣息總是冷冷的，讓他感覺不到她的心意；而靜懿的則是淡淡的、有些安心的感覺，彷彿可以觸摸到她的內心深處一般。

「啊——」靜懿驚魂未定地趴在他懷裡。若不是他，自己恐怕就要被汽車撞飛了……可是，這樣的姿勢太過曖昧了。

他身上帶著一股很好聞的味道，像是檀香，卻又少了那種蕭索的味道。還有，由於她趴在他的胸前，所以能聽到他緩慢而有力的心跳，一下、一下，讓她覺得這樣的情況是一種享受。

不過，再享受也不能這樣站在馬路上讓大家參觀。靜懿輕輕推開他，小聲說道：「謝謝。」他不在意地任她把自己推到了一邊，手卻是說什麼也不放開。

「我看，還是我帶著妳過馬路吧，我可不能保證每次都能把妳拉回來的。」

「啊?!」靜懿目瞪口呆地任由他拉著自己過馬路，然後再拉著她一直往前。

「胤祥，你快看啊！」秀眉大驚小怪地抓著胤祥的手，指著馬路對面那對手牽手的人。「是八爺欸！真的是八爺！」

胤祥手裡拿著一大堆的嬰兒用品，隨著她手指的方向一看——嗯?還真是八哥啊，他拉著的那個女孩是誰?是麗珊的姨媽介紹的那個嗎?

「我們快走，回去報信！」秀眉拉著胤祥走到路旁招了輛車就奔向麗珊的別墅了。路上，胤祥無奈地看著她說道：「妳就不能慢一點嗎?都懷孕了還這麼不老實。」

「難得有人入了你八哥的眼，要是不抓緊的話，我們就要等到兒子娶媳婦的時候一起辦婚禮了！」

胤祥直翻白眼，連開車的司機也忍不住笑了起來，這就讓他更加難堪，沒好氣地瞪了她一眼。「先說好了啊，不許添油加醋地胡說，聽見沒有?」

「嗯，我知道。」當她大喇叭啊?

到了麗珊家，一進門，秀眉就大聲喊道：「號外號外！八爺有女友——唔！」

剩下的話都被十三爺給捂回嘴裡去了。十三惱怒地看著她說：「有妳這麼叫的嗎?還號外?!」

「什麼?真的啊?」老十立刻竄了出來。「十三，八哥真的交女朋友了啊?」

「當然是真的了，我親眼看見他把人家摟在懷裡，還拉著人家的手過馬路，是不是胤祥?」

胤祥無奈地搖頭，說:「是八哥為了救人才拉著人家。」她沒看見那女孩險些被車撞嗎?

「可是，車都開走了，他幹麼還拉著人家啊?而且就這麼一直拉著走到我們都看不見了。」秀眉不服氣地說道。

「真的啊?呵呵，八哥這回可算是有著落了。」老十笑呵呵地說道。他的曉月大概很快也可以屬於他了。

「你們在嚷嚷什麼?」四爺不悅地扶著他的冰兒從樓上下來。

好不容易讓她睡一會兒，就被這幾個大嗓門給吵醒了。最近，她的臉色不大好呢，才四個月的肚子大得出奇，照過超音波才知道她肚子裡居然是三胞胎!我的額娘啊，等出生的時候肚子得多大啊?冰兒說大概是因為他們寄居——這個詞聽著真彆扭——他們寄居的身體本身是多胞胎，所以產下多胞胎的機率很大。

當時聽完醫生的話，四爺的嘴幾乎沒咧到耳朵後頭。自己原來子嗣就少，這回可好，他的冰兒一次就給他生了三個呢，呵呵!不過，大夫說因為是多胞胎，所以孕婦也許會有危險，建議他們要多多注意，一有不對勁就要立刻住院。而且孕婦本身的體質也很重要，好在冰兒的身體還算是好的，平時也比較注意保養，故而至今為止，他的四個寶貝還都安然無恙。唉，如果當年也有現今的醫療水平，自己的那幾個孩子也許就都保住了呢!

「四哥，四嫂。」胤祥笑咪咪地叫道。「我們在說八哥的事，剛才我們在街上看到八哥和一個姑娘手牽手地走了。」

秀眉的嘴角一抽——誰說就她大嘴巴？這位爺也不遑多讓啊。

四爺和麗珊對望一眼，兩人都會心地笑了。

四爺想的是，老八終於不打算再騷擾我的冰兒了，等結了婚，就讓他們搬出去自己住，爺就可以高枕無憂了。

麗珊想的卻是，希望他會找到一個懂得他、珍惜他的好女孩，畢竟，上輩子的他過得太辛苦了啊。對她的那份心意，縱使再深也得不到她的回應，好不容易轉世了，就給他一個只愛他的好女人吧！

晚上，八爺一進門就嚇了一跳——一屋子人都笑咪咪地瞅著他，瞅得他頭皮發麻。

該不會是因為自己屢次相親未果，他們要給我「指婚」吧？不要，好不容易今天和靜懿有了一些進展，可不能讓他們打壞了，說什麼我也不去相親了。

「恭喜八爺啊。」秀眉笑嘻嘻地說道。

什麼意思？

「是啊，八哥真是厲害啊。」老十也笑呵呵地說道。

厲害？

「八哥，什麼時候帶來給我們看看啊？」十四兩口子窩在一起擠眉弄眼地壞笑。

帶什麼啊？

「得了，八哥，您就別害羞了，我們都知道了，哈哈。」青萍一邊吃著九爺剝的香蕉，一邊笑說。

害羞？爺有嗎？爺會害那玩意兒嗎？

胤禩的嘴角不覺抽了一下。看見？看見？看見什麼了？難道……

「八弟，恭喜你了啊！」哈哈，終於解決了。

「四哥，你們是什麼意思？為什麼我聽得一頭霧水呢？」八爺冷汗涔涔地問道。

「唉呀，我說八爺，您就別不承認了。真不明白嗎？好，胤祥——」秀眉壞笑著站起來，然後就是十三爺滿含歉意地也起身了——這橋段都演了四遍了。

兩人走到大廳中央，就見秀眉假作神遊太虛的樣子，旁邊的十四還配合地假裝握著方向盤、嘴裡模仿著汽車開動的聲音，朝著秀眉就過來了，胤祥手急眼快地把秀眉拉到懷裡，然後，那輛「十四」牌的車就開過去了，胤祥兩人手牽手地走到一起，一直走啊走，走到了廚房。

然後，兩人又走了回來，秀眉一提裙角，微微歪了下頭，說道：「謝謝、謝謝。」

眾人都大笑起來，笑得八爺的一張俊臉臊得通紅，冷笑地對十三等人說道：「你八哥我看起來很可笑嗎？」

大家立刻傻眼，八佛爺生氣了，事情大條了！

「喔，八哥，我們沒別的意思，不就是關心您嘛。」十三爺不好意思地說道，還不忘瞪了秀眉一眼——都是妳惹的！

秀眉委屈地看了他一眼，又不是我一人的事，大家都在笑嘛。

「哼。」八佛爺一甩袖子——嗯？沒甩成，只好甩手了——轉身就進屋了。進了屋，他老人家的臉就開始燒起來。

天，居然被白骨精看見了？今晚不能出門了，好在已經和靜懿吃過晚飯了，呵呵，爺還真是有先見之明啊。

「紅塵多可笑，癡情最無聊，目空一切也好……」（註四）他哼著歌備課去了。

廳裡的眾人卻還是目瞪口呆的，四爺皺眉道：「看來八弟真的生氣了。十三，你也不管管你們家小妖精？」

十三也無奈地說道：「怎麼管啊？她也得聽啊！」

「哼。」九爺不高興地說道：「我說十三，你好歹也是軍機大臣，怎麼連老婆都管不好啊？」

「少來，我就不信你家狐狸聽你的。」秀眉嗤之以鼻地說道，噎得九爺馬上就閉上嘴。他家狐狸已經成精了，管不了啦。

麗珊打斷幾人的鬥嘴。「得了，我看還是順其自然吧，別拿這個和他開玩笑，笑面虎發起威來也是挺恐怖的。」她看向四爺道：「過兩天你和他談談吧。」

「嗯。」

「好了，散會了，都回去吧。」老十站起來伸了個懶腰。「睏死我了。」

註四：〈笑紅塵〉演唱：陳淑樺

大家都贊同他的話，等到這會兒原是為了從八爺嘴裡套話，可惜話沒套出來，倒把八佛爺給惹毛了。

時間過得很快，一轉眼已經過了大半年了，麗珊的預產期到了，青萍她們卻還要等個一至兩月不等。

意外的是六兄弟的父母來了，一來就遇上四個兒媳婦即將生產的時刻，可真是又驚又喜，驚的是兒子們居然碰上車禍，喜的是也因禍得福，一下子就把終身大事給搞定了，而且是六個一起，這且不說，還都要生了。

不過就是有點奇怪，這六個小子怎麼互相胡亂稱呼？什麼四哥、八哥、十三的，總共就生了他們六個，哪來的十三和十四啊？莫名其妙。

產房外頭，幾十個人把走道擠得滿滿的，場面壯觀至極，來來往往的人都甚覺納悶——這裡頭生孩子的是誰？怎麼有這麼多家屬啊？該不是什麼明星或是知名人物吧？

胤禛還是頭一次親眼目睹女人生孩子呢，感覺可以概括為四個字——心驚肉跳。

他的冰兒不停地喊疼，把他的手都掐腫了，她臉色青白，汗如雨下，弄得他的三魂七魄少了一半。

做母親真是不容易，想起在大清時，福晉們生孩子的時候，他都沒在跟前，一直以為那是女人天性，瓜熟蒂落。以前，聽說老九和十四在自家福晉生孩子的時候跟個傻子似的，自己還覺得很可笑呢，現在可好，大概自己也好不到哪兒去——誰知道生產過程居然如此恐怖啊？

「大夫，是不是再給她看看？怎麼她叫得這麼慘？」他一邊不停地給她擦汗，一邊焦急地詢問醫生。

大夫好笑地說道：「這是陣痛，是必須的。你不用擔心，如果她不能順利生產，我們會考慮給她剖腹。」

「啊?!剖腹?!」胤禛的冷汗也下來了。那就是要在肚子上刺一刀?!我的天……

「不要，我想自己生……」陣痛的間歇中，麗珊強撐著說了一句。「我要靠我自己把孩子生下來，嗯——」又一陣疼痛使得她不得不把所有的心神重新轉回去。

搖了搖頭，大夫笑道：「這可由不得妳，如果妳還是不能生出來，就只能剖腹了。否則時間長了，妳和孩子都會有危險。」仔細地又給她查了查，大夫對胤禛道：「我看再過十分鐘她要還是不能生，就只能手術了，你準備簽字吧。她這胎有三個，要是拖得太久了怕有危險。」

「好好好！」胤禛一迭聲地答應，又對麗珊柔聲說：「好冰兒，聽大夫的話吧，不行我們就手術吧。」

「可是，那樣好難看。」麗珊皺著眉說道。「肚子上會留下疤痕。」

「誰說我的冰兒難看？我的冰兒最漂亮了，等妳生完孩子就更美了，妳一定是這世上最美麗的母親了。好冰兒，聽話。」一邊安撫她激動的情緒，胤禛溫柔地說著每一個字，麗珊聽得感動極了。他可是雍正皇帝，幾時曾這樣安慰過他的女人？這樣的深情、這樣的愛將她完完全全地緊緊包裹，似乎陣痛也不是很難挨了。

外頭，邵家二老來回地踱步，邵夫人焦急地問道：「怎麼這麼久了還沒動靜？麗珊這是多胞胎，自己是生不下來的，需要剖腹啊！」想當初自己生這六兄弟時就是剖腹產。

「行了，妳就別跟著添亂了。」邵家老爺子本來就緊張，這可是自己的長孫啊，上帝保佑，一定要順利平安啊！

胤禩走到二老跟前勸慰道：「爸、媽，不要著急了，相信大嫂會沒事的，孩子也會好好的。」這兩位老人家真是很疼這六兄弟，父親威嚴卻不專斷，和兒子之間溝通得也很好——皇阿瑪永遠不可能和他們一起玩笑嬉戲，一起討論他們和愛人之間的問題。

母親則是溫柔慈祥，把六人疼到了心眼裡，從吃到穿，從大到小，事無鉅細都要關心過問。額娘雖說也很疼自己，可礙於身分問題，總是不能像現在的這位母親一般毫無顧忌。

唉，好在自己兄弟再也不用托生於帝王之家了。

那邊，齋藤老爺子和羅嘯峰也緊張地盯著產房大門，生怕麗珊有個閃失。齋藤老爺子知道麗珊懷孕後，樂得整天都咧著嘴，幻想自己的重外孫叫自己太老爺的情景呢。

羅嘯峰也急到不行。自己的寶貝女兒要做媽媽了，唉，要是夢如還在就好了。

「家英！」邵媽媽大聲叫道：「麗珊怎樣了？孩子生了沒有？」

「媽，您別急，大夫說要給她剖腹，很快就會沒事了，我才簽了字的。」大夫就把他轟出來了，這樣也好，要是再讓他看見手術場面……恐怕一會兒自己也得到病房裡躺著去了。

「那就好、那就好。」

眾人都鬆了口氣，可馬上，九爺、十三和十四就開始發愁了。自己的老婆懷的也是多胞胎，是不是也要開刀？看看四哥的臉色——搖了搖頭，簡直就沒血色了。

九爺不禁想起小狐狸生孩子時候的盛況，天，又要經歷一次了。

十四爺也瞟了一眼自家福晉——醫院大樓不會因為她的叫聲給震塌了吧？

十三爺倒是沒什麼感覺，還在餵秀眉吃葡萄。「玉玉，來，張嘴。」一顆去皮去核的葡萄就進了秀眉的嘴巴。

「我還要。」

「等會兒，對了，喝口水吧，再把鈣片吃了。」十三爺如今快成專家了，而且手藝也越來越棒，什麼川魯淮粵、日本料理、韓國風味都不在話下，目前正在研究西餐。他家白骨精如今可不是一把骨頭，被他養得快變豬了，再加上懷了兩個寶貝，嘖嘖嘖，簡直就是一個皮球。

終於，產房的大門打開了，麗珊掛著點滴躺在床上，身後的小推車裡三個寶寶閉著眼睛睡在一起。

所有人都圍了上來，護士急忙阻止。「別都圍過來，嬰兒最怕感染的。」

大家一聽又趕緊退到了一邊，這期間就見九爺、十三爺和十四爺最忙了，護著自己的老婆生怕被擠著，還得注意不要踩到別人的腳，真是不容易。

到了病房，只有雙方的長輩和四爺進去了，其他人只能暫時待在外頭。

青萍伸著脖子使勁往裡看，九爺冷汗涔涔地扶著她。「萍兒，乖啊，別這樣站著，咱們那邊坐著，馬上就輪到我們了。」要是他老婆一不小心抽了筋怎麼辦？

青萍笑了笑說：「禟禟，下個月我們的寶寶也會出生了，也是三個呢。呵呵。」

「是啊、是啊。」九爺苦中作樂地說道：「爺又該神經了。」

「嗯？說什麼呢你？」青萍插著她那和水桶有一拚的腰，大聲喝問道。

「喔，沒什麼。」九爺馬上就跟洩了氣的皮球似地不言語了。

倒是秀眉「噗哧」一聲笑了。「我說死狐狸，妳那個形狀不像茶壺，倒像陶罐，哈哈！」說得旁人也都笑了。

她如今胖成那樣，還插著腰，就像個圓滾滾的甕，在加上兩隻胳膊，跟陶器的耳朵似的。

一個月後，麗珊還沒出院，青萍和秀眉還有蘭豔也住院了。這下倒好，大家每天都改到醫院聚會了，就連八爺和十爺這兩對也是天天來報到。

對於小孩子，兩個男人倒是沒多大的感觸，畢竟都是做過爹的人了。可兩個女孩可就不一樣了，看著三個相貌相同的小寶寶，喜歡得跟什麼似的。

任靜懿一邊用手指在寶寶的臉上來回地滑了兩下，然後抬起頭對胤禩說：「家俊，妳看，他在對我笑呢，好可愛。」

胤禩淡淡地一笑道：「是啊，很可愛。」要是我們自己的，妳會覺得更可愛了。

曉月也笑咪咪地抱著一個嬰兒走到老十面前。「家傑，你也抱抱好不好？」

十爺瞇了瞇眼睛，道：「爺不會。」

「爺你個頭啊。」曉月放下孩子走到他面前，抬手就給他一巴掌，而且是拍在後腦勺，就聽「啪」的一聲脆響，然後就是「唉喲」一聲哀號，接下來就是第N次世界大戰了。

「別鬧了！」麗珊瞪了兩人一眼。「別在這裡胡鬧，要鬧回家去，還有，我說你們四個打算什麼時候結婚啊？」

八爺笑呵呵地說道：「四嫂，這可不是我和老十能決定的啊，您要問她們才對。」

「嗯，倒也是。曉月……」

「喔，我嘛？隨便。」她的話把老十樂得立刻看不見眼珠了。

「靜懿呢？」麗珊看向滿面通紅的任靜懿。「妳覺得我們家老八──喔，是家俊如何？他可是個極品好男人，要是妳不要，有的是人排隊等著呢。」

說得任靜懿立刻笑了，而八爺則有些尷尬地看了麗珊一眼。我這麼好，妳為什麼不選擇我，卻選擇四哥？

麗珊淡淡一笑。因為在我心裡，只有他是適合我的那一個，你再好也與我無關。

呿。八爺忍不住撇了撇嘴，卻見四爺警惕地瞧了他一眼。

別和我老婆眉來眼去的，小心我翻臉。

八爺白他一眼。爺還不稀罕呢。

四爺眼睛一豎。我的冰兒哪兒不好了？啊？你敢不稀罕?!好像……有些不對啊，什麼叫敢不稀罕啊？難道，我還讓他必須稀罕嗎？天，都糊塗了！

靜懿沒有注意他們之間的暗潮洶湧，只是靜靜想著麗珊的話──他可是個極品好男人，妳要是不要，有的是人排隊等著呢。

她不禁抬頭看了他一眼，卻與他溫柔似水的眼神對個正著，心裡有個聲音在說：「嫁給他吧、嫁給他吧、嫁給他吧。」

靜懿被心底的聲音說得有點慌，脫口而出：「好。」

「嗯？」

「喔？」

「啊？」

「呵呵。」

「哈哈。」

幾乎所有帶有感嘆意思的聲音都響了起來，靜懿不禁羞得跑出去。

「還不去追？」

好幾個聲音同時響起，十四還大聲說道：「八哥，先上車也行啊！」

「哈哈哈哈……」

剛走到門口的八爺被他喊得撞上門框。死小子，說什麼呢?!他回頭狠狠地瞪了幾人一眼，狼狽地追出去了。

屋裡的幾對會心地一笑。

終於要結婚了。

唉，幸福來得其實也挺快的啊——

——全書完

番外——關於「雍正王朝」

六兄弟自從來到現代後，感情一直很好，從來不吵架，可是，自從他們看過一部電視劇之後——

那天，麗珊放了「雍正王朝」來看，十二個人或倚或靠地在屋裡坐著，一屋子的歡聲笑語，然後，影片開始了。

第一個鏡頭一出現，四阿哥馬上驚叫道：「這人是誰？」

麗珊等人不禁一樂，青萍嘻笑道：「就是您啊，雍正爺！」

「哈哈哈哈……」眾人哄笑起來，四爺不悅地問道：「爺有那麼老嗎？再說了，我比他帥！」

「嗯，嗯，嗯！」老十和老十四一個勁兒地低頭猛笑。

然後，十三驚叫道：「這是誰？」

「你。」他家那位翻了個白眼。

「不可能，老婆，拿鏡子來！」十三爺大聲嚷道，還沒等秀眉回話，就聽那邊幾位也喊出聲了。

「這不可能是我！」十四也不滿地說道。

「我比他精神多了！」這是老十。

「呿，爺要是長這樣還不如一頭撞死呢！」某九一臉不以為然。
就八爺鎮定點，他溫文爾雅地笑問道：「有必要嗎？不就是部電視劇嗎？」然後轉向他家那位。「靜懿，妳看我是不是比這個冒牌貨帥多了？」
眾人無語了。
然後，劇情開始了。
「呿，我和四哥去的時候可比這個苦多了。」十三爺不滿地說道。
「哼，我們兄弟哪有那麼壞啊？好歹也是大清子民啊，我們怎麼會這麼幹啊？」九爺搖著扇子辯駁。不知道在攝氏十八度的空調房裡，他搖的是哪門子的扇子。
「就是嘛，九哥說的是，想當初我們在京裡也很著急啊，可惜皇阿瑪不讓我們去，要是我們去了，說不定比四哥辦得還好呢！」十爺一邊猛吃冰淇淋一邊嘟囔著。
四爺白了他一眼。「好好吃你的冰淇淋吧，一把年紀的人了，還跟兒子搶東西吃。」
十爺的親親老婆給他生了三個兒子，他愛吃零食，經常跟三個兒子搶得不亦樂乎，這盒冰淇淋就是他從他們家老三手裡騙來的，代價是一塊被他咬成五角星形狀的餅乾，他硬說拿著那塊餅乾就能找到鹹蛋超人。
十爺翻了個白眼，笑道：「嘿嘿，我就愛吃！」
他老婆在旁邊擰他的耳朵。「你個饞貓！你腰圍要是再大下去，我就讓你天天吃洗鍋水！」
「哈哈……」一屋子人都笑了。
「快看！」十四阿哥指著螢幕喊道：「十三哥幾時和這個女人在一起了？」

眾人一看，原來是十三在江夏鎮救阿蘭的那場戲。

大家不懷好意地看向十三，倒是秀眉大大方方地說道：「十四，你少挑撥離間啊，我家胤祥就愛我一個，那是後人胡編的。」

「對對對！」怡親王忙不迭地點頭稱是。「我就愛玉玉一個。」說完狠狠地瞪了十四一眼，十四賊笑著靠在蘭豔身上。

看了一會兒，眾人開始七嘴八舌起來。

八爺仔細瞧了瞧，說：「我可沒讓他們聯合起來不捐錢啊！」

「就是、就是，我可以作證。」九爺趕緊說道。

十三冷笑道：「九哥不知道直系親屬的證詞是不被採納的嗎？」

九爺馬上就被嗆住了，瞪著十三一個字也說不出來了。

十四淡淡地一笑。

「這不過是後人杜撰的，怎見得就是真的呢？」

「就是嘛……十四說的對……當時的情景誰見著了？他一個現代人不過就是憑空捏造罷了，是不是十四？」老十一邊往嘴裡塞冰淇淋，一邊含混不清地說道。

十四點點頭說：「十哥說的有理。」

「屁話！」十三爺怒了。「說我和四哥好的就是捏造的？怎麼上次看那個什麼『雍正・小蝶・年庚堯』的破戲時，你們怎麼不說那是後人杜撰的？四哥搶你老婆了嗎，啊?!」

「十三！」十四立刻站起來了。「你有膽再說一遍！」

「說就說！我怕你啊?!」
十三也站了起來，氣氛頓時尷尬起來，兩兄弟跟鬥雞似地對峙，誰也不肯退後一步。
九阿哥和十阿哥也站了起來。九阿哥冷冷一笑。
「怎麼著十三，又要打架啊？」
老十也皮笑肉不笑地說：「就是啊，你想打架，哥哥我奉陪到底。」
十三不屑地說道：「我十三不怕，來吧！」
於是，第N次世界大戰開始了。十三和十四在屋裡打得不亦樂乎，老九和老十在一邊作幫手，老四一臉陰鬱，老八滿臉不高興，青萍、秀眉和蘭豔急急拉住這個跑了那個，瞧屋裡這分外熱鬧。
麗珊忍耐地看著他們折騰，直到十四一拳打在十三臉上，十三一個掃堂腿，把十四給打趴下後，才悠悠地站起來走到DVD機前，取出片子，回身就朝二人射去。
兩人立刻警覺地各自閃開，目瞪口呆地看著插在對面椅子上的片子，不敢相信地看向麗珊，異口同聲地質問道：「毀了容妳負責啊?!」
「哼，活該！都給我滾出去，為了一部胡編亂造的電視劇就大打出手，你們以為我這兒是暢春園啊?由著你們胡鬧?當初是怎麼說的，不是說好了不再理會那一世的恩怨情仇了嗎？還打，這麼愛打就滾回你們的大清打去。狐狸，我們走，讓他們在這兒打個夠。我告訴你們，今天誰要是不掛彩，誰就別想出來！」
說完就拉著青萍她們走了出去，「喀喳」一聲把門鎖了。

屋裡，六個男人面面相覷，都有些不好意思。是啊，都打了一輩子了，怎麼轉世了還繼續折騰呢？

「唉，算了吧，難道我們還沒打夠嗎？」八爺長嘆了一聲。「前世的種種都煙消雲散了，我們來這裡不就為了快樂過一輩子嗎？還打什麼啊，這一世我不是八阿哥胤禩，我只是個普通的老師。」

「是啊、是啊。」某十開始變身牆頭草了。「我就說嘛，打什麼架？兒子都有了，還打？」

「是啊，八弟說的有理。」四爺發話了。「再打還不如不轉世呢！」

「你剛才怎麼不說？」十四沒好氣地白他一眼。

「嘿嘿，我沒說嗎？我記得我說了啊，是吧九哥？」

「別理我，我不認識你。」九爺一臉嫌惡。

「咦，我的冰淇淋呢？」十爺開始尋找他的最愛。

「別找了，你家小惡魔趁你們打架的時候都吃完了。」四爺悻悻地說道。

「啊？這個死丫頭，爺好不容易從兒子手裡騙來的！」十阿哥大叫起來。

十三阿哥兀自一臉不高興，揉了揉腮幫子，對十四說：「你小子下手夠狠啊。」

「你還不是一樣？」十四齜牙咧嘴地坐在地上。

「嘖、嘖、嘖，四哥，你家母老虎可真厲害啊，看看這片子，這可是我買的正版影片啊，就讓她這麼給毀了！」某九心疼地看著插在椅子上的片子直埋怨。

「就是嘛，四哥，她這麼厲害，萬一你們意見不和，她會不會把您暴打一頓啊？」十阿哥賊賊地笑道。

「哼，爺是那麼沒用的人嗎？再怎麼說我也是個男人啊，還能讓一個女人打了去？」昨天夜裡被踹下床的那一腳應該不算吧？

「嘿嘿，四哥，我昨夜怎麼聽著你們屋裡動靜不對勁？」十阿哥一臉壞笑。「睡到半夜就聽『砰』的一聲，然後就是『哎喲喂』，怎麼回事？」

其他幾人一聽，頓時來了精神，一個個豎直著耳朵等著雍正爺解惑。

「哼，爺睡迷糊了，自己滾到床下了。」四爺悻悻地說道。

都怪冰兒，不就是自己想換個姿勢嗎？她就一腳把自己給踹下來了，這要是在大清，早就把她關柴房去了！

「喔——」五人異口同聲地應道。

四爺立刻紅了臉。「不是幫你們買房子了嗎，你們幹麼還賴在我們家不走啊？」一家子好幾口人，老十家三個小孩，老八的一對龍鳳胎，加上自己三個兒子……這裡快成幼稚園了，全都賴在他家，弄得他和老婆親熱都得等到夜深人靜才行，就這樣還被他們發現！

「呿，媽說了，房子在裝修，那個什麼甲醛對身體有害，尤其是對小孩子，你是大哥，就你們家最大，不住你家住誰家？」老十理所當然地說道。

「哼，你們不會到外頭租房子啊？」老四幾乎咬碎了一口鋼牙。

「不要，我們還在創業期間，何況又有孩子了，四哥，您不知道要節省嗎？您不會沒讀過『朱子治家格言』吧？」老十蹺著腿說道。

四爺隨手扔過一個墊子。「你是省了，我們家可浪費了，這幾個月光水電費就多出了好幾倍。」那可都是他和老婆辛辛苦苦掙出來的錢啊！這幫米蟲真該踢到大街上要飯，連房租水電都不曉得給一點，想他上輩子為大清拚死拚活地籌錢——喔，不對，是省錢，這輩子還要為他們籌錢……怎麼又是籌啊？

四爺好苦惱啊。怎麼說都覺得自己像個守財奴。

「呵呵，四哥，您就別抱怨了，我和玉玉原來還打算來您這兒呢，人多熱鬧嘛，等我的房子裝修完了，歡迎大家去住。」

「你是站著說話不腰疼，明兒你試試就知道了。還有，別把你家那兩個惡魔公主帶來，她們一來，我兒子就受氣。」四爺心有餘悸地說道。

這是為什麼呢？要從幾兄弟的孩子們說起。

四爺是三胞胎，全是男孩，八爺是龍鳳胎，一男一女，九爺是雙胞胎，兩個兒子，十爺是三胞胎，也是三個男孩，十三是雙胞胎，兩個女兒，十四也是雙胞胎，兩個兒子；六兄弟總共十四個孩子，只有三個女孩，物以稀為貴嘛，這三個丫頭自然就是星星、月亮和太陽了——這是孩子的爺爺奶奶娶的小名，十三家的是星星和月亮，老八家的那個是太陽。

八爺家教甚嚴，兒子女兒一併管教，都乖得很，何況也很小，才一歲多。可十三家的……

十三福晉自己就是個孩子，再加上十三爺寵老婆疼女兒，結果就是他家那兩個小丫頭簡直就是惡魔轉世，人小鬼大不說，還兼之霸道厲害，現在已經是邵家小一輩的大姊頭了，才三歲多，但破壞力一點不亞於恐怖分子。

舉凡什麼打架——主要是她們姊妹倆連手打別人，抄家——就是把其他兄弟的東西據為己有（大家都說，這一點遺傳自她們的四伯父），搞破壞——就是把觸手可及的、能正常使用的東西都變成廢物，使壞——例如騙老十說他家老大掉到社區的坑裡，害得十爺大冷天跑去救兒子……諸如此類，不勝枚舉。

所以，四爺斟酌再三，決定把十三家的兩個丫頭列為拒絕往來戶，也好在這幾個小的都上幼稚園了，今天雖然是週末，但他們都去邵家兩老那裡探親去了。

說到這裡，有必要交代一下他們現在的居住情況。

兄弟六人在一個社區買了六棟毗鄰的小別墅。買房的錢是這樣的，老四和麗珊是自給自足，老八兩夫妻是貸款，老九和老十一樣也是貸款買屋，十三和十四原本也要貸款，可邵家長輩死活不同意，說是既然四個都要自力更生，那原本給他們準備的錢就都給這兩個小兒子了。

老九和老十知道後，險些沒氣得暈倒。兩人為了這個嘟囔了好幾天，說什麼在大清的時候就這兩個小子受寵，凡事都比他們吃香，如今來現代了還這樣，簡直就是是可忍孰不可忍，早知道還不如他們先要了……惹得老四和老八直翻白眼。沒出息的到哪裡都沒出息，走到哪兒都想從「國庫」裡借銀子！

麗珊現在的這棟房子就給邵家兩老住了。至於幾個女人的娘家，都各自有房子，當然就不用操心了。

現在，各人的房子還在裝修中，九爺和十三、十四還是住在自己老婆的公寓裡，靜懿原本也要搬回家住的，可八爺死活不和岳父母住在一起——不知道是不是因為前世的教訓太深刻了，他寧願和老四擠在一個屋簷下，也堅決不去老丈人家裡。

老十就別說了，麗珊姨媽家的房子並不寬敞，曉月又是麗珊的表妹，就理所當然地住到這裡來了。

十三爺嘿嘿一笑，道：「四哥，您好歹是一國之主嘛，我們兄弟不靠您靠誰啊？」

四爺不屑地說：「我現在可不是皇帝了。」

「可你是大哥嘛。」十四也嬉皮笑臉地湊過來了。

「我稀罕嗎？要不大哥換你來做？」四爺皮笑肉不笑地說道。

「別、別這樣，小弟我沒那德行，還是您來吧！」開玩笑，老大是好當的嗎？幹麼沒事給自己套上？有那閒功夫還不如和老婆親熱去呢。

「呵呵，四哥，您是德高望重，就別推辭了，何況，推辭也沒用啊，爸媽也不會答應的嘛。」八爺笑容可掬地說道，眼睛裡卻隱隱帶著幸災樂禍的意思。他是想明白了，堅決不當老大，那可不是個好差事，像自己現在這樣多好，想幹麼就幹麼，想玩就玩，想樂就樂，逍遙自在比神仙都快活，傻子才當大哥呢。

現在有了靜懿，他才覺得找一個溫柔的女人可真幸福。靜懿從來不會對他大聲說話，雖然偶爾也使使性子，可像珊兒那樣把老四踹下床的事是絕對不會發生。一個大爺半夜三更被老婆一腳踹下床——他看了看四爺，不會真的不行吧？

四爺警覺地看了他一眼，冷冷說道：「把你腦子裡那齷齪的念頭馬上清除。」

八爺笑咪咪地點點頭說：「四哥還是一樣地心思敏銳啊，可弟弟我這回沒想什麼啊，難不成四哥自己有什麼想法？」

四爺被說得一愣，一張俊臉青白交錯，冷哼了一聲，不出聲了。

老十無聊地往後一躺，懶洋洋地問道：「咱們就這麼待著，多沒勁啊，四哥，你們家有遊戲機嗎？」

「幹麼？」四爺斜了他一眼，這小子就知道玩。

「玩啊，這樣坐著多無聊啊！真是的，怎麼不把電腦搬到這裡來啊？」十爺不滿地說道。

「電腦在書房，你從窗戶爬出去，沿著磚縫拐兩個彎，轉到房子背面就到了，我記得書房的窗戶好像沒關。」四爺板著臉說道。

十三噴笑出來，緊接著十四和九爺也笑了。四阿哥這冷臉說笑話的本事可是一絕啊，學都學不來。

「得了吧，我可不是蜘蛛人……欸，對了，四哥，你這裡有別的片子嗎？」

「沒有，我不看。」他在大清的時候不愛看戲，來了現代也不愛看電影電視，有時間就在書房裡看書寫字外帶上網。

「呿，真沒勁。」老十翻了個白眼，閉上眼睛睡覺去了。十三和十四也是閒不住的人，可環顧四周，啥也沒有，就一套「雍正王朝」放在那裡。兩人對望了一眼，又很有默契地同時轉頭——回家再看！

八爺突然說道：「四哥，弘曆看著不像那種揮霍無度的孩子啊，怎麼當了皇帝就那樣？」

「喔……」四爺臉一紅。「這個兔崽子，要是我能回去，一定狠抽他！我辛辛苦苦背了一身的罵名、積蓄的那點銀子都讓他折騰沒了。」

八爺點點頭道：「是啊，咱們大清自他往後可就走下坡了，唉，看看清末的史料，我真恨不得回去把那些不肖子孫都掐死！」

四爺嘴角一抽。這不是在諷刺我吧？我哪知道子孫後代什麼樣啊？

「就是啊，要是別人當皇帝……」老九突然不懷好意地說道，四爺聞言瞪了他一眼。「怎麼著，九弟還不死心啊？」

「嘿嘿，沒有、沒有，我的意思是，多虧四哥當皇帝，我們兄弟現在是真的沒這心思了。」要不是你當這冤大頭，現在挨罵的說不定是我們當中的誰了。

嗯，怎麼聽著不像好話？四爺沈思起來……

「唉呀，天都黑了，四嫂怎麼還不開門？」老十站起來走到門口拉了拉。「要不咱們把門打破算了。」

「你敢？」四爺頓時冷了臉。「這是我的私人財產，你要是給我打壞了，我就把你們一家子轟出去。」

「嘿嘿，我說笑的。」老十笑嘻嘻地離開了門把。小氣鬼！江山易改本性難移！

時間慢慢流逝，六個人的肚子相繼抗議，十爺捂著肚子哀叫道：「餓死我啦。」

十三也點點頭。「四哥，您和嫂子說一聲，我去做飯吧！」再餓就要出人命了。他看看錶，都八點了，我的額娘啊！

十四爺使勁聞了聞。「水煮魚。」

「十四，你就別說了，說得我都要餓瘋了。」死丫頭，想把爺餓成乾癟四季豆啊？喔，還是吃的，上帝啊，誰來救救我的胃……

老八也苦笑道：「四哥，您給麗珊打個電話吧！」再下去他也不行了。以前在大清時，一有事就餓肚子，可從來也不覺得難受，怎麼一來到現代，這身分不尊貴，身體倒是尊貴起來了。唉，他的西湖牛肉羹啊……

老四是有苦說不出，他不是不想打，可他不敢，除非晚上還想被踹下床。

「不行了，我受不了了！」十四爺站起來走到門口，邊拍門邊喊：「開門！快開門！不開我踹了啊！想把我們爺兒們都餓死不成？」

其餘幾位不禁紅了臉——這個十四，怎麼那麼沒出息？不就是餓一會兒嗎？算了，讓他去丟人吧，反正門一開就衝出去。

終於，門開了，陶麗珊站在門口冷笑著問道：「還打架嗎？」

「不打了，不打了，本來我們就沒事！」

十四一邊說一邊要往外衝，想不到老十和十三也擠了過來，三人擠在門口誰也不肯讓，還手腳並用地互相暗算，結果就是一起趴在地上。

麗珊翻了個白眼，轉身走了——豬頭啊！

後面，八爺微笑著對四爺說：「四哥請！」

老四點點頭，站起來走到門口，瞥了一眼在地上纏鬥不休的三個弟弟。一群笨蛋，搶了半天還不是你哥哥我先出去？哼，不長記性的東西！

兩兄弟小心翼翼地踩過地上的三人出門去吃飯。
「等等我們！」三兄弟手忙腳亂地爬起來，追了過去。
終於開飯了……

大清王朝一次穿來四個女人?!

清穿奇想喜劇

翾雯

改寫原創典型
四個現代大女人聯手顛覆大清皇宮
皇子格格全數敗倒、
康熙帝也束手無策?!

文創風 012　2012/1/12 出版！

大清有囍 原名：大清情事

二之一〈不是冤家不聚頭〉

一場車禍，四個意外——
不過眨個眼，怎麼生死一瞬間變成魂返大清王朝?!
陶麗珊真不明白這是命運捉弄還是神明搞錯，
竟然讓她因此穿越到了清朝的年家，成了年羹堯的妹妹年冰珊！
這可好了，她本是現代新女性，這下卻成什麼也不是的小丫頭，悶！
謝天謝地的是三個好友也一起來到清朝，四人作伴不孤單，
但是、好像……每個人也分別換了個「特殊身分」——
兆佳，白玉、棟鄂，青萍、完顏，嬌蘭，以及她年冰珊，
名字似乎昭示了將來的命運，可誰說她們就要乖乖接受？
俗話說既來之則安之，先別委屈自己，該享受的先享受，
至於注定該遇上的那些阿哥、爺兒們，
哼哼哼～～姑娘不稀罕，畢竟她們身是古人心在現代，
皇子又怎樣？能吃嗎？吃了還怕不消化！
只不過越是不要的偏偏越愛來招惹，既然是自己不安分，
四爺、九爺、十三爺、十四爺呀，別怪小女子手下不留情……

文創風 014　2012/2/6 出版！

大清有囍 原名：大清情事

二之二〈冤冤相報何時了〉

穿越來到大清，兆佳．白玉、棟鄂．青萍、完顏．嬌蘭和年冰珊本是自由快活，
結果一場秀女大選將她們送進皇宮，這下日子又難過了啊……
雖然宮女不好當，卻因此各有歸宿，倒也算是可喜可賀！
只是做福晉又是另一門學問，加上九龍奪嫡之爭日趨激烈，
皇子們分黨結派，檯面上看似風平浪靜，檯面下實則各自角力，
即使四位福晉想低調安分、置身事外過自己日子也難；
大清宮中暗藏驚濤駭浪，她們已脫不開身，
眼看愛人互相反目成仇，累得好友之間也要陷入選邊站的苦，
究竟要怎麼做才能同時保住愛情與友情？
穿越時空本是意外，找到真愛、長相廝守莫非真是幻夢一場？
她們是否能扭轉乾坤、甚至改變命運……

文創風 014

大清有囍

國家圖書館出版品預行編目資料

大清有囍. 二之二, 冤冤相報何時了 / 翾雯著. --
初版. -- 臺北市 : 狗屋, 民101.02
面 ; 公分
ISBN 978-986-240-756-1（平裝）

857.7 100027951

著作者	翾雯
發行所	狗屋出版社有限公司
地址	台北市104中山區龍江路71巷15號1樓
電話	02-2776-5889～0
發行字號	局版台業字845號
法律顧問	蕭雄淋律師
總經銷	知遠文化事業有限公司
電話	02-2664-8800
初版	101年02月
國際書碼	ISBN-13　978-986-240-756-1

定價250元
狗屋劃撥帳號：19001626
網址：love.doghouse.com.tw　E-mail：love@doghouse.com.tw